《桃花江的故事》编委会 编

湖南文艺出版社
HUNAN LITERATURE AND ART PUBLISHING HOUSE

图书在版编目（CIP）数据

桃花江的故事 / 《桃花江的故事》编委会编. -- 长沙 : 湖南文艺出版社, 2023.2
ISBN 978-7-5726-0924-4

Ⅰ. ①桃… Ⅱ. ①桃… Ⅲ. ①故事—作品集—中国—当代 Ⅳ. ①I247.81

中国版本图书馆CIP数据核字(2022)第213174号

桃花江的故事

TAOHUAJIANG DE GUSHI

《桃花江的故事》编委会　编

出 版 人：陈新文
责任编辑：向朝晖
封面设计：王婧宇
内文排版：钟灿霞

出版发行：湖南文艺出版社
（长沙市雨花区东二环一段508号 邮编：410014）
网　　址：http://www.hnwy.net
印　　刷：长沙超峰印刷有限公司
经　　销：湖南省新华书店
开　　本：880 mm × 1230 mm　1/32
印　　张：9.75
字　　数：235千字
版　　次：2023年2月第1版
印　　次：2023年2月第1次印刷
书　　号：ISBN 978-7-5726-0924-4
定　　价：26.00元

《桃花江的故事》编委会

序

山水桃花江，天下美人窝。桃江地处湘中偏北，1952年从益阳析出置县，因境内桃花江而得名。20世纪30年代，黎锦晖先生一曲《桃花江是美人窝》红遍东南亚，传唱全中国，桃花江因此名扬天下，“美人窝”也成为桃江一张靓丽的文旅名片。

桃江是孕育故事的风水宝地。桃江历史悠久，从新石器时代出现聚居村落以来，炎黄修和的远古传说、屈原天问遗址、“国保单位”腰子仑春秋古越墓群、浮邱山千年银杏群，承载着悠久厚重的历史。桃江地灵人杰，桃花江山水养育出明末忠臣郭都贤、清朝名儒萧大猷，革命先驱夏思痛、红军名将张子清等名士英豪，以及当代文坛才子莫应丰，国画大师高希舜，两院院士丁夏畦、夏家辉、文伏波等名家学者，尽显英才辈出的人文底蕴。桃江物产丰饶，桃江竹笋、修山面、绿茶、黑茶、桃花江擂茶、松木塘红薯粉、鲊埠牛肉、武潭鱼、舞凤山石砚、印子粑粑等特色产品广受欢迎。桃江风光秀丽，桃花江竹海、浮邱山、羞女山、凤凰山、罗溪瀑布、桃花江森林公园等20多处风景名胜名扬四海……

桃江是文旅产业发展的一片热土。近年来，桃江大力实施“文旅活县”战略，全力擦亮“楠竹之乡”“美人窝”两张名片，倾力做好“美人”“美景”“美竹”“美食”四篇文章，着力推动竹旅文体康融合发展，奋力推进全域旅游示范区创建，桃花江竹海旅游度假区、桃花江国家森林公园、羞女湖国家湿地公园、安宁竹谷等景区，游客纷至沓来，举办了第十届中国竹文化节、连续三届湖南省新丝路模特大赛、全国定向越野精英赛、第十二届“北斗杯”全国青少年体育大赛北斗智慧定向赛、全国山地户外运动大赛，先后荣获全国休闲农业与乡村旅游示范县、中国十佳最具投资潜力文化旅游目的地城市、中国最佳休闲康养旅游名县，成功入围第二批国家全域旅游示范区创建单位，文旅综合收入突破百亿元，书写了桃江文旅融合高质量发展新篇章。

讲好桃江故事是我们的使命所在。从2021年11月开始，历时半年多时间，面向全县人民、社会各界文学爱好者、县外了解熟悉桃江人物景观和风土人情的文化名人，以及关心支持桃江文旅产业发展的热心人士和省内外故事编撰名家，广泛征集挖掘桃江本土文化旅游故事，收集稿件200余篇，经湖南省作家协会组织省内故事编撰和评论名家评审，评出了《龙牙寺与郭都贤》《陶侃与鲊埠》《鸣石滩的思念》等十篇优秀作品。由湖南文艺出版社择优选编文稿，正式推出了这本《桃花江的故事》。全书分为历史文化、山水景观、名人轶事、特色物产、民间传说等五个篇章，一个个精彩故事，描绘了桃花江秀美的山水风光、淳朴的风土人情、独具桃江特色的屈原文化、红色文化、竹乡文化、美人文化。在编撰过程中，全体编撰人员付出了艰辛的努力，艺术家奉献了精美的绘画剪纸作品，桃江杰出乡友陈志平先生、赵紫涵女士发起成立的湖南省益阳市紫辰文化教育基金会，全额赞助本书出版。

《桃花江的故事》的出版发行，是充分挖掘桃江历史文化、讲好桃江文旅故事的一次成功探索，是不断扩大桃江知名度、提升桃江影响力的一次有益实践，期盼本书为四海宾朋打开一扇探寻桃江神奇奥秘的文化之窗。同时希望桃江广大干部群众，能以蓬勃的文化力量，为推动桃江文旅产业高质量发展注入新活力，促进桃江全面发展，续写富饶美丽幸福新桃江的华彩篇章。

是为序。

中共桃江县委书记　向　荣

2022 年 10 月

目录 Contents

历史文化篇 ‖

山水景观篇 ||

名人轶事篇 ‖

特色物产篇 ‖

民间传说篇 ||

历史文化篇

炎黄修和

曹庆升

华夏始祖黄帝逐鹿中原，与炎帝交手，战于阪泉（今河北省涿鹿县东南），黄帝战胜，炎帝率余部迁至洞庭湖以南，驻守长沙。黄帝挥师南下，经湘江，入资水，屯兵柳溪入资江的修山。两军对垒，一场撼天动地的大战一触即发。

炎黄本是上古时期中原的两大部落首领。炎帝姓姜，号神农氏，因崇尚金、木、水、火、土中的“火”的功德，故称炎帝；黄帝姓姬，号轩辕氏，崇尚土的功德，因其居住的黄河流域土地是黄色的，故称黄帝。后来，这两大部落顺黄河往东拓展，先后到达山西、河北、河南、山东一带。其间，黄帝还应炎帝之邀，帮助其战胜了九黎族的首领蚩尤。但是，受助的炎帝对黄帝并没有感激，反而有了扩张的野心，于是两大部落在阪泉大战一场，炎帝败走长沙。黄帝得到许多部落拥戴，成为中原部落联盟的领袖。

黄帝来到修山，十分看好这里的地理位置：处湘西与湘中交界，北靠洞庭西部粮仓，南有资水作天然屏障，给养便捷，又宜于隐蔽休整，是个屯兵之地。

一日，艳阳高照，山川朗朗。黄帝从修山西侧望修山，见其双峰酷似熊耳，遂给修山取名为“熊湘”。一个“熊”字，标志从中原出征一路滔滔都是熊国联盟的胜利旗号；一个“湘”字，则表示由北而南，会合众流奔赴洞庭湖的宽阔境界。黄帝以熊为图腾，以此山名和地貌激励部属，坚定了以正义之师统一南北的决心。决定与炎帝和好，选派大臣去与炎帝和谈。

风后是黄帝南下到达湖北天门西北的古竟陵时，遇上的一位部落首领。风后钦佩黄帝德行，与炎帝也早有交情，又洞悉炎帝去向及心态，更熟悉洞庭湖和湘、资、沅、澧四大河流的地理交通。风后向黄帝提出了一系列建议，黄帝十分赏识，即以风后为相，率大军直抵资江。

风后领会了黄帝的意图，十分乐意斡旋促成两大部落首领握手言和，于是乘船顺资江至临资口，溯湘江至长沙，拜谒炎帝。此时，炎帝因打了败仗，正恼羞成怒，紧锁大门，墙上贴一龇牙咧嘴熊画像，将风后拒之门外。风后吃了闭门羹，只好打道回府，向黄帝报告。

黄帝并未因炎帝的闭门羹而恼怒，指示风后低调再次拜谒炎帝。这次风后以半掩面纱遮羞面的姿态向炎帝求和。炎帝心生疑惑，心想：求和应是战败方向战胜方请求停战，实现和平，怎么黄帝打了胜仗后“装反犁”？炎帝问风后：“为何用面纱遮面？”风后回答：“只因阪泉之战伤了炎帝元气，心有愧意，不好意思相见。”炎帝听后，恼恨风后虚言，不过见风后未对自己上次闭门拒客表露丝毫恨意，便缓过气来，接待了风后。风后察看了炎帝军营，发现粮草严重不足，士兵饥饿难耐，士气十分低落，

《炎黄修和》 作者：苏伟

便有了主意。

风后走后，炎帝紧急动员，组织士兵大修工事，做好迎战准备。他想黄帝定会乘虚攻击，这次一定要重振雄风，与黄帝决一雌雄。

风后回到驻地，向黄帝建议在炎帝困难之时施以援手。但军中将士哗然，要求黄帝趁炎帝困难之际，立即出兵剿灭炎帝。黄帝坚定地说："使不得！使不得！和为贵！和为贵！"

风后率领一支长长的船队，从资水入湘江至长沙，一路浩浩荡荡、大张旗鼓，再次拜谒炎帝。炎帝接到报告，十分庆幸自己早有防备，没被风后骗，于是命令部队作好迎击准备。

很快，炎帝接到风后派来的信使报告："风后送来的是黄帝给炎帝的寿礼，船队装载的不是打仗的士兵，全是炎帝军营急需的粮草，还有由黄帝发明的，经蒸煮发酵出来的五谷汤液——轩辕酒。黄帝有令，这些物资必须在农历四月二十六日炎帝生日前送到，以酒祝您长寿。"炎帝为黄帝的心胸与言和的诚意而震惊、愧疚，迅速改用大礼盛情接待风后。

炎帝年纪较黄帝大，但他决定亲赴熊湘山，接受和平统一华夏的黄帝"修和"倡议，服从黄帝统一指挥，退而修德。黄帝十分高兴，认为是托了熊湘山的灵气，从而天赐福音于天下百姓。为答谢天地之功，他与炎帝共同在熊湘山顶设坛，主持祭天大典，接着又在山麓举行祭地大典。

炎黄修和，子孙融合，薪火相传，首开我国多民族统一的先河，奠定"和文化"，共建"和天下"，形成了融合统一的中华民族，后辈子孙都称为中华儿女。

善卷隐居桃江

胡著宣

公元前两千多年的原始社会末期，善卷与尧、舜一样，崇尚自然，同是中华大地远古部落联盟的首领。他德行天下，有崇高的精神追求，其影响自沅湘遍及全国，被尊崇为中华民族的“德祖”。“德祖”与桃江县武潭镇的善溪，有过深厚的“善”缘。

尧帝南巡时，进入湘黔苗民聚居的地域，看到民风怪异、言语粗俗，深为忧虑。他继续沿沅水而下，临近枉渚（今常德德山）时，发现所见所闻却截然不同！当他得知这是善卷的教化之功后，便面北行礼，拜善卷为师，要将帝位禅让给善卷，被善卷婉拒。尧帝就将善卷所在的山地封给他，并赐名为“德山”。

舜继尧帝位后，第一件事便是带着众多随从，来沅水流域拜见善卷。善卷一见舜帝，便直言不讳地说：“昔日尧帝治理天下，没有大肆说教，民众却很信服他，百姓们安闲自在地生活。如今，你身着华服，带这么多人出行，在百姓面前炫耀，惊扰地方，天下难以安定啊！”舜帝面露愧色，虚心接受善卷的谏言，并再三要将天下禅让给善卷。善卷依然拒绝接受帝位，并连夜离开了他居住的德山，去往南方山中隐居，从此世人不知其下落。

一天，在今常德、安化、益阳交界处的一个小山冲（现为桃江县武潭镇善溪村），一条宽阔的溪流边迁来了一户人家。这户人家的男主人姓善，年龄较长，待人和气，谈吐气度不凡，很受山民的欢迎。

长者十分勤劳，每天天不亮，就带领一家人在山坡上开垦荒山，种粟米、荞麦；在溪水边移土造田，引水灌溉，种植谷物。他家的田土日渐增多。

“他家不到十口人，要那么多田土干什么？”冲里人纳闷。看着长者严格按照农时耕耘播种，精耕细作，知道他是一位耕作的行家！秋收时节，长者一家的果蔬谷物，全部丰收。蹊跷的事情发生了，短缺食物的山民家门口，夜间经常有人放上一袋粮或一捆菜或一些瓜果。哪个舍得把自家的粮食、果蔬送给别人呢？原来，是那位长者派家人送的。

冲里人还发现，这位长者有着一颗糍粑心。长者用黄牛犁田，黄牛拉犁不用劲。长者手握一把藤条，却并不抽打黄牛，听任黄牛懒洋洋地干活。山民好奇，问长者：“您怎么不用藤条抽牛用力犁田啊？”长者回答说：“黄牛负犁很累，我不忍心抽打它！”山民又问：“你不想打它，拿着藤条干什么呢？”长者答道：“我拿藤条是驱赶黄牛身上的蚊蝇呢！”长者的善行，迅速传遍了冲子。

次年，天逢大旱，山中溪流几近干涸，田里的禾苗眼看要干死了。长者领着一家人，在大溪中筑起一道拦水坝，并派家人日夜蹲守。山民感叹：他家的禾苗有救了！接下来的事情，让所有人瞠目：长者却在他家靠溪边的农田里，开了一条引水沟，把珍

《善卷隐居桃江》 作者：苏伟

贵的坝水引进了别人家的稻田。等下面的农田都有了水，禾苗救活了，他家的禾苗却枯死了一半。

当年冬天，开头是暖冬，山民进山打不到猎物，冲里人好久没有尝到野味了。一场大雪突然而至，山民们特别高兴，等大雪封了山，就容易打到猎物了！那场雪足足下了半个月，方圆百里的山林田野全给冰封住了，饥饿的野兽纷纷跑出来寻找食物。人们看见长者和他家人背着谷物，深一脚浅一脚走到山中，在山腰处撒下一堆堆食物。冲里人非常感动，纷纷夸赞长者想得周到，并表示，等他们在“食窝子”旁边捕到了野兽，一定要把兽头奖给他。冲里人摩拳擦掌，准备进山捕猎了。长者却逐户劝告：“这时候进山捕猎，大小野兽会消灭干净，动物无法繁衍，今后就没有猎物可打了。现在，我们应该先救这些动物。天人合一，万物共生，这是天地间的生存法则！”人们顿时醒悟，纷纷称赞长者的大德。

农闲的时候，冲里人都爱去长者家串门，听长者讲解天时与农耕知识，勤劳健体的养生之道，以和为贵、和睦相处的为人之道。长者的茅屋，成了冲里人的学堂。

长者一家与冲里人其乐融融，愉快地耕种、生活，整个山冲变成了一个团结友爱、丰衣足食、和谐幸福的大家庭！

就在人们无比庆幸能与这位长者加智者长久为邻的时候，冲子里来了一队官兵，往日的宁静被打破了。当官的四处打听：“善卷在哪里？”

“善卷？！莫不是那位姓善的长者？”

“善卷就是那个让帝位、布善德、启民智的帝师啊！我们奉了舜帝之命，寻遍了名山大川，请他去接受帝位！”

“善卷住在我们冲里啊！”

人们惊喜不已，奔走相告，冲子里一片沸腾。

冲里人兴高采烈地带着官兵来到长者的茅屋，却见屋内空空，不见一人。原来善卷闻听有人来找他，立马就带着家人离开了这里。

冲子里的山民十分思念善卷，把他筑过坝的那条大溪叫作“善溪”，把他家的茅屋改建成了善卷祠，供奉他的雕像；善卷祠几经改名，后来叫作“洪崖寺”。善溪和洪崖寺之名沿用至今。

腰子仑的战国故事

昌松桥

1986年5月，桃（江）灰（山港）公路扩建时，在腰子仑公路边的红薯地里发现古墓群！经省市文物专家调查、考证发现，有古墓葬600多座。腰子仑、金塘咀春秋战国古墓群，不仅为文物部门提供了研究春秋战国时期以血缘关系为纽带，聚落而居的典型实例，也为研究古越族社会组织、制陶工艺、冶炼（铜器）技术提供了重要的实物资料。400多件文物鲜活地还原了2500年前的越族部落生活。桃江腰子仑春秋战国古墓群作为长江中下游地区为数不多的越人聚葬区，被确定为全国重点文物保护单位。

腰子仑春秋战国古墓群的发现，牵出了一个楚越融合发展，化干戈为玉帛的精彩故事。

越人，是商周春秋战国时期分布于长江以南地区的古老族群，统称百越。湖南大部分地区是扬越之地，资水流域是扬越人的主要活动区域之一，他们在此主要从事渔猎和农耕。

公元前386—前381年，吴起辅佐楚悼王实行变法，精简机构，裁减冗员，取消特权，节约开支，强化军事行动，北并陈国、蔡国之后，向南用兵，开始平定百越。

吴起率大军自荆州至武陵，兵临资江。

帐前，吴起的副将说："扬越据南蛮之地，民风剽悍，不宜强攻，宜智取。"

吴起说："不战而屈人之兵，善之善者也！将军可依计而行。"

扬越之地属雪峰山余脉，盛产毛竹，毛竹最多的地方叫猴栗岭，腰子仑在猴栗岭偏峰的中坡部，故名腰子仑。腰子仑的扬越人不会加工楠竹，只能做些简单的用具。

是年初夏的一天，一个外地人驾船来到杨柳溪（今桃花江），在距腰子仑西边五百米处的文家湾，设了一个义渡，取名文家渡，以方便两岸的扬越人往来。驾船的是个高个子，人称高子。

村里的明白人越仁说："我们的地盘，怎么能让外人来经营？得想办法整他一下。"

"哥，这事我来办，耍水的事，我不怕。"妹妹越梅说。

数日后，一场暴雨后，杨柳溪洪流滚滚。

"高子，我要过河。"越梅说。

"今天水太大，船太小，不稳当，已停渡了。"

"我有急事。"

"好，上船要坐稳，千万别乱动。"

"船小，有点晃。"

"无论多晃，坐稳别动。"高子说。

可上了渡船，越梅哪里听高子的话，船往左边晃，她就往右边扑，船往右边晃，她就往左边扑，"哎——呀——我的妈呀——”边扑边高声大叫。高子一下就慌了神。这样，小船就在晃动中进了水，侧翻了。高子和越梅同时落入滚滚洪流中。见越梅落入激流中，刚学会游泳的高子只得弃了木船去追。高子双手轮番击水，几下划过去。越梅双手死劲抱住高子，两个人缠在一起，在溪水里翻了几个滚。高子和越梅喝了好几口水，都有些体力不支，但高子体力更强，思维没乱，拖着越梅往岸边靠。直游到打石湾滩边，才将越梅抱上岸来。

“高子，你真是个好人，拼命救了越梅！”腰子仑的篾匠文大块说。

“我娘生了大病，是祖师菩萨救治的，我许了愿，要多做功德。”高子答。

“你是哪里人？”

“楚人咧。”

初秋，腰子仑又来了一批匠人，有篾匠、木匠、瓦匠。他们手持神器斧、削、刀。尤其是铜削，配有铜柄套，中间用木柄连接套合，削的一头为锐角，断面为“V”形，可随身携带，用来剖篾，十分灵便。匠人称之为篾刀。木匠做出的纺轮更是精美绝伦，轻便灵活。匠人们不仅教扬越人篾工活，还赠送铜削给他们。

众人都说铜削好用，文大块更是认可。

这天，文大块要做一对木栊，给待嫁的妹妹作嫁妆，准备去请木匠。外地篾匠说：“不如我给你编一对竹篾皮箩，又轻巧，又耐用，还可当箱子用。”

“也有盖？”

“当然有。”

“那，你给我编一对吧。”

经篾在篾匠的怀里翻飞，纬篾在经篾中穿越，文大块眼睛都看花了。不到一天，两只皮箩就编好了。望着精美的篾皮箩，文大块爱不释手：皮箩都是青篾，篾片光滑、均匀，很薄，皮箩尺五见方，盖子盖得严丝合缝。每个皮箩上面还编有一个“囍”字。

文大块喜笑颜开的时候，越梅跑过来急切地说：“文大块，我哥痛得在床上打滚，郎中也没法，怕会痛死，你去看看吧。”

篾匠问：“什么病？”

越梅说：“就是身上长那种疱疹，横着长。”

篾匠说：“你带我去看一下。”

篾匠一看，说：“这是缠腰丹，是一种毒，腰部皮肤一排豆大的水疱，横着长，钻心地痛，一旦疱疹首尾连接，就会死人。”

“是的，去年我们这里就死了两个人。有办法治吗？”

篾匠说：“有，准备香烛、艾蒿、茶油。”

篾匠焚香秉烛，面向东方，凝神闭目，口念符咒，右手抓住艾蒿，蘸上茶油，点燃，在水疱前一寸处先中间后上下，连烧了三艾灸，朗声说道：“好了！”

众人大惊，问道：“篾匠，你们是哪里人？”

“我们是楚人咧。”

“落水事件”过后，越梅有事没事总喜欢到文家渡过河，她总喜欢看高子的身影，听高子说笑话，看高子那娴熟的驾船动作。一来二去，两人就相爱了。

这年年关，腰子仑传出了高子到越梅家做上门女婿的消息。

越梅结婚那天，楚人的送亲队伍竟有几十人。楚人说：“我们楚人的乡俗就是这样的，爱热闹。”这次，楚人热热闹闹在腰子仑住了几天，双方年轻男女玩得很欢。新婚之夜，越梅对高子说：“那次翻船，首先是我使坏，后来我担心要淹死了，幸亏你救了我。”高子说：“我知道。那次，我也是死里逃生啊，但值得！”

年后楚人高子的妹妹嫁给了腰子仑文大块。之后，楚人与扬越人通婚的越来越多。楚人与扬越人，你中有我，我中有你，关系越来越融洽，扬越人逐步融入楚人，逐渐“楚”化。

吴起不战而屈人之兵的妙计成功了，干戈化为了玉帛！

剪纸《腰子仑的战国故事》 作者：肖国新

梅山村轶事

胡著宣

公元前197年的一天，梅山寨（今鸬鹚渡镇梅山村）的议事大厅内，梅销正听取各头领的禀报：

“我部攻取梅山五年来，所辖桃花江至‘四溪’（板溪、锡溪、罗溪、沾溪）地域，拥有水田数万亩，开垦梯田、梯土30多万亩，稻作连年喜获丰收，目前仓廪充足，粮草超20万担。”

“将军原部越兵10万，加上近年招募当地土著2万余人，在册士卒已达12万之众。”

“锡溪一带有铁矿，板溪之源有锑矿，当地百姓所献废铁甚巨，打造兵器原料充足，所铸矛、刀、剑、戟、箭等均够将军一战之用。”

“目前苗民驻防的重点是展旗坪与校场坪，我部可绕过这两地，直接进入兵力空虚的板溪杨家湾，然后直取西面大山城邑。”

…………

专司粮草、兵员、兵器、军情等各事务的头领说完后，梅销沉默不语，移步窗前，整个梅山寨尽收眼底。梅山岭上这个依山而建，占地40多亩的梅山寨，四周石墙高垒，草屋木楼鳞次栉比，近千间房舍驻扎着两万多精兵……居于最高处的梅铜，每遇大事便会站到窗前，俯视着他这座王城。

众人围在他身后，等待他发令。

“走！”梅铜手一挥，各头领纷纷上马，随他朝龙栖寨奔去。

梅山村是一个盆地，像一只口袋，袋口就在龙栖寨与对面鼓哨垅之间的锡溪。龙栖寨在袋口的左边，由梅铜的大儿子带越人主力部队驻守。龙栖寨山顶从北到南足有一二十里长，却只有三到六丈余宽，是相对平缓的一条狭长山脉。山脉两边是陡峭的坡地，易守难攻。梅铜大儿子在攻占梅山村后，就一直带领越人主力驻扎在这里。平时，除了操练兵士，还在山坡上开辟了数千亩梯田梯土，自行解决了大部分给养。梅铜的二儿子则守护着右边的鼓哨垅。鼓哨垅又分上鼓哨和下鼓哨，哨兵二十四小时守卫，遇三苗和散落的瑶民偷袭，则擂鼓报警。

“将军威武、越人必胜！将军威武、越人必胜！”龙栖寨的将士一见梅铜到来，霎时呼声雷动。梅铜见军容整齐，群情激奋，粮草武器充足，露出了满意的笑容。

“明日五更造饭，精锐尽出，趁天明雾起之时分四路出击：一路拒展旗坪之敌，二路阻校场坪之敌，三路主力取道板溪杨家湾，直取大山城邑，四路为后卫。”返回梅山寨的梅铜又站在窗前，下达了作战命令。一时，整个梅山村人叫马嘶，大战一触即发。梅铜伫立良久，思绪翻腾：梅山寨啊梅山寨，我与你日夜相伴五年多了，明天就要离开，要去开辟一个更大的“梅山”了！苍茫的群山，飘渺的云雾，勾起了他对往事的回忆。

梅铜的先人是越王勾践的族人，越国被楚国吞并后，族人举族逃到安徽绩溪一带。在绩溪聚居时，勾践的后裔为纪念故乡"梅里"，统一改为梅姓，成为梅氏始祖一支。后来绩溪、豫章等地相继陷入秦、楚的兼并之战，越族后人只好逃离绩溪，进入江西余干县安乐乡（今梅港乡）定居（梅鋗就出生在梅港乡梅港村）。年轻的梅鋗魁梧勇猛，成为部落的首领。他率领一支6000人的越人队伍，进入岭南的台岭（今广东大庾岭），在章江和浈江的源头构筑"梅鋗城"。台岭成了南迁越人的一个重要据点。

秦始皇统一中国后，派50万大军分五路南征"百越"。梅鋗率领越民在台岭凭着险要关隘，给予秦军沉重打击。但毕竟势单力薄，加上秦军前锋鄱阳县令吴芮率领的军队善于丛林作战，台岭危在旦夕。吴芮是余干人，与梅鋗同乡，他熟知越人英勇顽强，也十分敬佩梅鋗这位越族首领的军事才能，便派人与梅鋗商讨，达成共识。梅鋗所率越军归属吴芮，吴芮委任梅鋗为大将军。后陈胜、吴广领导农民起义反秦，各地纷纷响应，梅鋗助吴芮倒戈伐秦，为西汉王朝的建立立下了功勋。

公元前206年，刘邦统一天下，封吴芮为长沙王，封梅鋗为"台侯"，"食台以南诸邑"。其时，台岭以南已为南越王赵佗所据。因为没有地盘，梅鋗只得率领他的10万越兵，西迁到长沙王吴芮属地长沙郡的益阳县境内的桃花江东岸。

天地那么大，难道就没有我越族人的安身之所？数经波折的梅鋗十分愤懑。"我要依靠自己的力量，为族人寻找一处落脚的家园，开创一片梅姓的天地！"梅鋗暗下决心。

梅鋗带领越兵在桃花江东岸安营扎寨，修筑工事，运用越人的先进技术指导农桑生产，制造工具和兵器。梅鋗将自己的部将安置在石牛江双陵坪、安陵坪、增塘、小坡头一线，督令他们参与农事耕作，厉兵秣马。

西进！梅销的第一仗便是越过桃花江，与来自罗霄山脉一直盘踞在桃花江西岸这片冲积平原的瑶民战斗。瑶民个个勇猛，以一抵十，战斗异常惨烈。梅销身先士卒，采取驱逐而不聚歼的战术，终于赶跑了瑶民。随后，梅销率部翻过浮邱山穿天坳，经草子坳，抵达与苗民为邻的一个山村。至此，梅销控制了桃花江以西——板溪、锡溪、罗溪、沾溪之间的广阔地带。

梅销登上高高的山岭，环视四周，这里四面环山，易守难攻，还有一条锡溪与板溪、罗溪合流入沾溪，注入资江，可达洞庭湖。梅销决定在此建一营寨，作为下一步西进的前哨，为开辟“梅”姓家园打基础！

“这个村子，就用我们的梅姓来命名，叫作梅山村，如何？”梅销手指梅山村，问身边众将。

“越人有福，将军威武！……”众人欢呼。

“营寨就建在这里，作为统兵的中军帐，就叫梅山寨吧！”

梅销带领越兵在梅山村周边安顿下来。他们开荒垦土，发展稻作经济；训练士兵，强化山林作战技能；联络当地部落首领，动员年轻人加入他们的队伍，在各险要隘口设立关卡，日夜派人守卫，以防瑶民和苗民袭扰。梅销让越兵有了安定的生活，同时也麻痹了山那边的苗民部落，他们以为这些越人不会去强占他们的地盘了。

公元前202年至公元前197年，梅销的10万越兵以梅山村为大本营，为西进的开疆拓土作好了一切准备。

“将军，行营明日将随大军前移，梅山寨还需留人驻守吗？”军师的一句询问，打断了梅销的回忆。

“后卫部队留少量越兵守卫吧！营房概作民房之用。那一片大山，将与这里融为一体，梅山村，是我们越人的‘根’啊！”说完，梅销的视线投向大山城邑方向。

第二天一早，十多万越人从多个方向冲向板溪杨家湾，绕过苗民重兵把守的展旗坪和校场坪，翻越苍溪仑进入安化地界，仅半个月时间，就打到了梅城。

公元前197年，梅销占领了安化全境，定名为“中梅山”。公元前196年，梅销占领了新化大部，定名为“上梅山”。自此，英勇善战的越人控制了东起宁乡司徒岭，西抵邵阳白沙寨，北届益阳桃花江，南止湘乡佛子岭的广大区域，即俗称的梅山地区。中梅山以下至桃花江西岸，便是“下梅山”了。

资江（桃江段）以南，桃花江及以西的罗溪、锡溪、板溪、沾溪、泥溪流域，虽只是梅山的边缘，却是梅销当年攻取中梅山和上梅山的前哨，也是整个梅山文化的起点。

梅山后人为了纪念梅销，也为了不忘越人之“根”，将梅山村梅山岭上那个梅山寨改为“梅将军祠”，之后演变成祭祀梅山神的道观，最后成为一处颇具诗意的佛教圣地——白云庵。

白云庵已毁多年，梅山村却成了湖南省唯一一个用“梅山”命名的行政村。

浮邱真武显神威

刘　鉴

1944年霜降之夜，侵华日军驻益阳某部少佐山本一郎向翻译官李金龙交代一项特殊任务：上浮邱山拜谒真武祖师。

李金龙是益阳大码头人，对浮邱山很熟悉，浮邱寺的住持还是李金龙的堂伯。浮邱寺供奉道佛两教诸神，各路信众拜各路神仙，但方圆几百里的人都知道，寺内真武祖师最有名，最灵验。山本是个中国通，酷爱中国文化，自幼痴迷中国道教，特别崇敬真武祖师。

李金龙却欲劝阻这一计划，他知道这事有风险。他快要当爹了，关键时刻要保住自己的脑袋。从1937年12月2日起，日机十余次轰炸益阳，益阳人民经历一幕幕人间惨剧，对日本鬼子早已恨得咬牙切齿。1944年5月，李金龙从国民党第七十四军五十八师师部文书的位置上投敌，帮助日军进犯益阳。6月7日，益阳县城沦陷。虽说李金龙当汉奸这事只有妻子金凤和个别日军官兵知晓，他父母都不知情，但万一在往返途中被人识破，小命就得丢了。于是，他故意对山本说："这些年皇军军威浩荡，浮邱寺早已破败不堪，没啥看头！"

“正因如此，该赶紧去看看。以后炸了，想看也看不成。”山本坚持己见。

李金龙换个理由，满脸赔笑：“山上只有我堂伯和几个老掉牙的和尚，道观早就没了。”

山本连连摇头：“非也！明清两朝，浮邱山是湖南省道教领导机关道纪司的所在地，浮邱寺道佛共存，是天下寺庙少有的奇观。真武祖师坐镇浮邱。山不在高，有仙则灵啊！”

李金龙不死心：“我随家父在武汉三镇生活过，听说真武主要在湖北的武当山……”

“相传武当山南岩是真武得道飞升之地。但事实上，真武是在浮邱山飞升的，这是我20年研习的成果，绝不会错！”山本不容置疑。

“您不会错！”李金龙贴上前讨好地说，“我是为您的安危考虑。您只会说东北话，一张嘴就会遭人怀疑。国民党第十八军、第七十三军驻扎在桃花江一带。那里还有中共的游击队，大大的厉害！”

“我自幼听欧美传教士说，在中国湖南益阳有一座叫浮邱山的仙山，女娲曾在山间炼石补天，葛洪、潘逸远、张三丰在山顶布道修行。如今近在咫尺，我岂有不拜之理？再说，我们去拜真武祖师，真武祖师会保佑我们平安。”山本轻拍李金龙的肩膀，“过两天就是九九重阳，是真武得道飞升之日，就这么定了。你妥善安排！”

李金龙得令离开。山本闭目，眼前浮现真武祖师手持宝剑降妖伏魔的形象。他执意去拜真武祖师，还有一个不可告人的目的——祈求真武祖师保佑日军赢得太平洋莱特湾海战胜利。此前日军在衡阳遭受重创，在塞班岛、马里亚纳群岛连连失败，日前莱特湾海战爆发，此役日军若败，日本南线资源输送的命脉将绝，“大东亚共荣圈”将破，那绝对是一场噩梦。他无论如何都要去一趟浮邱山。他相信，真武祖师是无所不能的菩萨，更是无往不胜的战神。

李金龙回到家，跟妻子金凤说要去浮邱山的事。金凤一听喜上眉梢：“三月三咱俩去浮邱寺求子，真的怀上了！我答应了真武祖师九月九去还愿。这下正好，带我一起去！”

安排金凤上山，这倒不难。李金龙想出一个好主意：明天是九月初八，方圆几百里的香客都会等到九月初九上山，那么，请山本明天上山，几乎不会碰到香客，可大大降低风险。为确保万无一失，李金龙决定带两名日军卫兵凌晨卯时进山，金凤和山本假扮夫妇傍晚酉时登顶。堂伯没见过金凤，一定看不出破绽。

李金龙立即跑去请示山本。山本欣然同意，还让李金龙转告住持，他将以“国立武汉大学国文系李教授夫妇”的名义，向浮邱寺捐款一万大洋。

次日凌晨，李金龙和两名卫兵换上国军军服，故意不走南边的穿天坳，而是选择平时少有人走的东入口进山。晨鸟啼鸣时三人入寺，拜见住持。住持认得堂侄，听说武汉的教授夫妇捐款，很是高兴，心想有一万大洋，残破不堪的四进大殿可得修缮，万卷藏经也不用直面雨雪了。倘有余款，再建两排客房，平时宿香客，灾时庇八方。

酉时，暮鸟归巢，圆日与半月同辉。几个老和尚在后堂准备斋饭，住持和李金龙在寺外迎候。只见山本身着青布长衫，布扣紧锁，大步走在前头，另两名“轿夫”敞衫露怀，抬着金凤。

山本热汗涔涔，却浑然不顾。他如愿登顶浮邱，穿过千年银杏林，遥想真武祖师食银杏白果、锁洞庭孽龙，不禁心潮澎湃。

“我们两口子结婚五年没怀上，今年三月三从武汉来求子，真武祖师果然赐子予我。我就拉我家李教授一同来还愿了！”金凤嘴巧，半真半假的话语直往外倒。山本微微躬身，彬彬有礼，颇似大学教授。

“请入寺畅谈！”李金龙见一切尽如预期，心中高兴，率先入寺引路。两名穿国军军服的卫兵紧跟入寺，分列两侧。

“对！对！我们先去还愿！”金凤腆着大肚子，侧身跨过门槛，随即转过身来，迎“李教授”入寺。

山本颔首捋衫，正欲抬腿，却被住持拦住。

山本疑惑地看着住持。寺内外的卫兵警觉地把手按在腰间。

住持表情平静：“请先生解扣。”

李金龙闻言大惊，却假装轻松：“大伯是担心李教授受热。李教授您热吗？”

山本摇头。

“不热不热！寒露都过了，我还冷呢！”李金龙喝令门外敞衫露怀的卫兵，“快把衣服扣好，小心着凉！”

李金龙一边说着，一边扶山本入寺。不料住持再次伸手拦阻。

四名卫兵正要掏枪，山本微微摇头，然后正对着住持，缓缓解扣，露出土黄色的日军军服。

“宗教无国界，日本人也可以入寺吧？”山本微笑着问。

"日本人可以。请先脱掉你的军服。"住持的语气依然平静。

卫兵们掏出手枪，齐齐对准住持。李金龙朝后堂那边看了看，又扭头朝住持："大伯，别这么讲究吧，穿军服怎么了，我不也穿着军服吗！"

"可日本人的军服，沾满了中国人的鲜血！"住持字字铿锵。

"少佐是以个人身份来拜真武祖师的，跟穿什么衣服没关系！"李金龙急了，"少佐有诚意，愿捐一万大洋！"

"脱了日本军服，才是个人身份！"

"你是佛门和尚，我信奉的是道教，你无权拦阻！"山本动怒了。

住持不让步："我是本寺住持！"

"哎哟哟！不看僧面看佛面，不看佛面看真武祖师面！"金凤跨出寺门打圆场。

住持两手展开，双眼微闭："不脱日军军服，休想进门！"

李金龙和山本几乎同时抽出匕首。两人一前一后，连扎住持的胸和背。鲜血喷涌而出，住持缓缓倒地。

李金龙紧张地朝后堂望去，后堂寂静。

李金龙一挥手，金凤赶紧上轿。这时，一个扫地老僧见住持倒在血泊中，正欲呼救，四个卫兵抽出匕首对老僧一通乱捅。

随即，两"轿夫"抬着金凤，李金龙与另两名卫兵护着山本沿南路分两批先后下山。

来到穿天坳水库附近，天已黑了，金凤心中窃喜，一路没人追随。突然天空两声霹雳，轿停，金凤钻出轿来，竟不见两个"轿夫"。左喊右喊没人应答，她只得在附近找农家借宿。

次日清晨，农家主人及进山香客惊呼，穿天坳水库漂浮着六具男尸。金凤匆忙赶到，认出正是李金龙、山本和四名日军卫兵。她惊愕不已："怎么两声霹雳后分两批下山的六人，无任何外伤，齐齐淹死在水库？"

难道是真武祖师显神威，把六条恶棍灭在这里。想到这里，金凤"啊"的一声怪叫，又哭又笑、手舞足蹈跑下山去。

如果山本一郎没死，他会以为真武祖师真的显神威了：人类历史上规模最大的海战——莱特湾海战在这天结束，13艘日军巡洋舰等重型军舰被盟军击沉，日本帝国海军主力被消灭，他的父亲——日军南路舰队"扶桑号"山本大佐葬身苏里高海峡。次年8月21日，山本大佐的妹夫、山本少佐的姑父今井武夫，作为日本乞降使节在芷江向中国人民认罪投降。

斗转星移，万物乾坤。如今的浮邱寺内，马、赵、温、关四大元帅侍卫的真武祖师，与二十四诸天菩萨一起庇护八方黎民。

龙牙寺与郭都贤

胡著宣

明朝天启二年（1622）的一天，三堂街龙牙寺八百僧侣齐聚大雄宝殿，身披袈裟的住持方丈引领众僧齐诵佛号，以隆重的佛教礼仪迎接新科进士郭都贤的到来。

古朴雄伟的宝殿，青烟缥缈，梵音悠扬，一切那么庄严肃穆，一切又那么亲切熟悉！昨日蟾宫折桂露头角，今朝故地重游是少年。再次踏进这座千年皇家御庙的郭都贤，快步走到迎候在大殿门外的方丈面前，屈膝磕首恭行弟子跪拜之礼。

“施主今已成为一方名士，老衲有幸得结善缘，怎堪身受如此大礼呀！阿弥陀佛！”方丈连忙躬身将郭都贤扶起。

“都贤生性愚钝，若非大师与众名士多年殷勤教诲，宝刹典藏古籍熏陶，哪有我今日的薄名呀！”

众人无不感叹。当年，这位勤奋的少年在龙牙寺藏经阁秉烛苦读的情景，恍如昨日。

方丈清修的禅室里，主客举茶互敬，方丈对郭都贤说：“名士才气卓荦，用笔工整，老衲求墨宝一幅，存敝刹以昭荣光。不知可否？”

“弟子谨遵师命，献丑为宝刹山门撰写一联！”郭都贤爽快地答应了。

龙牙寺自古就是湘中佛教文化传播中心，伴生的松风书院又是益阳最早的书院，在三堂街龙洞口这片福地上，佛教文化与儒家文化相融并存已有数百年，为广大学子大开了方便之门。郭都贤对这处文化圣地一直心存感激，他略作沉思，挥毫泼墨，运笔如椽：

万山风雨锁龙宫，被樵子流连，识破一盘棋局

千古水云迷洞口，问渔郎消息，放开几片桃花

方丈颔首微笑，好似悟出了更深的联外之意。他命人收好。对联不日便镌刻在龙牙寺的山门上。

郭都贤再来龙牙寺，是十四年之后的崇祯九年（1636）底。在母亲病危告假回乡侍奉，及母亲病故“丁忧”期间，他多次来龙牙寺拜访住持方丈，彻夜长谈治国安民良策。

崇祯十二年（1639）开春，李自成、张献忠领导的农民起义席卷了大半个中国，社稷危在旦夕。郭都贤忧心忡忡，前来龙牙寺与方丈辞行。

“时局艰危，都贤打算提前结束‘丁忧’，请命奔赴疆场杀‘贼’，以救国家于危难！”

“大人乃国之栋梁，官之翘楚，当下朝廷急需良臣辅国，盼大人此去能力挽江山倾覆，救黎民于水火。阿弥陀佛！”

龙牙寺山门旁，郭都贤弃岸登舟，与方丈挥手道别。

崇祯帝重用郭都贤为江西巡抚。郭都贤整治吏治、训练乡勇、筹措军饷，殚精竭虑。张献忠率大军进犯江西，郭都贤全力抗敌，而时任统兵元帅的左良玉看到天下已经大乱，明王朝气数将尽，便观望另谋，保存实力。郭都贤心系大明，忠义为本，独自骑马去左良玉军营相见，求其出兵攻打张献忠，保卫江西的安全。左良玉叫苦连天，深感无能为力。郭都贤悲愤不已，数日不食。南昌沦陷后，他弃官回故乡隐居。

时局风云变幻。同年，吴三桂引清兵入关，打败李自成的起义军，占领了北京。清兵到处烧杀抢掠，天下民不聊生，各地纷纷举起了抗清的义旗。郭都贤内心无比痛苦："不行，我要尽力抗击残暴的清军！"

郭都贤往来于龙牙寺、浮邱寺、东林寺，秘密联系僧人和乡贤，商讨如何抗击清军，他身边很快聚集了一群抗清的热血义士。

他看到湖南千里炊烟几断，内心无比忧愤！1646年，郭都贤在桃江东林寺落发为僧、遁入空门，以出家人身份开展反清斗争。当年11月，桂王朱由榔在肇庆称帝，定年号为永历。永历帝颁发诏书，命郭都贤为兵部尚书，郭都贤已削发为僧，未去奉诏。

1652年的一天，一骑快马停在郭都贤家门前，一位壮士掏出一封信函递上。

李定国？永历皇帝任命的晋王、原大西军统帅李定国？

郭都贤看完来信，眼前浮现出一个骁勇的"贼兵"统帅。他任江西巡抚时，张献忠的部将李定国率军进攻江西。李定国所部纪律严明，所向披靡。郭都贤倾其所有充作军饷，昼夜巡守，多次与李定国死战。如今，这位"贼兵"统帅李定国已成永历王朝一员大将，从清军手中收复了广西、贵州和湖南大部分土地。

李定国特意派人来邀，请郭都贤前往衡山军营一叙。昔日大明王朝的仇敌，如今也能抗清保明，而且还是骁勇善战的虎将，郭都贤心中燃起了一丝希望。

李定国将军与他临时聘任的“军师”王船山在军营十多里外的官道旁迎接郭都贤。

“一文一武，肱股之臣呀！”

郭都贤拉住二人，眼中充满了喜悦。

军营里，三人秉烛长谈，一夜无眠。第二天，郭都贤就匆匆赶回了三堂街。

郭都贤与李定国商定，接白龙会总舵主肖震天到益阳，打着白龙会的旗号，以龙牙寺为掩护，秘密联络各路抗清义士，起义兵，逐清吏。郭都贤率领浮邱山三千道士下洞庭，与明旧臣周堪赓、陶汝鼐等人组织的洞庭湖船民会合，成立了水乡义军；又联络梅山首领屠汝铭、道纪司都纪李纯阳等数千人，准备于永历七年（1653）元宵节一同起事。

年底的一天，一名手下气喘吁吁跑进郭都贤设在龙牙寺的议事“禅房”报告，元宵节起事的消息走漏了风声，清廷正在到处抓人，陶汝鼐等100余名骨干已经被捕。郭都贤与肖震天舵主等人大吃一惊，这节骨眼上，竟然出了这种事！

“我去找洪承畴！”郭都贤咬牙见血。

郭都贤曾与洪承畴同在明朝为官，洪承畴被诬陷下狱时，时任吏部天官的郭都贤极力替他开脱，保荐他出狱并任蓟辽总督。1642年3月洪承畴兵败松山降清，现任大清王朝太子太师，经略湖广云贵五省，总督军务。

长沙府官衙内，一场简单直白而又惊心动魄的对话，在郭都贤与洪承畴之间展开。“解散白龙会，不再与清廷作对！”“释放陶汝鼐等全部义士，我答应从此不问国事。”

不久，陶汝鼐等100余名被捕义士全部释放。郭都贤从此隐居避世，以诗文寄托内心苦闷，终老余生。

1654年夏，几千清兵突然围住龙牙寺，捣毁了这处隐蔽的反清场所。

花园台的水碾

吕松桥　萧骏琪

清朝末年，鲊埠花园台的溪渠上建有一个水碾坊，主人叫卢南山。水碾的水源是卢姓粮田渠坝上的余水，水量不大且不稳定。水碾设计也不是很合理，水的利用率不高。水碾坊经常是碾碾停停，不到两年就关门停业，贴了转让告示。

两年过去仍无人问津。

水碾坊两年没住人，已是破败不堪，屋顶四处漏水，木壁生霉，地面长满了绿苔。

龙拱滩沙渭有个木匠，叫薛守全，跟师父学了三年，刚出师。他在花园台找了一个半个月的木工活，做上门工，天天早晚从这水碾坊旁边经过。见那门天天闭着，木门的缝隙还蛮大，隐约可见那木质的水碾，薛守全来了兴趣。

有一天，只有半天活。回家的路上，薛守全经不住诱惑，竟从水渠下面沿轴爬到水碾坊。他想看个究竟。

卢南山的邻居正好从水碾坊路过，回家就马上告诉了南山。南山正在家里剖篾，准备织筦箕，就冲屋里喊女儿："桃子，你拿上钥匙，到水碾坊看一下；大白天的，有人从渠道下方爬进去了。

看谁在偷东西。”

“吱”的一声，水碾坊坊门洞开，碾车的木架上叉开腿站着一个人，脸上满是黑黄相间的花纹。十六岁的桃子不由“啊”的一声尖叫。

薛守全被这突如其来的尖叫声吓得手一松，“啪”的一声，掉入碾车下的水潭里。

薛守全在水潭里一沉一浮，露了几下头，脸上的污泥和绿苔经水一洗，全都退去，露出一张英俊的脸来。桃子怕出人命，连忙拿一根木棍，接他上来。

桃子大声问：“你爬进来干什么？”

“我是一个木匠，想看看这木质水碾是怎么设计的。”薛守全甩了甩衣袖上的水，轻声说。

“你真是这样想的？”

“我看了一下，这水碾可以改进。”

“反正，我们家又不想将碾坊继续开下去。”

“我想将这碾坊买下来。”

“你？！”桃子一惊，漂亮的脸庞上露出了一抹胭红。

“这天气有点冷，我回家换衣服去，有时间我再来看一下。”

“你穿着湿衣服走这么久的路会感冒的。”

“不会，你看，我身体好着哩。”薛守全把自己的胸部拍得嘭嘭响。

“要不，你把衣服脱下来，我给你烤一下，碾坊有稻草，稻草烧的火冲劲足，衣服干得快。”

“不，不好吧？”

“总比感冒好。我知道你的想法，你烤内衣时我回避一下。”

薛守全到南山家提出再次看碾坊的时候，桃子主动跟她爸说：“爸，你忙你的事，我去看着就是。”

南山听了这话，扬着头看了桃子好一阵。

桃子陪了薛守全半天，还帮他拉尺头，递工具，两人很合拍。

桃子问薛守全：“你看怎么样？”

“行，我决定把这碾坊买下来。”

“那太好了。”桃子的脸灿如桃花。

“什么太好了？”

“这水碾终于有用了！”

南山忙碌间，突然觉得女儿今天的表现有点特别，就丢下手中的活，悄悄来到水碾坊。看到女儿和那小木匠配合默契，俨然一合手。

第二天，薛守全来到南山家，说：“老板，我想跟您商量一下。”

“你说。”

“我想将这水碾买下来，‘秋丝瓜’不是说，您开价十块光洋吗？可我只能凑足五块，余下的五块光洋两年后付清。行吗？”

“谁说是十块光洋，分明是二十块！”

“二十块吗？您看我一个毛头小伙，哪来那么多钱，能不能少点？”

桃子说：“爸，少点吧，放两年了，也没人问。”

“小孩子家，插什么嘴。”南山横了女儿一眼，说，“二十块光洋不能少！不过，付款方式可以商量。”

“如何付款？”

“可以先付三块光洋，你留两块做改造费用，余下的十七块分五年付清。”

“这样也行，谢谢老板！”

这天，薛守全就接手了水碾坊。

薛守全想在水碾坊增开一间榨坊，榨油、碾米同时进行。他细心观察水碾结构和漕渠水路，决定改造水路和机具，把重点放在改进地下水力、机具系统和地上装置上。地下：在推动砻、碾两把伞（即木质伞齿轮）的六尺距离外，增设一把用于油碾的伞，伞的位置低于前面两伞一尺五寸，使前面二伞的流水汇合起来，推动碾油料的伞。地上：改成“品”字形装置。水阀一开，三伞转动，带动谷砻、米碾和油料碾同时工作。他还在三把伞前的水槽上设置了活动闸门，打开活动闸门后，水流就不泻进梭斗而直接向外流出。这样，就可以按生产需要随意控制，或开一伞二伞，或三伞全开。

这样，一水三用，大大提高了水的利用率和经济效益，还引来不少人参观。

桃子一有时间就往水碾坊跑，还帮薛守全烧火、推料、结账。

年底，薛守全委托秋丝瓜去卢南山家提亲。南山高兴得合不拢嘴。

秋丝瓜说：“那，聘礼呢？”

“聘礼不是早给了吗？”

“啊——是那三块光洋吗？”

“是的！”

“嫁妆呢？”

“就是那个水碾坊。”

正当薛守全与桃子夫唱妇随，其乐融融的时候，半途出了意外。

渠坝上游两里的地方，财主熊某也开了间油榨坊。自从薛守全改造水碾增设油榨之后，熊某生意萧条，门庭冷落。熊财主恨死了薛守全，决定拔除这颗眼中钉。他求计于当地讼棍卢某。卢某说这容易，只需串联田主上告，告他个“滥用坝水，贻祸农田”，就可以将薛守全赶走。于是，熊某贿赠三十串铜钱给卢某。卢某摇唇鼓舌，胁迫利诱，联合几个人署名，到益阳县衙告了一状。

知县传票下来，令薛守全限期到县衙候审。

薛守全接到传票后，心想：我一无钱，二无靠山，要打赢这场官司，只有在大堂之上，把自己改造水碾的原委说明白。于是，他用了五天五夜的时间，用薄板、小木料和铁片制作了一个水碾、油榨模型，带上一把锡壶，前往县衙。

开庭时，县官高坐公堂。卢某滔滔不绝地叙述薛守全增开油榨坊多耗水源，致使卢氏百亩良田缺水受旱，求知县责罚薛守全拆榨坊赔偿。知县让薛守全答话。薛守全从容不迫，诉说原委：“此处设碾已十多年，我只是将碾坊内部水路略加改变，使得一水三用，并没有从坝上多放一滴水。”

薛守全边说边置水碾和油榨模型于公堂，又讨来一锡壶水，水入机转，知县和满堂差吏见后大为惊叹。知县决定，前往现场亲察。

知县一行来到鲊埠花园台，查看了薛守全的水碾和油榨坊，连声嘉许，并断了熊、卢一个诬告之罪。

自此，薛守全的水碾、油榨一直生意兴隆。十多年后，他成了鲊埠首富。“花园台的水碾”在益阳传为美谈。

桃花江的故事

刘　鉴

这是一个关于伟大的爱国诗人屈原的故事。

战国时期，桃花江一带归属荆州，为楚国之地。

楚怀王执政初年，屈原受到重用，被封为“左徒”。他主张改革变法，遭到楚国贵族的集体排挤和诽谤。

楚怀王死后，继位的顷襄王重用奸臣，将屈原贬为“三闾大夫”。

闾，就是巷门。三闾就是三条巷。屈原从朝廷重臣降为坊间小吏，反对派还不肯放过他。屈原经历了两次流放，先到汉北，后往江南。

流放江南期间，屈原从沅江、湘江到益水（今资江），进入桃花江境内。他先登炎黄二帝握手言和的修山，再登女娲炼石补天的浮邱山。

从浮邱山下来，来到益水边，屈原饥寒交迫，支撑不住，瘫倒在凤凰山南麓的雪地里。

屈原自感将冻死，担心做无名野鬼，于是吃力地摸出最后两片空白竹简，颤抖地在一片竹简上写下：北向之地葬我兮，囊中余银为酬！在另一片竹简上，他为自己写下墓碑：楚三闾大夫屈原之墓。

刚写完，就一头栽倒在地。

然而，屈原命不该绝，一位姑娘救了他。

姑娘名女媭，芳龄十六。自小没了父母的她，随爷爷长大。族人之间互相关照，她倒也生活得快活自在。

她冒着大雪出门挖菜。突然看到地上卧着一个“雪人”，她大吃一惊，迅速叫来爷爷。“雪人”竟是屈原，他还有微弱的鼻息。他们赶紧把屈原背回了家。

在女媭和爷爷的救治下，屈原苏醒过来。他睁开眼，看到美若天仙的女媭，以为自己升到了天庭。

女媭一勺一勺给屈原喂姜汤，屈原这才明白自己没死。他撑起身，掏出一把碎银塞给爷爷。爷爷不肯收。

屈原强撑身子告辞，爷爷和女媭盛情挽留。

爷爷说：“冰天雪地的，出去怎么办？再说，快过年了，再急也得先过年啊！”

族人们听说屈原来了，纷纷来探望。见到他们，屈原顿时感到疑惑：明明在楚国境内，这些人的衣裳和口音，为何不同于楚人？女子们为何个个国色天香？

族人告诉屈原，他们不是楚人，而是从太湖边迁来的越人。

屈原惊诧不已：“诸君贵姓？”

爷爷告诉屈原，他们原本姓范，为掩人耳目，就改姓杨。

“祖上可是少伯公范蠡？”屈原脱口而出。

族人都不吭声。爷爷大声说：“三闾大夫是好人，咱们不必隐瞒！”

于是族人齐答：“我们正是范蠡和西施的后人！”

屈原明白了！

难怪这里的女子，个个美若天仙。

爷爷和女媭带屈原去西山的腰子仑看祖坟，千百座坟墓都没有墓碑。

太阳快落山了，他们还是没法辨认范蠡和西施的墓。

爷爷说：“我们提防对面那些姓柳的楚人，不敢立墓碑。双方挖深沟，就是互相防着！”

屈原一头雾水：楚人？挖深沟互相防着？

原来，越王勾践灭吴后，范蠡和西施沿着祖上的足迹，来这里隐居繁衍。前后共有81支越人迁来。他们拉成长线，散开居住。

同期，柳姓楚人从长江边迁来。楚、越两族人挖深沟为地界，互不往来。

促成楚、越两族人融合的机会来了。春节过后持续干旱，禾苗枯萎，水井干涸。屈原依据地势，往南寻水。一天，他在沩山、城墙山之间找到一处水源。当地人说这是一条可怕的水龙，经常引发水灾。屈原因势利导，带领楚、越两族人挥锄把原来的83条沟壑连起来，汇入益水，就成了一条有83个湾的河流。

隔河而居的杨姓越人、柳姓楚人就把这条河叫作杨柳溪。

屈原又带领大家在河上建了十多座桥。通桥带动了通婚，两族人成为亲密无间的一家人。

有水有良田，远近各姓氏的人家甚至远方的巴人都纷纷搬来定居。杨柳溪不再是杨、柳两姓人的界河，人们请屈原重新命名。

屈原见两岸桃树成林，花开烂漫，就取名“桃花江”。

草木无情人有情。女婴悄悄爱上了屈原，她默默地帮屈原洗衣做饭。屈原时刻告诫自己不能沾儿女私情，晚上睡觉却总想着女婴。

爷爷读懂了女婴和屈原的心。如何才能留住屈原呢？他和女婴悄悄发动族人，遍访周边上百里的地方，找到竹林，挖来竹根植于后山。竹根生笋，笋成竹子，后山有了竹林。

屈原看到竹林，脸上露出了喜色。

一天夜里，屈原梦到范蠡与西施。范蠡问屈原：“大丈夫审时度势，何以报国？”

屈原尴尬地摸着佩剑：“当以剑报国，奈何利剑难敌小人之舌。”

西施追问：“听说你满腹经纶，何不见文字？”

范蠡又问：“孔子说五十而知天命。你知否？”

“美人扰我心……”屈原擦拭额头汗水，“吴王前车之鉴……”

“红颜可为祸水，亦可为知己。”范蠡一边说着，一边深情地看着西施。

屈原惊醒，起床，趁着月色爬上后山，挥刀砍竹。

爷爷和女婴听到砍竹声，都起了床。看到屈原砍竹，他们会心地笑了。他们知道，屈原不会走了。

屈原将竹子做成竹简，著书立说。

竹子越砍越长，竹海耸翠。

在当地人的帮助下，屈原在桃花江畔的花园洞建了新居。新居成洞房，屈原在这里迎娶女媭。

夫妻二人在四周种植兰花。不久，爱女绣英出生。

小日子虽然安康，但世事并不太平。屈原心忧天下，奋笔疾书，《离骚》《九歌》《山鬼》……相继问世。香草、美人日夜相伴，屈原的“香草美人”之风在这里逐渐成形。

秦国接连进攻楚国，楚兵向南溃逃。绣英十岁生日那天，竟惨死在逃兵的马蹄之下。

将爱女葬在花园洞一山坡后，屈原悲痛地登上桃花江与益水交汇处的凤凰山。

山上，屈原仰面朝天，厉声质问：“苍天！你为何对人间疾苦不闻不问？你为何让好人遭殃、坏人横行？……”

山下，女媭、爷爷带领人们“胡呐喊”（桃江地区一种原生态高腔山歌）附和。

一个个问题像一支支利箭直插天庭。也许是巧合，也许是真的惊动了玉帝，他叫雷神、电神与屈原对阵。刹那间，狂风暴雨，电闪雷鸣。屈原毫不畏惧，三天三夜不停歇，一连发出172个质问。

这就是千古奇诗《天问》。

女媭又怀孕了。

一天，坏消息传来：秦军已逼近楚国的都城郢城。

屈原听到消息后，立即与女媭商量，要女媭在家休养生产，他要赶往郢城，誓死抗击秦军。

桃花江畔，父老乡亲齐声呐喊，为屈原送行。

端阳之日，行至汨罗江，屈原听到岸上的人在喊“郢城已破”，他泪流满面，悲愤不已，弯腰抱起巨大的压舱石，纵身跃入汨罗江。

噩耗传来，桃花江人在绣英墓旁修建屈原衣冠冢。两岸居民齐洒泪，泪水奔涌桃花江。

不久，女婴生下一对龙凤胎。次年端阳，女婴因怀念屈原而终。一双儿女由当地好心人养育成人，融入百姓。

剪纸《桃花江的故事》 作者：肖国新

松风书院

胡著宣

北宋庆历年间，暮春的一个早晨，三堂街龙牙寺钟声阵阵，数百灰衣布履的僧人，在执事僧净空大师带领下，齐集大雄宝殿诵读早课。突然，一位神色慌张的小沙弥匆匆撞入，贴着净空大师耳朵禀报。禀报完，净空大师马上起身去了十觉方丈清修的禅室，两人立马来到寺庙山门前。

“见过大师。实因公务紧急，顾不得一早来打扰大师清修。本官奉朝廷之命，特来宝刹恭请李堰李大人出山，即赴澶州（今河南濮阳）出任副都指挥史一职。”一位身着官服的朝廷官员，在一队兵士的护卫下，站在龙牙寺山门外，躬身向方丈道明了来意。

“佛门乃清静之地，容不得兵马入内践踏，还请大人随老衲移步到后院述说详情吧。阿弥陀佛！”十觉方丈说罢，领着那官员来到龙牙寺东北角的松风书院。

一位青衫布鞋、气宇轩昂的中年男子快步出迎。官员简单询问完男子，拿出一份朝廷文书，召他即赴澶州任职。男子平静地听完，躬身回道：“本人乃一山野平民，教人识文断字尚可，出任府州官职万万不可！况且，鄙人姓李名贤，不是大人所要找的李堰将军，请恕草民实难从命。”

自称李贤的男子，望着官员离去的背影，多年前的一幕，又清晰浮现在眼前。

宋真宗景德元年（1004）秋天，辽国二十万大军从三面围住澶州。宋真宗在宰相寇准的力劝下，放弃南逃，御驾亲征来到澶州。兵多将广的辽国统兵萧挞凛，根本不把宋朝军队放在眼里。一天，他带着数十名轻骑，来到澶州城下察看地形，准备率兵攻城。澶州守将李继隆和他侄儿副将李堰，启动八牛弩射杀萧挞凛于城下。辽军万余精锐来城门前挑战。李继隆、李堰一马当先，率兵迎敌。宋真宗亲见二位将军斩杀辽军过半，首战告捷。辽军讲和，宋辽订立“澶渊之盟”，结束了两国长达25年的战争。

“澶渊之盟”后，寇准因功高望重，遭宋真宗疑忌被贬。新上任的妥协派宰相王钦若，欲加害李继隆和李堰叔侄，斥责他俩在皇帝眼皮底下开城迎战是“罔顾圣上安危，逞勇争功树势！”还说李继隆是李唐王朝的后裔，早怀灭宋复唐之心。失去了贤相寇准的保护，加之北宋皇帝重文轻武，忌惮武将，生怕哪位武将效仿宋太祖赵匡胤，再来个“陈桥兵变”，黄袍加身，夺了大宋的江山！李继隆深感危机逼近，为了保住李家的血脉，保全几代的忠名，命侄儿李堰火速离开军营，远遁山水，并嘱咐他弃武从文，从此不再做官。

两年后的一个秋天，一位自称李贤的游学士子乘舟来到三堂街龙洞口。见这里山如凤舞，水似游龙，阡陌如棋，桑田如画，龙洞深邃，殿宇重重，实为栖凤藏龙之地、世外桃源之乡。他弃舟登岸，走进天下人称为“洞天福地”的龙牙寺。

“群山环抱翠竹映，梵音缭绕殿宇重”。李贤仰叹每一根高大的屋柱，驻足每一块古老的青砖，凝视每一处精美的雕刻，数百年晨钟暮鼓黄卷青灯浸润，每个细微之处都折射着佛慧灵光，李贤找到了久违的归属感。

龙牙寺高僧云集，藏书如海，全国各地来龙牙寺游学、布道的络绎不绝。李贤成天守着藏经阁读书，聆听大师教诲，同莘莘学子研精覃思。闲暇时，他一人踱去东北角的那片松树林，坐在那块大青石上，静听阵阵松涛，禁不住思绪万千：没有家人的消息，不知叔父的安危；近忧百姓的困苦，远惦边境的局势。我李贤堂堂七尺男儿，身为将门之后，一心报国却遭猜忌，埋名江湖存身古庙，可我还是要尽平生所能，做一些利国利民的事情啊。

一天，李贤正捧卷苦读，执事僧净空大师邀请他去禅室一叙。十觉方丈盘腿端坐蒲团上，示意李贤落座后，缓缓说道：“李将军来敝刹有五年了吧？”李贤闻听一惊！十觉方丈见状，微笑着从身旁拿出一张朝廷缉拿叛将李堰的画像文告。“这是三年之前的事情了，那些来搜捕的官兵，都被我打发走了，将军尽可放心。”十觉方丈顿了顿，又继续说：“刚听北边来的慧远大师说，寇准宰相可能复归朝堂，时局将转太平。你武能安邦定国，文可锦绣天下，敝刹这小小龙洞口，帮你养养龙爪尚可，久困你的龙威可不行呀！”

李贤由衷感谢十觉方丈的多年爱护，表明已无意官场的心迹，提出了创办书院的期望：“这样，贤即可常与大师相学相讨，又方便学子们求学，延续国家文脉，培育栋梁之材，此足慰平生之愿也！”十觉方丈颔首笑道：“李将军的心思，老衲早已洞明，如将军立志办学，将军常去的那片松树林，环境雅静藏风纳气，很适合建造一所书院。老衲这就安排把那块地买下，帮你做成这件功德无量的好事！”李贤感动不已，捧出自己早已画好的书院布局图呈上：“大师大德啊！”

李贤日夜操劳，书院很快建成。四合院形的书院坐北朝南，占地近五亩，门口雄踞一对威武的石狮子，四周绕以青砖围墙；主体为两进的砖木混合建筑，中间有天井，两旁为斋房，四周走廊相连接；建在书院东北角那块大青石旁的六边形凉亭，后来成了李贤与学子们休息清谈的处所，被称为“松风亭”。

李贤陪着满面笑容的十觉方丈看完书院，来到院门外：“还请方丈给书院取个雅名吧！”十觉方丈见四周幽雅，耳边传来阵阵松涛，脱口道：“十里松涛如斯语，一院贤儒好凭风！叫‘松风书院’如何？”

松风书院在李贤的主持下，吸引了各地名师士子，他们许多来自北方，重演了自东晋之后又一次“过江名士多如鲫”的盛况。

松风书院是益阳最早的一座书院，培养了大量栋梁之材。此后，益阳陆续建起了龙洲书院、箴言书院等十余所书院，益阳民办学堂由此蔚为壮观。

浮邱山庙会

刘小红

湘中多胜境，天地一浮邱。浮邱山有楚南名山、小南岳等美誉。浮邱山一年一度的三月三庙会，是桃江及周边县市人民群众十分重视的节日，每年前来参加的人有一万到三万，舞龙舞狮，地花鼓、三棒鼓等地方精彩的文艺表演纷纷亮相，浮邱山上的各条登顶之路都是人流如织。这个习俗不知已经有了多少年，一个动人的故事也一直流传至今。

古时，浮邱山下住着一个叫龙游的小伙子，他和母亲二人相依为命。五岁开始，龙游就给村里姓李的财主放牛，赚得一点微薄的粮食养活母亲和自己，尽管这样，龙游还是经常饿肚子。

一天，他在山坡上放牛，发现一根青藤，由于天热地旱，青藤叶子耷拉了。龙游忙到山下小溪里舀来山泉，浇灌青藤。从此后，每到热天他都要舀水浇灌青藤，青藤长得生机勃勃。

日复一日，龙游和青藤慢慢长大，肚子饿时，他会靠在青藤上休息，诉说自己的心事。这几天他的老母亲已经饿出病来了，他担心她会饿死。这天他离开青藤时，被青藤缠住了脚，他小心地把脚抽出来，竟把青藤的一条根带出来了，没想到的是，跟着这条根出来的，还有不断外涌的大米！涌至一大碗时，大米又不再涌了。龙游一阵惊喜，连忙脱下身上的衣衫，包了大米回家。

一到家，龙游就告诉了母亲这一好消息，并嘱咐母亲要保密。以后，龙游每天都去取一包米回来，每天吃得饱饱的，还把多出来的大米拿去卖了换衣服和油盐，日子过得舒坦多了。他心地善良的母亲，见到别人家里揭不开锅时，就会送些大米给人家。虽然事情做得很隐秘，但人们还是觉得他家有秘密，李财主更是上心。

一天，李财主偷偷跟踪龙游到了青藤那里，发现了这个秘密。等龙游拿着大米回家，他就带着手下进了龙游家。他指着一袋大米，污蔑龙游偷了他家的粮食。龙游大声反驳粮食不是偷的。李财主反问他，这么多大米是从哪来的。龙游无言以对，因为他实在不能说出这个秘密，他担心青藤会被李财主霸占，自己和乡民再也弄不到大米了。

龙游被李财主抓住关了起来，可怜年老体弱、慈善一生的龙游妈妈气得吐血而死。青藤下的大米也被李财主霸占了。李财主拿这些大米放阎王债。不久，村里的人越来越穷，田地都卖给了李财主，日子都快过不下去了。

龙游被关在一个山洞里，洞口日夜都有人看守，龙游脱不开身。

一天，龙游在山洞壁上，惊奇地发现了一棵青藤，藤上结了一粒红果子，色泽鲜艳，让人垂涎欲滴。他马上摘下果子，放到口里，果子一下就入了肚。吃完果子，睡意袭来，他很快就睡着了。

一觉醒来，他觉得口渴难耐，就喊人要水喝。门口的看守端来了水，一见到他，惊叫一声，面色惨白，像见了鬼一样跑了。龙游不知所以，不由看了自己，忽地呆了。只见自己的手上、脚上全都长出了鳞甲，脸对着水一照，他竟变成了一条龙！龙游狂吼一声，只见狂风大作。他腾空而起，飞出了山洞。他想到从此恢复不了原形，见不到母亲，心里很是悲伤。

龙游想到了去学艺，变回人形。他在东海的一个岛上遇到了菩提老祖，拜老祖为师，刻苦学艺，学会了各种变化，变回了人形。

他想念年迈的母亲，回到家里，才知道母亲早已经被李财主气死了，他悲痛欲绝，跑出去要找李财主算账，被老邻居一把拖住。老邻居告诉他，李财主依靠青藤下的米，赚了很多钱，把全村的田地都买下了，还在邻村建了一座宏伟的庄园。不久，山上的青藤在一次遭雷击后死了，青藤下再也不出大米了，李财主就搬到大庄园里住，只派人来收租。

龙游听后气愤至极，马上赶到李财主的大庄园。他看见阔绰的大庄园，想到死去的母亲和受欺压的乡亲，失去了理智，狂吼一声，变为一条巨龙，腾空而起。霎时，狂风大作，暴雨倾盆，大水直冲李财主的大庄园，顷刻之间，这里成了一片汪洋，李家人无一逃脱。当龙游发泄完毕，恢复理智时，才发现这次受灾的不光是李财主一家，还有周围无数的老百姓。看着被他损坏的田园和死去的百姓，龙游感到自己罪孽深重。

天庭要追究龙游的罪责，四处捉拿他。他只好化作一个小沙弥躲进浮邱山上的浮邱寺，拜玄天和尚为师。

一天晚上，玄天和尚正在打坐，不见了小沙弥，但见门外狂风暴雨，山下金光闪烁。他惊奇地看见一条金黄色的巨龙，在山下被洪水毁掉的废墟中，推泥土，平高地，身子在泥水中滚动，很快开辟出大片田地。鲜血从他的头上、爪子及鳞甲中流出，田土中出现一道道血水。玄天和尚看呆了。

好不容易等到电闪雷鸣停止，小沙弥一身泥沙回来了，他手上、身上全是血，一脸的疲惫。小沙弥看到玄天和尚惊异的表情，主动说："我就是被天庭捉拿的龙游，我现在已经弥补了自己的部分罪过，请您上报天庭，立下功劳，算是我对师父您的报答吧。"

玄天和尚双手合十，感叹地说："谁人无过？有过能改，善莫大焉。我是不可能为此功劳，把你举报天庭的。既然你和我与浮邱寺有缘，就住下吧。"龙游于是住在了浮邱寺。

天庭没有放弃捉拿龙游，发现他在浮邱寺后，派了天兵天将前来捉拿。龙游并不反抗，束手就擒，准备去天庭接受处罚。

正在这时，传来一声呼喊："手下留人。"只见一个穿着青衣服的女孩跑来。龙游一看，不认识。女孩说："你还记得那棵青藤吗？"龙游一下就记起那棵长出大米和结着漂亮红果子的青藤来。难道女孩就是青藤？

女孩果真是山上的青藤，她早已经修炼成精。她每天见到龙游，喜欢上了勤劳孝顺的龙游。她装作枯萎接近他，但是人妖殊途，她只得把爱藏在心里。得知龙游家里困难，她就变出粮食给他。一段时间，不见龙游来取粮食，而是李财主来了，她就知道出了变故。龙游被关押到了山洞。她把自己上千年的灵气化成一个红果子，让龙游吃了，变成了一条真正的龙，逃离了山洞，恢复了自由。自此，青藤天天在浮邱山上守望他回来。

她看到龙游回来奋力造田赎罪，异常高兴。见天兵天将又来捉他，她就挺身而出。她大声说出一个惊天秘密：“浮邱山下有一条大阴河，与洞庭湖相连，电闪雷鸣时，阴河水就会暴涨外涌，人们常受洪水之苦。这段时间经常电闪雷鸣，阴河暴涨，动摇了浮邱山的根基，即将暴发一场巨大洪灾，浮邱山会沉陷下去，阴河水会涌上来淹没方圆上百里的村庄。”

龙游听到这里，十分难过，他请求天庭让他留下来，他愿意去阴河里，用自己的脊梁，撑起浮邱山，不让阴河水外涌。天庭答应了他的请求。青藤羞涩地笑了，心里美滋滋的：尽管龙游从此将在阴河里度日，但是总比去天庭受刑要好，自己也可以天天和他在一起了。

自从龙游去了阴河，浮邱山再也没有发过洪水，四周的百姓为了感谢龙游和青藤的大恩大德，每年的三月三都会自发来浮邱山，举行盛大的庙会拜祭他们，因为龙游去阴河那天正是阴历三月初三。

桃花江是美人窝

吕松桥　罗　晶

说起桃花江，人们就会想起《桃花江是美人窝》这首歌，就会想起创作这首歌的著名流行音乐家黎锦晖先生，就会去追寻这位湘潭人对桃花江情有独钟的故事。

出生在桃花江畔的吴娜，考入长沙女校。从小喝桃花江水长大的吴娜，聪明伶俐，身材袅娜，肤若凝脂，面若桃花，还能歌善舞，她唱出来的山歌，曲调高昂，情感动人，她是桃花江畔有名的百灵鸟。

一天，在图书馆埋头读书的长沙高等师范学校学生黎锦晖，突然情不自禁地合掌一拍，大声说："好文章！"周围同学好奇地围了过来，看他读的是什么文章，原来是一篇散文《桃花汛》。

坐在斜对面的吴娜说："这篇文章我读过，很不错，但我家乡的桃花比这更美。"一句话就深深地吸引了黎锦晖："真的吗？"

"真的！我的家乡就叫桃花江。"

"你就是桃花江人！都说那里的女孩子长得漂亮，果然名不虚传！"

由此，黎锦晖与吴娜相识了，并且很有相见恨晚的感觉，经常相约在一起学习交流，参加联谊活动。

在他们临近毕业的那个春天，黎锦晖对吴娜说：“我很想去桃花江看看。”

“我们全家都会欢迎你！”吴娜欢快地回应。

阳春三月，吴娜陪着黎锦晖来到了桃花江。桃花江春意盎然、生机勃勃、风景秀丽。黎锦晖目不暇接。

老远地，就见吴娜的家门口怒放着的桃花林。

他们进了家门，放下行李，与家人问好之后，迫不及待地进了桃花林，欣赏起芳菲烂漫的桃花来。片片红霞，妩媚艳丽。粉红色的花瓣，黄黄的花蕊，漂亮极了！有的桃花像害羞的少女，低着头；有的桃花像顽皮的孩子，摇晃着；还有的桃花则像骄傲的公主，开在顶高处，炫耀着自己的美丽。吴娜轻声说：“你看这桃花美不美？我没骗你吧！”

黎锦晖望着吴娜调皮地说：“真美！真美！美极了！但我觉得你比这桃花更美！”黎锦晖说着，一把拉住了吴娜的手。吴娜的脸一下红了，如一片红霞。

两个人一前一后朝前边的桃花江走去，他们远眺那绿屏似的青山，花香蝶舞的村落；近观潺潺的溪水，清澈明亮，鱼翔浅底。桃花江两岸，桃花挨挨挤挤，一簇一簇开满枝头，散发出淡淡的清香，与婆娑起舞的垂柳相衬相映，形成桃红柳绿的胜景。

他们来到了溪上的石桥，在石桥上坐下来，悬着脚，尽情欣赏着这美丽的景色。黎锦晖大声赞叹：“太美了，太美了！”

面对桃花江畔的美景，看着一个个面若桃花、身材匀称的妙龄女子，黎锦晖由衷感叹：“百闻不如一见，桃花江，山美、水美、人更美！桃花千万朵，比不上美人多。桃花江真是美人窝！”

黎锦晖接着说：“我只想天天到那桃花林里头坐一坐，到这桃花江畔来瞧一瞧，看着这许许多多来来往往的漂亮女子。”

吴娜微闭着眼睛说：“不错，真美妙；桃花颜色好，可比不上美人的灵气和活力。”

黎锦晖调侃：“你看！那身材瘦一点儿的偏偏瘦得那么好，伶伶俐俐、小小巧巧、婷婷袅袅，多么娇、多么美！”

吴娜偏着头问：“那些胖一点的呢？”

黎锦晖文雅地说：“那些胖一点的，胖得又匀称、又俊俏。”

吴娜摇着黎锦晖的肩头问：“有中意的吗？有想深交的吗？”

黎锦晖认真地说：“说实在的，自从认识了你，我就称了心、中了意！”

吴娜撒起娇来：“你可不要爱了瘦的娇，又丢了肥的俏，爱了肥的俏，又丢了瘦的娇啊！”

“我一不爱那些瘦的，二不爱那些肥的，我只爱一位像你这样最中意的。”黎锦晖抱住吴娜的肩膀。

吴娜感动地把头埋进了黎锦晖怀中。

第二天，第三天，吴娜带着黎锦晖游览了羞女山、鸣石滩、浮邱山。

羞女山那形如美女的神奇峰峦，鸣石滩那坚贞不渝的爱情故事，浮邱寺那2000多年的银杏古树，都使黎锦晖终生难忘。

在游玩时黎锦晖伤了右脚踝，吴娜端茶送水，细心护理了一个星期。她的周到细致、能干热情、温柔贤惠、知书达礼，彻底征服了黎锦晖。

黎锦晖在心中发誓："今生一定要娶她！"但是，你情我愿的他俩，还是缺少缘分。黎锦晖的父母给他安排了一桩无法抗拒的婚姻。

…………

1928年5月，受南阳商人刘雨来之邀，黎锦晖率中华明月歌舞团到南洋演出。歌舞团跑遍了整个南洋。临近年关，经费却出现严重困难，歌舞团连回家的路费都没有了。一家书局愿意帮他渡过难关，但要求他在两个月内创作一百首流行歌曲。黎锦晖心理压力很大。

1929年3月的一个黄昏，黎锦晖、徐来师生俩在新加坡海滩散步。

"休息一下吧？"海滩礁石边，黎锦晖说。

"好啊！"

他俩坐在礁石上，只见夕阳下的海滩，一群男女青年载歌载舞，热闹非凡。

"吴娜！"黎锦晖突然站起来，朝一个正在跳舞的美女奔过去。徐来不知发生了什么，也跟着跑过去。却见黎锦晖摇了摇头，边摇头边说："不是不是！"

突然，黎锦晖想起了风景如画的桃花江，想起了桃花江畔那位婀娜多姿的少女，他刚才以为那个穿粉红色旗袍的少女就是吴娜。昔日在桃花江畔积累的情愫，从心底喷发，他一拍大腿："在桃花江边，不是有首现成的歌吗？！"他掏出笔写了起来，摇头晃脑，旁若无人！一首通俗歌曲《桃花江是美人窝》就这么诞生了。

海滨归来，徐来拿着黎锦晖的手稿唱了起来："我听得人家说／说什么／桃花江是美人窝／桃花千万朵呀／比不上美人多／不错呀／果然不错／我每天都到那桃花林里头坐……”黎锦晖立在旁边，边唱边打着节拍，情不自禁泪流满面。

几天后，明月歌舞团便推出了《桃花江是美人窝》这个歌舞节目。这首歌曲融汇了中国民间音乐和西洋爵士音乐元素，曲调流畅，歌词优美，生动活泼，展现出一幅美丽的江南画卷，立马一炮打响，火遍南洋。新加坡唱片公司迅速灌制唱片在海内外发行，南洋烟草公司特别推出“桃花江”牌香烟，在烟盒印上了《桃花江是美人窝》的词曲。本不起眼的一条小河桃花江，由此名扬天下。

龙船孽

胡著宣

三堂街人称对河的湖莲坪，叫“河那边”；湖莲坪人称对河的三堂街，叫“街那边”。“河那边”与“街那边”夹着的那段平缓的资江，自古就是赛龙船的主战场。“街那边”的龙船插白旗，“河那边”的龙船插红旗；红白两旗是近邻，是亲戚，也是划龙船的死对头。

那年端阳划收水，“街那边”输了“河那边”半船水，输得整条老街都软皮耷颈了。打鼓佬善保爹从上街骂到下街，骂桡手不争气，冇得半点男子汉气概，像一群骟过的骡！骂橹手应塌鼻眼珠子不抢光，两条龙船本来划得只差一眼屎远了，不晓得快些拉橹扳横艄啊！骂打锣的文七爷是个中看不中用的空大爷，砰、砰、砰……你乱敲幺锣急着认输发神经呀！

骂归骂，骂完了，善保爹又把应塌鼻、文七爷和桡手们喊拢来：“钉船，钉一条新龙船！”

一个乌漆墨黑的下半夜，善保爹领着桡手们，蹑手蹑脚摸到黄土垅。“就是这一根！”善保爹双手卡着北风口上那根油杉木，这是半个月前他来踩点看中的。按乡间的习俗，钉龙船的树要偷，偷了树，跑得越快，钉的龙船就划得越快；偷了树，别人骂得越凶，划龙船时凶灾就越少。“噌，噌，噌”，桡手毛坨牯几下爬到了树尖，从腰间解下一捆力索，缠住树干，发下三个绳尾。三拨人分三个方向牵着力索。二喜子和刘搭毛提着弓子锯两端，一拉一送，锯片嵌入树身。“上六下四破心，两边进锯开口。”“上山的力索绷紧，两边的力索勒平。”“树要往坡上倒，树倒声音小一些。”善保爹压低嗓音发号施令。树干乖乖往山上倾，树尖子像只笨重的大鸟，“喔”的一声，从夜空里摔下。善保爹从屁股后面抽出三张钱纸三根香，边往树蔸处插边小声念叨：“要得浪里打漂漂，只能山里摸悄悄；老祖宗传下的规矩，骂不接嘴找不睹面。”

经过一个夏季的太阳炙烤，油杉木干透了。中秋节边头，文七爷和应塌鼻来找善保爹：“保爹保爹，天气转凉了，我们钉船吧！去九峰宫的杨树山里收起一点搞？”“哪个讲的要收起搞？就去粮库上首那个河滩子，用几张晒簟搭个棚，叫王木匠放开手脚大声大势搞！”

王木匠带着五六个徒弟，锯、砍、凿、刨，忙活了半个月后，苏漆匠一番捣、研、批、油，干了十多天，一条木色崭新油光放亮的新龙船躺到了资江边。震耳欲聋的炮竹声响起，善保爹领着桡手们，用一丈八尺红绸扎花系在船头，三炷三尺长的龙头香点燃，人群黑压压跪成一片。雄鸡血，老谷酒，祭了天地、河神，新龙船登江试桡。“咚、咚、咚、咚——锵！”“咚、咚、咚、咚——锵！”善保爹是一块压舱石，双手击鼓站立中舱；四把头桡挥舞着“八”字，分列两舷的三十八把桡片，挑起两条白亮的水线。

“齐——桡，划——闪！”善保爹扯起老嗓门，似烈马嘶长空。

“喔——嗬！喔——嗬！”众桡手齐声应和，声音如春雷滚过江面。

三里长的吊脚楼老街，人头攒动；临河一线的窗子，垂出一长溜爆竹，炸得烟雾笼天。

“啧啧，一色油杉木钉的呢，这回下了足实的本！”

“哈哈，三十八把桡片，明年不怕‘河那边’以大欺小了！”

“哼哼，咱们这条千年老街，还压不住‘河那边’几块桡片？岂不黑了镂天！”

街坊们眼珠子放光，唾沫星子乱飞。

“河那边”也站了不少人。

“‘街那边’输了龙船不服气，钉新龙船啦！”

“不服气又能怎的？湖莲坪的人手比‘街那边’不止硬扎一点！明年输得他们短裤子都冇得穿！哈哈……”

万人瞩目，七嘴八舌。

善保爹鼓点子起花，新龙船挽了几个扎实的“花箍”，收水上岸。

第二年农历四月十八，离端午节还差一截，“街那边”的新龙船就登江了。“咚、咚、咚、咚——锵！”鼓声轻缓，锣声悠扬，一连好几天，只在“街那边”河面上转悠。“善保爹练桡呢！”满街人伸长脖子瞅着。

月底二十五，河里有了二十多条龙船。红白两色船旗，千年的老对手，遇上就搭火响铳，在老街那片河面上，斗得难解难分。

两岸人潮涌动，爆竹噼啪。三堂街一年一度的龙舟赛，开始了。

五月初二上午，“咚、咚、锵——咚、咚、锵——”善保爹一阵快鼓，把新龙船往粮库上首那片无人的河面拉。

“保爹去年吓破苦胆，今年打退堂鼓啊?!”

“街那边”急得直跺脚，“河那边”看着直摇头。热闹照样还是热闹，可少了“街那边”跟“河那边”这对铜猫公跟铁老鼠干硬仗，今年的龙船，划得冇味!

五月初四下午，善保爹顶着光头，打着墨黑的赤膊，穿条毛蓝布扎头短裤，迈开双腿，像木桩钉在船舱，领着新龙船过来了。

“鬼崽子们全给我听好，等下跟‘河那边’拼横河，你们只听鼓点作死地划，哪个敢不听调摆，当心一鼓槌敲破你的狗脑壳!”就在那片无人的河面，善保爹撂下了狠话。

“咚、咚、锵——咚、咚、锵——”新龙船走得急呀，径直朝“河那边”去了。河面上三四十条龙船，修山、沾溪、洋泉湾、鲊埠……各地方来的，纷纷避让。两岸笋子一样密集的人群，齐刷刷盯着新龙船。爆竹声停了，叫喊声息了。

“不对呀，一上来就打快鼓?!”

“怎么不守在‘街那边’划坐桩，跑去‘河那边’撩祸啊?!”

人们还在纳闷，新龙船就冲到了“河那边”。“咚！咚！咚！”三声鼓响，干净利落。“齐——桡，划——闪！”“喔——嗬，喔——嗬！”气势震天！突然，斜地里飙出一船，三角红色船旗四个大字醒目：湖莲坪村。鼓点清脆，如沙场点兵；桨片翻飞，似蛟龙戏水！两船迅速靠拢，人群沸腾。

相距三丈，船头对齐。划横河!

“咚，咚，咚！”善保爹手起棒落，三鼓响罢，“咚锵”声即起。两船同时紧鼓，头桡一齐下水，船如脱弦之箭，水似瀑泼生花，齐头并进，直插老街。

几千双眼睛盯住，几千张嘴巴张着，两雄鏖战的战场，竟似无人之境。

近了，近了，离“街那边”吊脚楼不足五十丈远了！

悬了，悬了，“街那边”与“河那边”斩扎俱齐，相差不到一粒米远哩！

善保爹脚一跺，新龙船拉橹，逼向湖莲坪老龙船。很快，两船相距不到一丈！所有人的心，都悬到了嗓子眼。

“干吗？”“砍桡片？”“闹血桡？”“好多年没有干过的呀！”

人们瞠目结舌。突然，善保爹一声牛吼，毛蓝布扎头短裤应声垮落。上下黑中间白的一个光肉胴，裸露在光天化日之下。人群咋呼。出大丑了！湖莲坪的桡手一见，瞬间笑岔气，乱了桡；新龙船鼓点子急促，众桡手埋头按鼓点齐桡奋桨。超出半船水，一船水，两船水……善保爹打起得胜鼓，大获全胜。

“善保爹，你这个失万年时的，裤子垮掉了你晓得不啊！”

“善保爹，你这个前世跟划龙船结了‘孽’的，只要赢船不要老脸啊！”

有人炸起喉咙喊，有人拍起巴掌笑，有人捧着肚子笑；炮竹声更是凑热闹，煮粥一样响。

原来，善保爹穿的扎头短裤，只用几根稻草系着。

第二年端午节前，三堂街划龙船的瘾脚巴找遍旮旮旯旯，不见善保爹影子。原来，几天前善保爹就跑汉口儿子家去了。

橹手应塌鼻接过了鼓槌，文七爷操起了橹，毛坨牯打起了锣，白旗又飘扬在“街那边”人的希望里。

一位民间老艺人，编了一曲《龙舟孽》的渔鼓，在十里八乡唱开了：

三堂结孽在端阳，十里资水赛舟忙。
船去穿江如弦箭，鼓响惊天动汉霄。
两岸人流如潮涌，一江骁勇俱奋桡。
不可输掉半船水，宁愿少种一季粮。
…………

两对联救活四店铺

刘文奇

清光绪年间，集句诗“桃花尽日随流水，江月何年初照人”闻名天下。诗作者就是出生于牛田镇肖家村的进士萧大猷。萧大猷年轻时就读于长沙岳麓书院。光绪己卯年（1879）乡试中举，第二年赴京师参加殿试。他从家乡桃花江出发，顺资江而下，一路北上。他把这次赶考之旅当作难得的游学机会，一路拜师访友，结交文人墨客，留下不少文坛佳话。

一日黄昏，萧大猷投宿洞庭湖滨的草尾镇。他气质儒雅，遇上坐轿的、戴斗笠的，都打招呼；遇上渔夫提鱼上岸，他也会上去搭把手。落宿时，得知店主老郑是益阳叶家河人，空闲时也爱写写画画，算半个文人，自然一见如故。饭后，老郑交代店小二看家，要陪萧大猷到集镇上逛逛。到了一家伞店，店主杨掌柜热情邀请他们进屋小坐。杨掌柜正是益阳上乡桃花江人，听说萧大猷北上赶考，祝福之余，感慨和后悔自己年少无知，没有把书读好，到了中年只得漂泊洞庭湖滨，经营一家小店，生意不景气，度日艰难。不一会，隔壁开酒馆的李掌柜也过来：“一个客人在小酌，叫跑堂的照看着，这边热闹，来凑凑。”原来李掌柜也是上乡桃花江人，跟伞店的杨老板既是邻居又是乡友。李掌柜拱拱手，喜出望外："能在这小地方遇上未来的萧进士，家乡的大才子，不胜荣幸啊！"萧大猷还礼："百无一用是书生。老乡见老乡，两眼泪汪汪！"一番叙旧，感慨良多。在商言商，两个店老板都因身在异乡，熟人少，生意难做，感叹不已。萧大猷得知两个掌柜合租一个铺面，一家卖伞，一家卖酒，就起身对杨、李二掌柜说："我给你们写一副店铺联，可否？""大才子惠赐墨宝，求之不得！"一旁的老郑抢在两位还在发愣的老板之前，连忙接话。他立刻返家，取来文房四宝。此时杨掌柜已经架好桌子，李掌柜接过墨研起来，老郑连忙掌灯。萧大猷略思忖，铺开红纸，悬腕提肘，一挥而就："问生意如何，打得开，收得拢；看世情怎样，醒者少，醉者多。"这时候，有过路人围观，拍掌称赞。杨李二人各拿半边对联回去，不等天亮就贴上，引来无数行人驻足。从此生意越做越红火。

萧大猷继续北上。路过武汉，早有文友黄鹤在汉口船码头等候。萧大猷上岸逗留一日。黄鹤住所对面是一个日杂市场。萧大猷随黄鹤逛市场，两人被花圈店和尿罐店贴出的小广告吸引。花圈店的广告是：张家花圈，经营时间久远，经雨不衰。尿罐店贴出的广告是：李家尿罐，祖传秘方制成，美观大方。尿罐店店主李克认识黄鹤，见他和随行的书生窃窃私语，硬拉进屋歇歇。不待黄鹤问起，便倒起生意清淡的苦来。这时，隔壁花圈店店主张清也凑了过来，直喊："要关门了。"黄鹤说："恕我直言，你们做的广告华而不实，没人信，顾客当然就不登门了。"李克连忙讨教良策。黄鹤朝旁边的萧大猷努努嘴："江南大才子，一肚子墨水，请他帮忙吧。”两店主都是精明人，边打躬施礼，边递上笔墨纸张。萧大猷既碍于朋友面子，又出于助人生意，思忖片刻，挥笔写道：“篾扎纸糊，吹不得风，淋不得雨，鬼要；土做窑烧，焖不得饭，煨不得汤，屁用。”两店主看了，先是傻了眼，继而恍然大悟，忙叫伙计去撕了那两则小广告，换上这副对联。

这下可热闹了，人们连称“奇”“妙”，奔走相告。看热闹的人一多，买东西的人也多了，两店从此生意兴隆。

看走眼的屈夫子

宋长森

自秦朝开始置县，桃江乃益阳县上乡。大诗人屈原遭楚怀王流放之后，长居于此十二年，他娶妻生子，并著有《天问》《九歌》《山鬼》等著名诗篇。屈原的后裔，便世代居住在桃江境内一个名叫“花园洞”的地方，渔樵耕读，自在逍遥。

时光荏苒，千载悠悠而过。清朝乾隆年间，屈原后辈中出了一个叫作屈升的夫子。他虽说不上才高八斗，但也喝了不少的墨水。父母给他取名升，本指望他求取功名，升官发财，光耀门楣，哪知他无意仕途，而是在凤凰山麓开了一家私塾，以教书课徒为生。

有一年新生入塾，来了一个叫郑义的学生。这郑义长得剑眉虎目，仪表堂堂，一看就是有出息的模样。长于识人的屈夫子对郑义心生好感。

依照惯例，夫子将学生们带到“天地君亲师”牌位前，恭敬地引导他们叩拜。众孩童不明就里，嘻嘻哈哈，不知天高地厚；只有郑义学着夫子的姿势，虔心叩拜。拜毕，郑义还指着牌位，一字一顿读着“天、地、君、亲、师”。屈夫子见状心中窃喜，收其为义子，让他吃住都在私塾里。

屈夫子脾气火暴，执教严谨，对违规逾矩的学生免不了戒尺侍候。旧时崇尚棍棒教育，老师体罚惩戒学生的事儿见怪不怪。但奇怪的是，屈夫子从未责打过郑义，甚至连呵斥都没有。

有一回，儿子屈祥伙同郑义去偷摘了邻居吴寡妇家的青桃。屈夫子知道后，就出了对子让两孩子应对，说是对上来可免于处罚。夫子说："昨日吴家偷桃不知是谁？"屈祥笨嘴笨舌，支支吾吾答不上话。夫子最恨偷鸡摸狗，将儿子揍了个鼻青脸肿。屈师娘心疼儿子，流着泪质问夫子："这还是你的亲生骨肉吗，下这么重的手。"一旁的郑义扑通一声跪倒在地，高喊："他年蟾宫攀桂必定有我！"屈夫子惊喜不已，扔掉戒尺，扶起郑义，板着脸严肃地对郑义道："孺子可教。罚抄《天问》一遍。"

那一夜，屈祥躺在床上直哼哼，郑义则是端坐书桌前，工整地用蝇头小楷抄写《天问》。第二天一大早，郑义又跑到屈子钓台边，面对资江，朗声诵读："遂古之初，谁传道之？上下未形，何由考之？"循声赶过来的屈夫子捻着胡须，连连点头。

后来，长大成人的郑义从了军。因军功卓著，被留在京城，任了九门提督。屈夫子呢，却因责罚一个顽劣的富家子，被人家老爹穿了小鞋，只得关掉私塾四处流浪。屈夫子听说郑义在京城做了大官，便决定去投奔他。

夫子到了京城，好不容易找到九门提督的宅第。一番求爹爹告奶奶，终于见到了郑义。不知为什么，师徒相见，郑义没有半句客套，而是寒着一张脸，大声叱道："老匹夫，还记得那陈年旧事吗？"夫子明白郑义这是秋后算账，还记恨那罚抄《天问》的一夜，眼前一黑，晕了过去。

三天后，戴着囚枷、挂着锁链的屈夫子被两个五大三粗的差人押解出了京城。临行前，郑府的管家扔出一个包裹，说是自家老爷顾念师生情谊，特地赏赐一包京城的饼子，让他带回家好好与家人分享。

夫子那个气呀，心想自己阅人无数，从无差错，怎么教出这么一个白眼狼？

回到桃花港，他没来由地想到了先祖屈原：先祖对楚国忠心耿耿，却被逼自杀投江；自己对学生视如己出，却枷锁缠身。

他越想越憋屈，便掏出身上仅有的几两散银，求着两个差人将饼子扔了。其中一个差人赔着笑说："老爷子，留两个不？""扔，统统扔了，看着碍眼，瞅着难受。"

扔饼子时，恰巧一个滴溜溜滚到夫子的脚边，他飞起一脚，将饼子踢了出去。那一刻，脚尖被碰得生疼，但屈夫子分外解气。似乎他踢飞的不是饼子，而是忘恩负义的郑义。

将夫子押解回乡，差人卸下枷锁，却没有带走。而是反复叮嘱，说提督大人有令，这枷锁得好生收着，他下次回家省亲时还要查验。屈夫子怒火升腾，心想师生一场，竟有这么欺负人的，郑义真的是不仁不义。差人前脚刚走，夫子就让屈祥偷偷将枷锁扔到了深山里。他咬牙切齿，逼儿子立下毒誓，与郑义老死不相往来。屈祥不敢忤逆父亲，扔掉了锁链。却留了个心眼，将枷板留了下来，藏在一处山洞里，生怕将来郑义借机发飙。

多年以后，郑义回乡。回来的头一天，他就来到花园洞的屈家老宅，询问饼子、枷锁的事。这时，屈夫子已经作古。屈祥继承父业，仍旧教书课徒。

看到欺辱父亲的仇人，屈祥红了眼。他拿着残破的枷板，愤然扔到了郑义脚下。“咣当”一声，枷板四分五裂，里面滚出好些珠宝，屈祥看傻了眼。

在夫子的墓前，郑义背负荆条，长跪不起。他坦述了事情经过。原来他同夫子一样，疾恶如仇、刚正不阿，不受京城达官显贵待见。而政敌们更是四处搜罗证据，甚至聘请杀手，意图扳倒他。义父来投奔他，原本该是十分高兴的事，可面对错综复杂的局面，他被迫演了一出苦情戏，以求恩师周全。他告诉屈祥，为了瞒天过海，他挖空心思：在枷板暗格中装入珠宝；将黄金铸成锁链，漆成墨黑掩饰本色；而那饼子里，也填装了不少金银。为了答谢夫子，他倾尽所有积蓄。

“砰、砰、砰”，郑义对着恩师的墓碑磕完三个响头，袒露出了后背。屈祥定睛一看，却是八字刺青：“尊师重道、无愧天地。”

“爹呀，您精明一世，关键处还是看走眼了！”屈祥长叹道。

剪纸《水溪湾学堂》 作者：彭慧纯

水溪湾学堂

昌松桥　范定安

清光绪年间，浮邱山西麓的猫头仑下有个水溪湾，水溪湾里有个茅园，茅园里有一棵大樟树。大樟树旁边搭有一小茅棚，茅棚里住着祖孙俩，孙儿叫范牛，小名牛儿，是祖母给起的名。牛儿的父亲从军，在一次战斗中阵亡，留下遗腹子；母亲在生牛儿时流血过多而亡，牛儿成了孤儿。祖母含泪用一块旧棉絮将他包起来，抱着沿村讨奶，辅以煮粥擂浆喂养。没毛的鸟儿天照应，牛儿竟无病无痛，长得健壮如牛。

一个阳光灿烂的日子，七岁的牛儿见到老阉匠在上屋场阉鸡，觉得有趣，跟了老阉匠一整天。第二天一早，他用废铁片磨成一把小刀，铁丝锤成两个小钩，绑在一块小竹片上，再将一根长一点的铁丝的一端做成一个小钩，用来钩那“肉肉”。

他用一把米唤回母鸡，关房门，只两圈，母鸡就范了。

每一个动作，他都照着阉匠的做，挤鸡屎，垫布，缠鸡腿，扯毛，割洞，将篾片压成弓状，让钩子钩住洞口两边，然后就用铁钩去钩，钩出来的却是红红的鸡肠子……那鸡张着翅膀扇了几下，头一偏！

“给我跪下，我挖死你！”祖母刚好回来拿锄头，见到她的生蛋鸡婆被弄死了，气得咬牙切齿，锄头举到了天上，半天没有落下来。要知道，那只鸡是他们祖孙唯一的“钱庄”。

此时，家住高桥秦洞，祖传数代专治黄疸肝炎的郎中刘鼎轩正在茅园扯茵陈蒿，正好看见大怒的祖母要打孙儿。

作保要紧，刘郎中大步奔过去劝住了祖母。见到牛儿制作的阉鸡工具大吃一惊，心里说，这小子聪明，只可惜家境太过贫寒。

郎中心生怜悯，上前问：“你能看牛吗？到我家去好不好？”

祖母一听，喜上眉梢，想总比在家里挨饿好，连忙说：“行，行，行！”

郎中说，每天三餐茶饭，工钱一升谷一天。

第二天一早，牛儿就从郎中家牵出一头清瘦的水牛。牛儿还用棕丝制作了一块拍蚊板，让牛沿着田间小路、溪边，啃着茂密的嫩草，每天都是到太阳西落，牛的肚子胀得像鼓一样才回来。

牛膘见长，毛色也鲜亮起来。

刘鼎轩既是高桥有名的郎中，也是有名的财主，拥有良田百担（一担田约合现在四亩田），青山千亩。郎中心善，但凡穷苦人治病抓药，他分文不取。

清明一过，春耕就开始了，刘郎中雇了数十人，到城里挑大粪回来浇地。看到这场景，牛儿一愣，心里说：我天天给老爷看牛，无所事事，那草地上到处是牛粪狗屎，每天帮老爷拾两撮箕牛粪狗屎，一个月三十担，一年三百多担咧。

郎中家的牛粪狗屎堆成了山。

郎中望着牛儿笑得合不拢嘴，问：“哪来那么多狗屎呢？”牛儿说：“狗有习惯呢，每天都到老地方屙屎，还集体屙，对面山坳那个油桐树下，每天能捡一撮箕。”从这天起，郎中交代长工张师傅平日里教牛儿学些种菜、犁田、播种的活儿，还叫文管家提高了牛儿的工钱，每月稻谷四斗。

一天清晨，郎中对牵牛出栏的牛儿说：“空闲时，可跟桂英一起识字，家里有私塾。”

“谢谢老爷。”牛儿回应。

桂英是刘郎中的独生女儿，从小娇生惯养，年幼时娘给她裹脚，她总是拳打脚踢，号啕大哭，竟没裹成，长成一双大脚，人称桂大脚。

转年六月的一天，桂大脚外出闲逛，手被蜈蚣咬了，痛得在地上打滚，长一声短一声地吼。不巧，郎中背着药箱出诊了。

牛儿跑过去，一把握住桂大脚的手，狠狠地吸了几口，然后冲到后山，弄来些草药，边走边在手心里揉搓。奇怪，敷上草药，桂大脚就停止了吼叫，并露出了甜甜的笑。牛儿也开心地笑了起来。

事后，郎中问牛儿是怎么知道这药方的。牛儿说：“上次明大块被蜈蚣咬了，我见老爷到山上采来‘淡青’梢，还边走边揉搓，我去点了一下，单数七支。”

郎中惊得目瞪口呆。

秋日，牛儿的祖母上山砍柴，摔断了腿，需要一大笔治疗费。牛儿急得抓耳挠腮，牵着牛在对面山坳上转圈。当他转到油桐树下时，看到一个钱袋躺在草地上，里面卧着四块光洋。

牛儿牵着牛在油桐树下等了三天，没有等到失主。牛儿只好将光洋交给刘郎中。郎中说：“这钱是你捡的，怎么给我？”牛儿说：“可我是拿着你的工钱做事的，这钱就应该给你。”郎中说：“假如你身上有四块光洋，看牛时掉了，我会赔吗？”牛儿说：“哦，要不，我先借着给祖母治病，等找到失主后补上。”

郎中说：“这牛你莫看了，从明天起，你协助文管家管点事吧。”

牛儿十七岁那年，桂大脚二十岁。刘郎中为闺女的婚事犯了难，不是人家嫌姑娘脚大，就是姑娘看人家不上。

文管家说：“老爷，您眼皮底下不是有个现成的吗？”

郎中一拍大腿，点着头：“我等的就是这句话！”

郎中问闺女：“父亲有意将你许配给牛儿，你同意吗？”桂大脚红着脸，右手捂住胸口，半晌没出声。郎中见闺女不好意思，说：“你要同意的话就点点头，不同意的话就摇摇头。”桂大脚狠狠地点了点头。

于是文管家做媒，郎中以良田三十担、青山十座、青砖瓦屋一栋、床铺家具两套、耕牛农具一套作嫁妆。

女大三，抱金砖。牛儿喜得合不拢嘴。新婚之夜，桂大脚告诉他，油桐树下那四块光洋是她爹放的。次日，牛儿改名范刘犹。

十年后，范刘犹已将岳父的医术学到手，且青出于蓝。为了报答岳父及当地百姓，他献出良田二十担作为办学基金，借刘氏两进宗祠办起了水溪湾学堂。学堂对贫困学生和优秀学生免费，先后培养出了数名专家学者。

哑 兵

曹庆升

1949年8月2日凌晨，解放军四野147师440团从常德飞速行军赶往马迹塘对河莲花坪。这一日，国民党97军、103军近三万官兵扑向马迹塘，企图西逃与广西白崇禧部会合，先头部队已经占领了马迹塘镇和伍家仑。

一场大战即将爆发。街道、村庄——人无影，鸟无声，偶尔传来几声犬吠，那是103军正在挨家挨户搜查抢掠。

山溪边，十几个103军士兵组成的搜查队持枪冲进一座茅屋，这是一家榨油坊，由河水冲转石碾，将茶籽粒碾碎成粉，然后上蒸、踩饼、开榨。打理者正用扫帚清扫碾槽。搜查队长闻着茶籽粉的浓郁清香，很高兴，喝住满身油渍的他，将枪上的刺刀对着他的头，喝令交出茶油。这人是个哑巴，但一点也不胆怯，带搜查队长到榨坊油缸边，指着一缸清油，“喔喔”着；然后，又拿出一杆挂着秤砣的杆秤，“喔喔”着，示意要称重。“想要钱！”搜查队长火了，上前夺秤，哑巴紧握不松。搜查队长抽出皮鞭，要揍哑巴。哑巴用秤杆作抵挡，秤砣却飞出砸在油缸上，油缸破裂，满地茶油流淌。搜查队长大怒，用刺刀对准哑巴的胸膛。哑巴“呜呜”着，比画着，又俯身用秤尖在地上写字。搜查队长伸颈看去，认出“油铺有油”四字，转怒为喜，忙用枪押着哑巴，朝街上油铺走去。

搜查队跟着哑巴走了三四里，来到街上，在拐角处找到油铺。油铺门面嵌着一排抹过桐油的厚木板，上方悬着“茶油铺”的招牌，同其他店铺一样，铺门紧闭着，门板被夏日的太阳烤得滚烫。街上只有油铺对面一家铁铺的门敞着，但打铁师傅早已跑了。

哑巴将功赎罪，他从铁铺找来一把大铁锤，对着嵌着厚木板的槽子，“砰！砰！”一阵猛砸，槽子开了。匪兵们启开木板，见着两缸清澈透明的茶油，都围了过来，喜不自禁。为不让哑巴再纠缠，搜查队长把哑巴押出店铺，打翻在地。看着哑巴在被烈日炙烤得像烙铁似的石板上打滚，队长得意极了。然后，搜查队抬的抬，挑的挑，提的提，把两大缸油全部运到了他们的营地。

当晚，敌军营中的晚餐非常丰盛。他们从百姓家抢来了许多鸡鸭和腊肉，从各家菜园摘来丝瓜豆角辣椒等小菜，用弄来的茶油烹炒，炒出来的菜特别香软可口。他们还用茶油制作了“油炒饭”。敌军官兵个个吃得肚子圆鼓鼓的。

夜半时分，众人水土不服：有的“哗啦啦”地呕，有的“呼啦啦”地屙，一个个提着裤子，急急地往外跑，房前屋后，大街小巷，田间地头，庄稼与草丛中，到处是他们的身影。这样一来，敌军官兵身体脱水，瘫软如泥。

第二天，8月3日凌晨4点，从常德赶到马迹塘对河的解放军开始强渡资江。先是一个连从对河莲花坪下首泅渡过来，仅几个回合，打了几枪，就把敌军保安团的一个连给收拾了。同时，另一个连从马迹塘对面大河口强渡资江。敌人虽然用机枪封锁渡口，但个个有气无力。解放军从水中攀缘木船，挡住扫射，随船前行，半小时不到，就完成了登岸任务，开始全面进攻敌军阵地。经过两个昼夜的激烈战斗，马迹塘战役于8月4日下午结束，歼敌1000余人，俘敌300余人，缴获全部船只，我军牺牲仅300多人。解放军以2000多人战胜敌军近30000人，为湖南的和平解放和衡宝战役的胜利作出了重要的贡献。

103军的搜查队长被俘时，被一声“缴枪不杀”惊破了胆——他眼前，这位威严的解放军军官，竟是油坊的“哑巴”！

原来，103军搜查队抢去的不是纯茶油。化装成“哑巴”的侦察连长在茶油中加入了大量的桐油，桐油与茶油色泽相似，混合之后，难以辨认，用它炒菜，味道极佳，但人吃了，会呕吐和大泻，浑身无力。

游和坪轶事

胡著宣

明朝天启七年（1627）初夏的一个早晨，在马迹塘沂溪河口上游几里路远的游家屋场，土财主游鼎青家，来了一位身材高大的不速之客。

“我想找游老爷借一担谷度荒月。”

俗话说，看见谷，饿得哭。正值田里稻谷青黄相间，一家人饿得发慌，这人来找游财主借谷。

“借谷？你哪里人？叫什么名字？”管家摸着山羊胡子，满脸不屑的神情。

“我叫萧鼎卿，家住沂溪河对岸，田地少，去年又遭了灾，父母都有病，揭不开锅了，想请游老爷接济一下，到时我连本带息，一粒不少……”

管家嗯了一声，进院通报游财主。“萧鼎卿？我正好要找他哩！快叫他进来。”游鼎青一反常态，边穿衣整冠，边往外走。

“你叫萧鼎卿？你晓得我叫什么吗？”

“我当然晓得，只是晚辈不敢直呼，我想请游老爷借一担谷帮我度荒月！”

“借一担谷？可以！但你得答应我一个条件。”

“什么条件？”萧鼎卿不解。

“我叫游鼎青，你叫萧鼎卿，两人名字同音，你把名字改了！”游鼎青不容置辩地说。

萧鼎卿气不打一处来，扭头就走。“送你两担，不要还，只要你改名……”游鼎青冲着他的背影喊。

萧鼎卿走到大门口，看到那对鼓眼暴睛、张牙舞爪的石狮子，一巴掌拍在狮头上：“你等着，石头骨三年自有翻身时，总有一天，你俩来给老子守大门！”

重涉沂溪回到对岸。萧鼎卿随手扯一把茅草引身上塝，岂料憋了一肚子气的他用力过猛，连根拔起了茅草蔸及下面的泥土，露出了一只青花瓷罐子。“今天怎么这么背时？扯把茅草还把别人的胞衣罐子揭了！”萧鼎卿抬脚一踢，想用土盖上罐子，不料把罐子盖碰开了，满罐黄灿灿的金瓜子露出来。

回到家里，萧鼎卿还怀疑自己在做梦。问妻子罐子里是什么东西。妻子告诉他全是金子。他陷入了沉思：这金子是哪个人埋的呢？我到底是拿还是不拿呢？君子爱财取之有道，人穷不可昧良心！我得想个法子，让埋罐子的人找得到我。“借谷不成上茅塝，扯草得见青花罐。事主哪天若来找，沂溪大块为你藏。”“沂溪大块”是萧鼎卿的绰号，他找来一块小石板，刻上这四句话，放入青花罐，连夜埋回原处。

“我们要用好这一罐金，三一三十一，作三股派用场。一股用来买田买山置家业，一股用作资助兄弟、子侄读书学艺，一股用来买粮食接济乡亲们度荒月。将来赚钱了，这金子还得还！”

妻子很赞同萧鼎卿的安排。萧鼎卿像没事一样，照常勤奋作田种土，理家兴业。从此，家道日兴，成了一方财主。

几年后，游鼎青的母亲冬天烤炭火引发大火，丢了性命还搭上了几间正屋。维修还未完工，正值六月天，游鼎青的杂屋又莫名其妙失火，大火借风势很快冲了顶。游鼎青平日为富不仁，剥削穷人，没人去救火，他被活活烧死。

游鼎青的弟弟想当家重振家业，不料游鼎青的两个儿子不同意，便拆伙分家。之后，游鼎青的后人又接连遭遇凶灾，陆续搬离家园，去了他乡。游家的旁系后人，也迁到外地安身去了，遗留的游家屋场，被人们称为“游屋坪”或“火烧坪”。游家广阔的山场田土，大都被萧鼎卿收购了。

萧鼎卿的三弟成人后，学得一身好武艺。萧鼎卿告诫他不要当个土财主，功夫要作正用，劝他去投奔了费扬古的军队，后在平定“三藩之乱”中多次荣立战功，可惜不幸阵亡。萧鼎卿担起了照顾三弟留下的孤儿寡母的责任。萧鼎卿自己有五个儿子，加上这位侄儿荣山，一共六个子侄。他爱侄胜子，荣山排行第三，被称为萧家三房。后来分家时，三房分了游屋坪对面的田土，就是如今的三房塅村。荣山为人处世颇有萧鼎卿风格，从不嫌贫爱富，办事公平合理，为地方做了不少好事，化解了不少矛盾。乡亲提议将游屋坪改名为萧屋坪。萧鼎卿想起当年游鼎青逼他改名的事，坚决不同意。他和荣山坚守以和为贵、和睦相处的为人之道，建议改“游屋坪”为“游和坪”，深得乡亲称赞。

树大开丫，崽大分家。到了康熙十二年（1673），萧鼎卿跟几个儿子分家时，只有如夫人罗氏育的第六子明鉽还未成年。萧鼎卿把厢房里的六担黑茶全部留给了明鉽，并特意交代罗氏夫人，要等明鉽长大成人之后，才可揭开最后那担皮箩盖。萧家分家那年的10月20日，萧鼎卿去世，享年63岁。

明鉽的母亲牢记萧鼎卿的交代："富不过三代，穷不过五服！明鉽性情温和、心地善良，是子嗣中最能传家守业的，我百年之后，你可带他移居黄栗洑，免得兄弟相争他吃亏受欺负。"罗氏母子遵照遗训，搬到离游和坪二里外的黄栗洑后，扒开皮箩面上的茶叶，发现里面全是金银。他们购置了大量山林田土，建了一个大院。院内有48个天井，三个大型门楼，东边的叫大夫殿，西边的称司马第，正中的叫福楼。福楼两旁的立柱上，各有一只展翅欲飞的鹰雕，一对青石狮子左右拱卫。那时，民间有句俗语，益阳有48港，安化有48溪，唯有第48港的黄栗洑最著名。黄栗洑有前洑和后洑，都是萧明鉽后裔居住着。

明鉽有六个儿子，第三个儿子萧修咏，号平山，也有六个儿子，大儿子德文迁居天湾的山田坊，于乾隆二十七年（1762）去世。留在黄栗洑的子孙继续着萧鼎卿的神话：在沂溪河驾船驾排的人都可以到黄栗洑吃饭。当地流行一句话：萧家人到鲊埠办事，不要走别人的地盘！黄栗洑到鲊埠有十五六里，可以想见当时萧家财富之巨。

萧家富了不忘兼济天下。他们倡办义学，接济穷人，支持地方的道路、义渡、庵堂及庙宇建设，捐献了山林田土58处，被称为益阳首富首善。明鉽的满儿子萧修海，乾隆年间任湖南提督兼学政，掌福建道监察御史。萧明鉽的子孙于清光绪年间在黄栗洑建了座萧氏公祠，现已被湖南省人民政府确定为省级文物保护单位。

萧氏公祠藏有几件宝贝。其中一件，为萧鼎卿当年藏在最后那担皮箩里的一封信，封面书：传萧氏子孙。内装萧鼎卿写的四句话："起家还因捡罐金，发富得益天与人。守财牢记仁与善，子子孙孙莫称雄！"信封下面是三只青花瓷罐子，里面装满金瓜子。萧鼎卿交代过罗氏，金子永留，要等着埋金子的后人来取。

一顶钢盔

罗中华

1949年7月中下旬的一个深夜，一支国民党部队突然来到千年古镇马迹塘。他们是国民党103军，小镇的宁静一下子被打破了，家家户户鸡飞狗跳，关门躲兵。

在离马迹塘小镇不远处的三里洲，住着一户农家，女主人叫袁秀英，二十岁刚刚出头，嫁到婆家还不到半年。听说镇上来了国民党军队，一家人白天黑夜忐忑不安。

8月3日凌晨，袁秀英洗漱完，就在灶房生火做饭。她家一共六口人，公公婆婆、两个小姑和夫妻俩。袁秀英将米下锅后，将昨晚在菜园里摘的半篮子豆角洗净，切好，用油盐炒个半熟，然后把豆角烹在饭下，做了满满一锅豆角烹饭。慢火烹熟后，袁秀英把饭和豆角拌均匀，顿时，满屋子是白米饭拌豆角的清香。

“老乡，早饭做得好香啊！”正当袁秀英陶醉于自己精美的早餐，开门准备洒扫阶基地坪时，一位年轻的军官迎面过来。袁秀英大吃一惊。看到她惊恐的神色，年轻军官说：“我们是中国人民解放军，刚从常德过来，昨晚深夜才涉水过河，是来阻击国民党军的，已经连续两天两晚没有睡觉吃饭，借你家房前屋后的空地休息一下，做餐饭吃。怕惊扰你们，没打招呼，很对不起！”

年轻军官和蔼的态度、亲切的话语，使袁秀英消除了恐惧。

她跟着军官走出屋来，眼前的一幕使她惊呆了。只见房前屋后的阶基上、地坪里、空地上，到处睡满了人。有八个绑着白纱布的伤员，白纱布里渗出鲜红的血，特别醒目吓人。有的还是一张娃娃脸，看上去只有十七八岁，他们尽管痛得在地上滚，却不出声。见她一来，都赶紧忍着，假装在睡觉。躺在阶基上和地坪里的人，全身都是湿的，却都无声无息地睡着了。另外有几个人在离房子较远的地坪边架锅做饭。

豆角拌饭的香气在屋外飘散，难道他们不想吃吗？家里的床铺温暖柔软，难道他们不想睡吗？他们不仅没有敲她家的门，吃她家的饭，睡她家的床，200多人在院子里，一个晚上都没出声，没有惊动她一家人。她只听说过解放军与劳苦大众亲如一家，今天见到，她十分感动！

袁秀英迅速跑进睡房，告诉丈夫、公婆，解放军到了自己家里，快起来招呼，腾出房间，供解放军休息。一家人把伤员扶进房间，并把今天的早饭让给了八个伤员。八个伤员坚决不进睡房，只肯到柴房休息。

袁秀英生怕伤员睡着了，飞快地跑进灶房，用茶盘盛了四碗饭，端到伤员手中，等再返回厨房，盛好四碗饭，拿了八双筷子，来到柴房时，先前端到饭的四位伤员已经用手扒着，把饭吃完了。看见袁秀英送来了筷子，四位伤员露出了尴尬、感激的表情。

八个伤员告诉袁秀英，这是他们近半个月来吃得最饱、最香的一顿饭。

中午时分，集合号响起，指战员们要赶赴战场。临行前，两个战士端着一簸箕刚刚做好的豌豆饭送给袁秀英。一位头部受伤的战士摘下挂在腰间的一顶钢盔说：“大姐，我把这顶钢盔送给你，反正我头部现在有伤，戴不了钢盔，就留给你家做个纪念吧！”这位伤员还说：“等全国解放了，我一定来看望你们，钢盔就是信物。”

这顶钢盔在袁秀英家珍藏了60多年。她家遭受过多次洪水的冲击，搬过两次家，但她一直把它收藏在自己家最安全保险的地方。后来家里建起了二层楼房，她就把钢盔收藏在阁楼里，还时常念叨：解放这么多年了，那位解放军同志怎么还不来，难道他忘记了吗?

几年前，一位名叫刘炳贤的桃江退役老战士，为了收集整理马迹塘战役的史料，筹建马迹塘战役战史陈列室，来到袁秀英老人家里。袁秀英才知道，在她家里住过的部队是四野441团的战士，大部分战士来自东北，在后来几天的战斗中，有300多名解放军指战员献出了自己的生命，送她钢盔的战士很可能就长眠在马迹塘，也有可能在后来的战役中牺牲了。

2016年1月，马迹塘战史陈列室开放。开馆前夕，已经87岁高龄的袁秀英老人，找到马迹塘战史研究会会长刘炳贤，将这顶钢盔献给陈列室。现在，每天都有来自四面八方的党员干部、中小学生以及社会各界人士来陈列室瞻仰缅怀，接受教育。每一次，讲解员都会讲解这顶钢盔的故事。它见证了浴火重生的战斗岁月，见证了军爱民、民拥军的鱼水深情。

参加过马迹塘战役的很多指战员以及他们的后人，多次来到马迹塘重温历史，祭拜战友和先辈，但是都没有找到袁秀英老人接待过的解放军战士。

2020年12月，袁秀英与世长辞，享年91岁。

大战中的生死恋

刘 鉴

益阳县西，资江之南，马迹塘老街上千户人家一字铺开。这里依山傍水，自古以来，既是繁华商镇，又是战略要地。街西头有一家药铺，老板是年过六旬的胡郎中。因连年天灾人祸，胡郎中膝下已无儿女，只有一个孙女胡凤。胡凤年近十七，出落得十分俊俏可人，在羞女峰下的湘山中学念书。

1949年6月下旬的一个黄昏，胡凤刚放暑假回家，一个小伙扶着另一个小伙走进药铺。胡郎中给生病的高个子小伙把过脉，准备抓药，两个小伙却说住在客栈不方便熬煮。胡郎中便叫胡凤找点消暑的现成药。高个子小伙接药时，顿时忘记了病痛，眼睛直勾勾地看着胡凤。

第二天上午，两个小伙又来药铺。胡郎中采药未归，只有胡凤守铺。高个子小伙说自己吃了药，但还有些发烧。胡凤学着爷爷的样，看了看高个子小伙的舌头，轻声说："给你做碗擂茶试试。"

胡凤端出擂钵，倒上芝麻、花生、茶叶和凉水。不一会儿，钵中物就擂烂了，她起身到屋后扯了几根鱼腥草，在清澈的河水中洗净，连叶带根扔进擂钵继续擂。然后，她往钵中冲入凉开水，舀上两碗，端给二人喝。

“这是药吗？这么香！”矮个子好奇，“我没病也喝？”

胡凤抿嘴笑：“这是擂茶，没病也可以喝的。”

高个子小伙一仰脖颈，碗就干了：“还想喝一碗！”

两碗擂茶下肚，高个子摸摸自己的额头，朗声说：“奇怪！烧退了，头不痛了！”

三个年轻人攀谈起来。高个子小伙坦言，他叫叶勇，是国军234师700团的中尉参谋，矮个子是团部卫兵，他俩都是祁阳人，从益阳县城来马迹塘执行任务。

“武汉解放了，湖南也快解放了，你们还到马迹塘来执行什么任务？”胡凤问。

“长官们都在抓瞎，我们遵命行事！”叶勇说。

胡凤问：“抓瞎是什么意思？”

叶勇说，国军连吃几场败仗，失去了大部分精锐部队，于是国防部在后方大力扩建新军，他的老乡王中柱四处活动，终于拿到了白崇禧部“103军军长”的任命状。根据国防部的编制，103军为乙种军，名义上有一个195师，实际上空有番号却没有一兵一枪。王中柱又跑到国防部要部队，国防部就把刚组建的234师、347师划到103军名下。王中柱刚喜滋滋地走出国防部的大门，347师就被划走了。这时，国民党华中总部迁到长沙，蒋当翊的97军、王中柱的103军同受“湘鄂赣边区绥靖总司令部”指挥。总司令部设在益阳，总司令霍揆彰已逃往台湾，蒋当翊和王中柱根本不听副总司令刘召东的指挥，234师师长王学臣也不买军长王中柱的账。

胡风问："你们都这样子了，还要撑下去吗？"

"没人愿意撑，蒋介石嫡系部队都兵败如山倒，我们这些后娘养的更泄气，"叶勇叹气说，"可长官们还要捞油水、保势力啊！"

叶勇和胡风越聊越起劲。矮个子卫兵连声干咳，示意告辞。叶勇依依不舍起身，从袋里摸出一块怀表，递给胡风。胡风忙后退。叶勇把怀表放在药柜上，说："这是擂茶钱！不久，我们会有机会见面！"

卫兵把叶勇拉出去，大声打趣："哪是擂茶钱，分明是定情物嘛！你害相思病了！"

胡风拿着怀表追出门，却见同街的男同学罗飞鹏走过来。罗飞鹏听胡风说是国军大兵留下的怀表，妒火中烧，冲着二人的背影骂："害相思病就快死，省得费解放军的子弹！"

时间一天天过去，解放军节节南下的消息不断传来。

8月1日，一场大雨从午时一直下到夜里，药铺刚关门，突然响起急促的拍门声。

来人是叶勇和矮个子卫兵。胡风的脸刷地红了。叶勇急切地对胡郎中和胡风说："共军正朝这里赶来，我军两个团将在此阻击共军，这里很快会变成阵地！你们要赶紧转移！"

"怎么转移？"胡郎中问。

叶勇从雨衣内掏出一枚亮晶晶的戒指："情况万分紧急，没法转弯抹角了！我跟军长是同乡，军长派我负责军部家属转移。如果胡风姑娘愿意，胡风姑娘就作为我的太太，还有爷爷，跟军部家属一起走！我是军校毕业生，决不乘人之危，是真心喜欢胡凤！”

胡凤猛摇头：“我不走！我们都盼解放！我要当支前群众！倒是你、你们，要是真有情义，就赶紧向解放军投诚！”

“胡凤姑娘，上次我们是来这里侦察地形，为部队转移作准备。这些天，勇哥想你都快想疯了。那块怀表是他爸给他妈的定情物，也是他爸妈留给他的唯一念想，他爸妈都牺牲在抗日战场。你们不转移就极可能被打死。我们是冒着危险来通知你们的，被长官发现了，我们都得死！”矮个子卫兵哽咽着说。

胡郎中拍拍矮个子的肩，搂着叶勇湿漉漉的肩，感动地说：“好孩子！你们的好意，我们心领。不瞒你说，刚才解放军的侦察兵来过。我希望你们认清形势，赶紧投奔解放军，把你们了解的情况告诉他们。凤儿是个有主见的女孩，跟她同学罗飞鹏虽然青梅竹马，但上个月罗家来求亲，凤儿硬是没同意。你的怀表，她就挂在胸口呢。”

“爷爷……”胡凤娇羞地低下头，又抬头看看叶勇举着的戒指，再看看叶勇英俊的脸，果断地说，“叶勇，国民党军没希望了，这是民心所向，你要是愿意投诚，我就戴上这枚戒指！”

叶勇思忖一阵，终于用力点头，激动地把戒指戴在胡凤的左手中指上。

根据叶勇提供的一些情况和侦察兵了解的情况，3日清晨，解放军四野147师440团3营（前卫营）在对岸向马迹塘发起进攻，先是副营长徐锐松率9连从大河口下首偷渡过河，再是营长余振江率7连从莲花坪强渡，一举拿下马迹塘老街。敌军家属及官兵300余人被俘，我军战士及当地居民无一伤亡。上午10时许，我440团全部进驻马迹塘。

胜仗来得太顺利，巨大的危险悄然而至。

夜里，叶勇得到情报，97军2万余人、103军余部近万人正向马迹塘方向压过来，准备西逃与白崇禧的桂系部队会合。叶勇即向440团团部报告。

情况万分危急！440团即电报师部。师部下达命令，不惜一切代价阻击敌人。

不容片刻犹豫，440团千余人对阵敌军约3万人！

4日凌晨4时，1营为主力在马迹塘南边的黄栗湫阻击敌97军。上午8时，奉师部命令火速赶来的441团与440团2营一部在马迹塘东边的伍家仑阻击敌103军。

胡郎中、胡凤、罗飞鹏和当地群众组成支前大军，为解放军运弹药、送茶水、抬伤员。黄栗湫激战中，1营1连连长仇万顺摘下自己的钢盔送给罗飞鹏。罗飞鹏帮胡凤戴上。这时，敌人一梭机枪子弹打过来，仇连长和罗飞鹏中弹，当场牺牲。胡凤幸有钢盔保护，捡回一条命。

伍家仑下，叶勇带领解放军一部飞扑资江，攻击保护装载武器弹药和后勤物资船队的敌后勤部队，被一颗炮弹击中，壮烈牺牲，紧随其后的胡郎中，也血洒江边。

下午5时许，解放军147师主力部队杀到。敌人留下1000余具尸体，仓皇东逃。

由黄栗湫战斗、伍家仑战斗等组成的马迹塘战役，是解放军进军湖南的第一场大型战役，粉碎了白崇禧集团余部经马迹塘西逃的企图，为衡宝战役赢得了先机，为湖南和平解放作出了贡献。

怀表为媒，戒指为证，胡凤将这段昙花一现的爱情深埋心底，独居伍家仑大半个世纪，终身未嫁。“文革”期间，胡凤因怀表和戒指挨过批斗。后来，矮个子卫兵的儿子——永州军分区某首长把胡凤接到干休所。2022年4月，胡凤在祁阳逝世，享年90岁。

山水景观篇

浮邱山

田汉文　文希良

在桃花江与资江汇合前的地带有一座山，高耸入云，这山叫浮邱山。

很久很久以前这里并没有这座山，而是一马平川。这里有一个叫甘泉的小村庄，因村里有一眼山泉井，王母娘娘在此滴了一滴甘露，而得村名。井边住有一邱姓人家，就母子二人，靠租种当地一个刘姓财主家的几亩地维持生活。地在自家周围，早出晚归好打理，可近处无山，解决烧柴就得到很远的地方去打柴。

一天，邱子到山里打柴，打着打着，一位漂亮的女人，从他身边走过。邱子抬起头来望了女人一眼，女人朝他笑了笑说："你一个人砍柴呀！"邱子也笑着回答："是的。你为何一个人在这山里走？""时候还早，回娘家，走段近路。"

邱子打柴打到黄昏，把柴整齐捆紧后，准备起肩回家，忽然看见一棵银杏树下闪出亮光。他走近一看，原来是一粒七彩珠子在闪光发亮，便连忙捡起放到自己衣袋里。在回家的路上，邱子一直在想：这是谁在这掉的宝贝？是今天刚遇见的女子吗？可那女子路过时，没有停脚歇气，更没靠近这棵银杏树，应该不是她丢的。

邱子挑柴回到家，月亮已出，他把亮珠拿出来交给母亲，高兴地说了今天捡珠子的事。说来也巧，邱子一拿出亮珠，整个房间便通明透亮。邱母接过亮珠非常高兴，反复观看，并手捧着在自己的灶房、寝室、堂屋走了个遍，不亦乐乎。邱母来到自己的卧房，说："这下我们不要用油点灯了！但这珠子肯定是别人的宝贝，掉了宝贝的人一定很着急，你一定要尽快找到失主，还给人家。"邱子回答："好的。"邱母顺手把珠子放到小桌上装有她新纳鞋底的盘子里，突然，盘子里堆满了新纳的鞋底。又把珠子放到自己做好的一件新衣上，新衣又多了几件。邱母拿着珠子到灶房，往柴上一放，柴也有了一大堆。邱母好生奇怪，想起了祖辈们讲的，王母娘娘在此滴甘露时，丢失了一粒"梭波子"，这"梭波子"能逢凶化吉，聚财积宝，心想事成，吃进肚里，还能让自己化成仙龙。难道这小珠子就是"梭波子"？邱母把这个故事告诉邱子。邱子高兴地接过珠子往米缸里一放，缸里一下有了满满一缸米。珠子放在油钵里，油又有了满满一钵。娘俩把自己家里有的生活用品都放了一遍，家里常用的东西一年都用不完了。第二天邱母照样下地劳作，邱子上山去砍柴的地方找宝珠的主人。

邱家得宝的事，很快被刘财主的管家玉娃知道了，他凶神恶煞地来到邱家，对邱母说："这八千亩山川田地都是我东家的，在这山川田地里捡的任何东西都是东家的！你儿子捡的宝珠我要收回交给东家。"邱母不肯，但邱母人老力衰，斗不过玉娃，被推倒在地。玉娃恶狠狠地从邱母怀里夺走了宝珠。

邱子在回家的路上碰到一个人身龙头的怪物，那怪物老远就冲着邱子喊："邱子，你不要挡我的路。"邱子也冲着怪物喊："大路朝天，各走一边。"怪物说："念你母子献宝有功，使我成了玉龙，今日我不动你。你赶快回去，我东家得罪了龙王的三公主，几天后，东海龙王要把这平川变成湖泊，让我来当龙君。嘿嘿，你赶快带着你母亲逃命去吧！你不要告诉别人。告诉了别人，你就会葬身甘泉井底。"怪物说完，就不见了。

邱子听完怪物的话，知道家里的宝珠被夺了。邱子觉得，宝珠被夺是小事，怪物说平川将变成湖泊，乡民要失去家园和生命，这可是大事！救乡民要紧，邱子加快脚步，朝村口方向狂奔。跑到村口，刚要喊大家逃命，忽然一老妇人站到了他的面前，对他小声说："天机不可泄露，善恶自有报应。水灾来时，你娘俩站着不动；那宝珠，玉娃定会还你。"老妇人说完就驾一朵白云飘然而去。邱子回到家里，把今日在外面碰到的事告诉了母亲。邱母说："只怕是王母娘娘找'梭波子'来到了村里，见灾难要来了，在设法搭救我们。"

次日，真的乌云满天，电闪雷鸣，狂风暴雨。一声巨响，大地开始往下沉，一条巨龙从甘泉井里伸出头来。邱家娘崽记着老妇人的话，在家站着一动不动。这时，天空一道金光，那老妇人从天而降，来到邱家娘崽面前，对着屋外厉声说："玉娃孽障，快把宝珠吐出，归还邱子！"果真，玉龙朝着邱子吐出了宝珠，变成了玉娃，沉入了井底。邱子接过宝珠，此时到处都是悲惨的救命呼声，他的脑海里立马闪现母亲说的"梭波子"能逢凶化吉、心想事成的话，现在他只想拯救乡民，便飞快地把宝珠抛入水中。

瞬间，他们母子站立的地方迅速向四周扩大，变成一块绿地，又慢慢往上长，为呼救的人提供了一块生命之洲。绿地上的人不断增加，这绿地就不断地长大长高，一直长到所有呼救的人都上了绿地，这绿地就成了一座高达两千多丈的大山。

乡民们得救了，人们万分感激邱子舍宝救人的大爱，便把从水里浮上来的这座山取名浮邱山。

居士巷的苦恋

薛 军

桃花江镇古称桃花港。桃花港有一条老街，由东往西，商贾云集。一条两米多宽的小溪，由南向北，穿老街而过。沿溪的人家，在溪边栽桃插柳。

老街能闻名遐迩，源于清道光年间一位大才子与老街上一位佳人的凄美故事。

清嘉庆二十四年（1819）3月的一天，益阳大码头一艘前往桃花港的木船上，有位年方十八的英俊书生，他就是益阳上游村汤府的公子汤鹏。汤公子天赋异禀，九岁能文，被称为神童。这次坐船到桃花港，是为探望在老街经营茶行的舅舅一家，还要上浮邱山拜真武祖师。

在舅舅家，汤鹏讲想到长沙求学的事，舅舅非常支持。

晚饭后，汤鹏沿溪边慢走。只见三月的小溪被桃花柳丝掩映着。不远处飘来《追梦》的筝声，循声望去，是从溪对岸薛秀才家二楼那扇开着的窗户里传出来的。

在筝声的导引下，汤鹏快步过桥来到薛家。他朝"忘年之交"薛秀才躬身施礼："不曾提前通报，今日冒昧拜访，恳盼海涵。”见是汤鹏，薛秀才忙放下书，满面笑容道：“请坐！请坐！今日寒舍迎公子，蓬荜生辉呀！”

伴着一曲曲悦耳的筝声，汤鹏与薛秀才边品茗边谈诗文。汤鹏问：“如此美妙的筝曲是何人所弹？”薛秀才说：“小女婉婉。”说罢，要薛娘子唤婉婉下楼。

筝声停了，着一袭淡黄长裙的少女扶栏款款而下。

在爹爹的指引下，婉婉侧身施礼见过汤鹏。汤鹏忙还礼道：“谢过婉妹妹的悦耳筝声！”相视的瞬间，两人满脸通红。

此夜，往常挨床就睡的汤鹏失眠了。女大十八变，二八年华的婉婉愈加水灵标致了。汤鹏脑子里来来回回是婉婉的曼妙身影。婉婉那边也是心泛涟漪，辗转等着天明。

三天后，汤鹏登浮邱山，沿着一条四尺多宽的青石板路拾级而上。拐过一道弯，惊见前方身着粉红衣裙的婉婉姑娘。自然，两人结伴而行。他们应着山中春景，一路哼曲吟诗，兴致盎然。林中双栖双飞的小鸟，仿佛读懂他俩的春心，一下子安静起来，生怕打扰了。

来到山顶，两人步入浮邱寺内，上香虔拜真武祖师与二十四诸天菩萨。寺院老住持见男的气宇轩昂、女的端庄秀丽，双手合十，请二人到禅房品茗相谈。道别时，住持说：“浮邱今迎汤公子，他日名宿有此人。”送至寺外，住持对着东前方二十余里外的金盆山喃喃念道：“悟得天人王道，永世每日相望。前世情缘注定，隔世痴情相守。”

回到舅舅家，吃完晚饭，汤鹏不由信步来到薛家对面的溪边，静静地望着二楼那扇窗户。如有心灵感应，婉婉也到了窗前，守望对岸的汤鹏。婉婉从窗口消失片刻,《相知如镜》的筝曲飘出。汤鹏取下腰间的洞箫,与筝声合奏。乐曲缠绵在水面、树梢、花间,飘荡在无边的月夜里。

几天后,舅舅收购的一批绿茶送往益阳,汤鹏随船回家。汤鹏极不情愿地最后一个踏上木船。婉婉站在弄溪桥上望着江面远去的帆影,泪珠儿悄悄滴落。

不久,汤鹏投至长沙一名儒门下深造。渴望在学术理论上能成一家之言的汤鹏,压抑心中儿女情长刻苦攻读,才学猛长,渐有满腹经纶,雄才大略。

半年后,婉婉的父亲忽患肺疾。用完家里的一点银两后,贱卖了溪边的木楼,一家三口栖身在街尾一废弃的破庙中。祸不单行,母亲到山中砍柴时,不慎摔断了左腿。

街上翠芳楼李老鸨见婉婉家遭此变故,劝说她上翠芳楼弹筝卖艺。

想到银两所剩无几,爹爹的药又不能断,虽有好心邻里接济,终究也不是长久之计,眼下,也只有到翠芳楼弹曲来养家糊口这条路了。汤鹏一去不知音讯,每每想到他,如利刃穿心,他可否还记得自己?

汤鹏经过几年的苦读,年才弱冠便著文百篇,其文心系时事,风行天下,被当世视为异才。道光二年(1822),汤鹏中举,自号浮邱子。道光三年进士及第,授礼部主事,选入军机章京,与曾国藩同为穆彰阿的门生。

任前,汤鹏返乡省亲。他迫不及待来到桃花港,而溪边,薛家的房子已换了主人。“薛家的人上哪儿了?”有人指着翠芳楼说："薛家婉婉在那弹曲，去那里找她吧。"汤鹏一听，疾步奔向翠芳楼。

李老鸨见名震乡野的汤鹏来访，笑脸相迎："恭迎进士爷，请问找谁？"汤鹏说："找婉婉。"一听找她，老鸨眼瞥楼上说："您可真会找人，这婉姑娘心似莲花碧照水。进士爷想见，我给爷引路。"两人来到楼上，只听得"砰"的一声门关了。婉婉拒见，任凭老鸨怎么说也不开门。汤鹏对着门内问："婉妹为何不愿见我？"半晌，只听房内一声叹息后道："今日不同往昔。公子请回吧，男儿须以抱负为重。"

汤鹏一连几日前往，婉婉均拒见。见省亲假期到，汤鹏带着满腔伤情遗憾返京。之后，多封写给婉婉的信也无一字回音。

情爱遭拒，仕途则步步高升，由礼部主事、军机章京、户部主事至擢山东道监察御史。诗文则与龚自珍、魏源、张亨甫齐名，并称为"四子"。

才高者气足。汤鹏身处官场却不屑溜须拍马。因三上奏章求严惩宗室工部尚书载铨叱责司官之错，被道光帝斥为"偏执"，降为户部员外。鸦片战争失败后，他对照败因潜心撰写《夷务善后三十策》，详论募兵、练勇、修船、造炮、设险诸事宜，竟被朝廷视为书生之见，不予理睬。报国无门，汤鹏郁愤意冷。道光二十三年（1843）的某晚月下散步消愁，他忆起了与婉婉筝箫合奏的《相知如镜》，既然心里忘不了婉婉，干脆辞职返桃花港老街找她。

再说当年，婉婉为救双亲入楼卖唱。汤鹏中进士回来找她，她觉得女儿家的清名被污，不能损汤鹏名节，狠心关门拒见。桃花港老街的人都知婉婉玉洁冰清，钦慕她的人越来越多。有乡绅商贾恋其才貌求婚索娶，均遭婉拒。几年后，双亲离去。婉婉离开翠芳楼，隐姓埋名居于乡下，不言婚嫁。

汤鹏找不到婉婉，消沉一段时日后，把思念融入了爱国的文章里，专心著作，并定名为《浮邱子》。这是一本写给皇帝和政治家看的政论专著，也是一本修身明理的经典。成书之后，汤鹏也耗尽了最后的气血，于道光二十四年（1844）闭上了疲惫的双眼，时年43岁。葬城东七里处的金盆山，墓碑朝城西浮邱山。

时刻关注汤鹏的婉婉，为汤鹏的英年早逝，痛彻心扉。用尽积蓄，在汤鹏墓旁自建一庵，手捧《浮邱子》落发为尼，终身陪伴汤鹏。因庵堂建在金盆山上，得名“金盆庵”。因汤鹏在桃花港老街著《浮邱子》一书，四方乡贤学究敬其功德名望，尊称他住过的老街为“居士巷”。

船码头的密码

胡著宣

唐贞观年间，资江流域古梅山之地的南蛮长期作乱，拒绝归顺大唐王朝。唐太宗派天下兵马大元帅秦叔宝和凌烟阁二十四功臣之一的尉迟恭，率大军来三堂街修建皇家御庙——龙牙寺，想以武力威慑与佛教教化彻底解决南蛮之乱。

秦叔宝为便于征集修建龙牙寺的材料、民工与粮草，叫来沅江、益阳、龙阳（今汉寿）三个县的县令合署办公，坐镇协同建造龙牙寺。三堂街由此得名。为了方便粮草物资运输，秦叔宝在三堂街河边修建了一个船码头。修建时，据说秦叔宝藏了一件大宝物在码头附近，还留下一首藏宝诗："上下一十七，东西一条线。有人看得懂，财富万万年。"

船码头建成后，从京师跟随秦叔宝来三堂街的随军铁匠权立众，在码头入口处正对面的河堤上，开了一家铁器铺，打铁营生，与那个码头寸步不离。当时，有五万唐朝大军驻扎三堂街，加上修建龙牙寺的一万多名工匠和民工，这么多人要吃要喝，一时引得各地客商蜂拥而来。权铁匠铁器铺对面的码头下面，常年停靠着密集的帆船；码头左右两侧的河岸上，也建成了一溜开商铺的吊脚楼。粮店、药号、客栈、饭馆、钱庄、当铺、日杂店、绸缎庄、印染坊、制衣社、寄卖行等纷纷进驻，三堂街成了一条人潮涌动的商业街。

三年建成龙牙寺，秦叔宝、尉迟恭班师回朝。权铁匠留在了三堂街，继续他的营生。一个叫游子安的泼皮，早就觊觎着船码头的宝藏。朝廷的兵马刚走，他就立马行动起来。他邀来九峰宫的文财主、白鹤坪的何天海、打鱼为生的郑渔夫等几个人，成天聚在街上开绸缎庄的老陆家，破解那首藏宝诗，密谋攫取船码头的宝藏。一段时间后，他们似乎悟出了些道道：藏宝诗中所说的“上下一十七”，是船码头从上往下又从下往上各走一十七级台阶那一段位置?“东西一条线”呢，是在船码头的那一段位置上，找到能与秦叔宝和尉迟恭驻扎过军队的镇东乌旗山和镇西黄旌山连成一条线的那个点？他们自以为想到点子上了，只待撬开码头上的那几节台阶石，就找到梦寐以求的宝藏。

可是不久，三堂街小镇上，接连出现了几起让人害怕的事情。游泼皮一夜之间断掉了一条腿，夜间常在码头附近那片河面上游荡的郑渔夫的渔划子沉了河，老陆家伸到河滩里去的木楼梯被人锯断了一大截，花钱雇人解密藏宝诗的文财主被人绑了“肥猪”，神神道道的何天海两间商铺门面被人泼了大粪……

有人私下传，三堂街发生的这些事情，都是那位权铁匠干的。有人说他能凌波微步踏水过河，有人说他身轻如燕能飞檐走壁，有人说他疾目如电能夜观若昼，有人说他把三堂街李、周、张、王、赵五个大姓的乡民暗中组织起来了，各族推出一人成立了守护三堂街船码头的“常列护族”，暗中保护着船码头。

三堂街风平浪静了好一段时间，没人敢打船码头的主意了。各地前来三堂街访奇探秘的，来三堂街进货经商的，来龙牙寺烧香拜佛的，纷纷经船码头涌向三堂街。三堂街的药号经营本地山药材出了名，原来只在京城繁华之地开设药号的一位大老板，慕名来三堂街开了“济善堂”药号；湖北一带出产的芝麻、黄豆、花生、鱼干成了三堂街的抢手货。这里成了销售山货、农产品的大市场。

三堂街日渐远扬的财富名声，引发了一场明火执仗的劫掠。一伙外地来的强盗，趁夜色潜入三堂街。最先看到动静的权铁匠，见强盗人多势众，便拿起一只黑色的长牛角“呜——呜——呜——”地吹响了。刹那间，三堂街及周边的九峰宫、白鹤坪、九房湾、杉木坳、相思港都响起了急促的铜锣声。乡民们一个个手持鱼叉、木棍、梭镖、锄头，提着灯笼打着火把从四面八方包抄过来。河面上也满是挂着渔灯的渔船。强盗们见状，赶紧招呼同伙登船走人。临走前，他们掳了一位姑娘做人质，还放火点燃了码头两边的吊脚楼，想借助火势阻挡乡民们的追赶。被掳走的那位姑娘在船上凄厉地哭喊，众人皆束手无策，只听权铁匠大喝一声：“跟我来！”他提起一桶水淋在身上，倒地朝码头下滚去，穿过火场直滚到强盗的船头前。一些年轻的乡民也学权铁匠滚下了码头。入了水的权铁匠死死抓住强盗撑船的船篙。强盗头子见势不妙，喝令喽啰们“起大雾！”强盗随即朝船头和四下撒起了石灰。这时，那位姑娘趁机脱身跳进了河里，权铁匠抓住那位姑娘的衣领，“啊”的一声大叫，一起沉入河里。

强盗逃之夭夭。权铁匠和姑娘在众人的帮助下上了岸，两个人的眼睛都被生石灰烧瞎了。后来，经街坊和乡邻们撮合，权铁匠娶了姑娘。

权铁匠统率的六位“常列护族”齐心护街，三堂街再没发生过偷抢事情。三堂街一天天变得热闹，一年年变得繁华，成了资江流域商贾云集的重镇。经权铁匠点拨，藏宝诗的秘密才逐渐被人知晓。诗中说的“上下一十七”，是从码头最上面的那级石级往下面走一十七级，再从最下面那级石级往上面走一十七级，所到达的码头中间那一段位置；“东西一条线”就是在码头的这个中段位置上，向东西两侧建成一线吊脚楼街铺；“有人看得懂，财富万万年”是讲在这个位置上建成的吊脚楼临街商铺，必将是水患无忧，生意兴隆，能够万年延续。这首藏宝诗就是告诉人们怎么样建好这条街，并预言了这条街日后的繁华。这首藏宝诗，到底是秦叔宝煞费苦心有意编排出来的，还是小镇的哪位贤人之作，已无人考证。而诗中所描述的景象却得到了验证：小镇，真的成了繁华的水岸小镇；船码头，真的成了繁忙的水运码头。

洪山竹海

昌松桥

清咸丰二年（1852）7月，太平军围攻长沙，久攻不克，西王萧朝贵战死，天王洪秀全自郴州亲赴长沙指挥战斗。

11月11日，洪秀全、杨秀清率太平军主力来到长沙城南门，与攻城部队会合。与太平军作战的总指挥是广西总督向荣，清军各路兵马云集长沙。

强攻为既定方案，但有一个士兵站出来说："长沙城墙坚固，不宜强攻，可避其锋芒，智取他城。"

天王本是来为西王报仇的，听到这话，正要发火，抬头一看，竟是一个年轻士兵。见他长得眉清目秀，娃娃脸，是个白面书生，就压下火气说："废话，西王的仇不报了？"

白面书生见天王不快，连忙退出。

太平军在天王的领导下，分三路进攻长沙。守卫的清军也分三路抗击，双方没日没夜厮杀。就在此时，翼王石达开率部渡过湘江，控制了湘江两岸。

湘江被控制，长沙城对外的联络和物资供应被切断了一大半，而太平军进可攻、退可守，战略上占据绝对的主动权。

为解这一困境，总督向荣亲率三千清军杀向石达开，希望切断东西两岸太平军的联络，然后各个击破。翼王早已料到清军会进攻，早早设下伏兵。一番激战后，清军损失惨重，狼狈逃回城中。经此一役，城中的守军再也不敢出城，闭门防御。

太平军从城外挖地道，一直挖到城墙边，埋好炸药，将城墙炸开一个口子，将士从缺口处涌入。

危急时刻，左宗棠拿出之前从城中富商手中筹措的十二万银两，立于城墙指挥：凡向缺口处掷石一块者，立刻赏钱一千文。

铺天盖地的石头从四面八方砸向缺口，太平军死伤不计其数，生者不得不从缺口处撤退。

因为退得急，人挤人，天王竟跌倒在一个士兵的身上，天王发现是那个白面书生。天王转身再看那缺口时，缺口处的石头墙比原来的城墙还高还厚。

天王突然觉得白面书生说的话很有道理，再打下去，结果一样，区别只是南门或者北门而已。随着时间的推移，外围向长沙靠拢的清军也会越来越多，太平军可能面临里外夹击。他问白面书生：

“你是哪里人？”

“我是益阳县八里猴栗岭人。”白面书生说。

“是那个叫桃花江的地方？”

“是的。”

“叫什么名字？”

“姓汤名柳。”

“怎么来投军？”

“我父亲因得罪了官府，死在益阳县大牢，我想报仇。”汤柳说。

“依你，这仗怎么打？”

汤柳说：“翼王已控制了湘江东西两岸，放弃长沙城，夜过湘江，佯攻湘潭，智取宁乡。”

天王采纳了汤柳的建议。11月19日，连夜冒雨撤离长沙，渡过湘江，直抵西岸，与翼王石达开会合；又派一部佯装主力往南出击湘潭，引诱徐广缙部追击，牵制清军主力；太平军主力则抄小道翻山越岭直抵宁乡。此时宁乡空虚，加之百姓早就不满官府作为，纷纷响应太平军，太平军轻而易举就夺下了宁乡县城。

天王再次问计于汤柳。

汤柳说：“依样画葫芦。天军再派一部佯装主力与之前出击湘潭的人马会合，佯攻湘乡；主力取道铁冲、灰山港、石牛江，隐蔽于猴栗岭十万亩竹林中，伺机袭击益阳县城。”

天王十分惊诧汤柳的才华，问起汤柳的家世。汤柳霎时泪眼婆娑。

汤柳哽咽着说：“父亲本是清军将领，为从三品游击，却屈居益阳绿营军四品都司职。赵副都司与胡知县狼狈为奸，借机搜刮民脂民膏，遭父亲痛斥，二人怀恨在心，栽赃陷害父亲，诬告父亲私通教匪。父亲被投入监牢，惨死狱中。赵副都司取而代之。”

天王再次采纳了汤柳的建议。一部人马前往湘乡，余部进逼益阳县城，天王则率主力经铁冲、灰山港、石牛江，于12月1日悄悄进驻猴栗岭。

12月3日下午，东王杨秀清部经宁乡抵达益阳东。城外清军将领赵都司见太平军旗帜不多，以为是小股人马来犯，想着自己有五百绿营军，又驻扎在城外的高处，自以为胜券在握，便张榜安民，不要惊慌。城中乡绅都以为太平军不足为虑。同时，赵都司借机敛财，向县衙府库索要大量钱粮。下午5时，天王率太平军主力从猴栗岭猛扑过去，兵临益阳城。

太平军在城外起春亭看到了赵都司的安民榜，一把火烧了亭子。赵都司得知太平军上万人抵达益阳的消息后，整个人如坠冰窟，想都没想，带着人马就逃。逃跑途中被一神秘骑兵射杀。东王部队从南岸千家洲的刘公洲凫水过河，胡知县惊慌欲逃，百姓将其活活打死，并打开城门，欢迎太平军入城。太平军在城中盘点了官府的钱粮，截获资江中的大小船只，建成浮桥，供军民往来资江两岸。

12月4日，清军赶到，迅速抢占城外制高点陆贾山，常德总兵纪律也赶来增援。天王闻讯，遣精兵三路过河：中路出龙洲书院，右路绕桃花仑，左路往三里桥，包抄陆贾山。双方对垒，清军居高临下压制太平军。天王率军实施强攻，这时一支利箭朝天王飞来，汤柳侧身冲了过去。汤柳胸部中箭，几个踉跄，天王一把抱住他，退出战场。翼王下令炮轰，清兵力不能支，太平军乘势冲杀，纪律仓促退到茶亭街桥下，于混战中被斩杀，首级悬于竹竿之上。清军望风披靡，被太平军追杀至石头铺，一直退至宁家铺。

天王卸下汤柳的盔甲，撕开他的上衣，一对沾满鲜血的大乳房露出。原来，汤柳是个女人。

“天王，我的仇已报，只可惜不能跟随天王了，我死后，请将我葬在猴栗岭竹山中……天王可佯攻汉寿，利用益阳……现有船只，顺风顺水……智取岳州，再取武汉。”言毕，汤柳在天王怀里慢慢闭上了眼睛。

天王悲痛不已，将一个佩戴了三十余年的玉佩取下放到汤柳右手心。在猴栗岭竹山中，将士们厚葬了汤柳。

太平军打了胜仗，洪秀全下令：改猴栗岭为洪山，改益阳县为得胜县。洪山竹海（现为桃花江竹海）由此得名。

羞女山与蛤蟆石

宋长森

自西向东的资江在到达桃花港前绕出了一个大湾。湾前有一河洲，名唤“犀牛洲”，其形状酷似一头犀牛。附近有一块大石头叫蛤蟆石。蛤蟆石随江水时隐时现，探头探脑，窥视着羞女山。这里有一个凄美感人的故事。

很久以前，在桃花港上首几里处的资江北岸，有一个赖家庄，庄主一脸麻子，人送外号“癞蛤蟆”。这家伙外表和蔼可亲，却是嘴上甜蜜蜜，心里藏刀锯的角色。他仗着自己既是老财，又是县太爷的亲戚，欺男霸女，放高利贷，死人身上都恨不得刮下一层皮来，因此，人们背地里又叫他“癞老刮”。

癞老刮家有一个叫寄生的放牛娃。寄生自幼父母双亡，被族中独眼老叔收养。老叔一把屎、一把尿拉扯大了寄生。在一次替癞老刮耕田时，老叔不幸摔坏了腿。为给老叔治病，寄生欠下了癞老刮的高利贷，被迫卖身赖家放牛。

身为放牛娃的寄生，却无奴颜媚骨，像村口崖上的大柏树：倔强、硬气，宁折不弯。他总是想方设法帮助乡亲，明里暗里和癞老刮对着干。

有一年过春节，癞老刮一家大鱼大肉，乡亲们却是缺吃少穿。可怜的孩子们只能光着脚，饿着肚皮，满野地里唱“红萝卜，蜜蜜甜，盼着望着难过年……”的童谣。

寄生心生不忍，就叫上村里的几个小年轻，在山里偷偷杀了赖家的一头大牯牛，将牛肉悄悄分给乡亲，把牛皮、牛尾挂在村口那棵大柏树上，然后慌慌张张回报癞老刮，说是牯牛被神仙召上天去了。

望着高挂在大柏树上的牛皮、牛尾巴，癞老刮阴着一只眼摇了摇头，又无可奈何，只得朝大柏树方向磕头作揖。寄生捂住嘴偷偷地乐。癞老刮还假惺惺地将血淋淋的牛皮、牛尾巴赏给了寄生，祝愿寄生过一个快乐祥和的新年，心里却恨得咬牙切齿，想着逮个机会收拾寄生。幸亏寄生远房表姐竹叶是癞老刮的老婆，经常替寄生说好话，不然心狠手辣的他早就下手了。

寄生在赖家放牛多年，长成了大小伙子。他爱上了赖家佃户陶老实的女儿桃花。这桃花肤白貌美，擅长刺绣，人们都爱“绣女、绣女”地叫她。她总是一脸害羞样，叫着叫着，她就被叫成“羞女”了。

寄生向羞女和她的家人表达过自己的心思。羞女没说什么，陶老实也没说什么。可现实却明摆着，他除了那张牛皮做的垫席外，什么也没有，拿什么迎娶羞女？

寄生只好厚着脸皮去找表姐竹叶，求她帮忙。寄生的这位远房表姐心善，也不嫌贫爱富。她见表弟老大不小，还孤苦伶仃一个人，心生同情，便给癞老刮吹枕头风。令竹叶没想到的是，癞老刮竟然爽快地答应了，说要亲自替寄生去提亲，还承诺将赖家牛棚边的三间破屋送与寄生，改作新房。一向对丈夫脾性了如指掌的竹叶有些纳闷：太阳会从西边出来？

癞老刮当然没有安好心。他表面上答应为寄生娶亲，其实心里另有打算。他见过在家门口刺绣的羞女，知道羞女美若天仙，好色的他怎么舍得让这朵鲜花插在寄生这坨牛屎上。他打算一箭双雕：在寄生娶亲时加害寄生，拔掉眼中钉，迎娶美娇娘。

因为有癞老刮保媒，一切顺理成章。可是，就在迎娶羞女的那一天，癞老刮指使家丁将炮仗放得山响，惹得牛棚里的一头“打人牛”（指脾气暴躁、桀骜不驯、常伤人毁物的牛）犯了脾气，挣脱缰绳跑了。癞老刮逼迫寄生、竹叶和几个家丁前去寻找。穿着一新的寄生，哪知是癞老刮的奸计。在村口的悬崖边，他们遇见了“打人牛”。“打人牛”哪见得一身红哟，它鼓着眼睛猛冲过来，猝不及防的寄生将竹叶往旁边一推，自己和牛一起摔下了悬崖……

等吹吹打打的接亲队伍来到崖谷，寄生早就没了呼吸。竹叶被挂在那棵大柏树上，侥幸活了下来。羞女掀开自己亲手绣制的盖头，看到了血肉模糊的情郎，泪如雨下，哭得死去活来。这时，一身新装的癞老刮赶来了，他撕下了伪善的面具，死活要羞女赔他家的牛。羞女哪有钱赔他？于是，癞老刮就要羞女以身抵债。他命人将羞女抬回家去。对还在树上呼救的竹叶，他看都没看一眼。

羞女终于识破了癞老刮的无耻嘴脸，她大喊一声“寄生哥，等等我！”就一头碰死在寄生尸体旁的山岩上。癞老刮人财两空，垂头丧气往家走时，遭遇了侥幸活命的“打人牛”。“打人牛”疯了似的，追着他撞，直追到月明山的悬崖边。癞老刮被“打人牛”撞入滚滚资江。“打人牛”也没收住脚掉入了资江……

由竹叶做主，乡亲们将寄生和羞女葬在一起。第二年春天，在两人殒命的山谷里以及他们的坟墓旁，桃花开得格外红艳，在春风里傲然烂漫。人们说，那是羞女的精气所化，便把寄生、羞女殒命的那座山，叫作“羞女山”，它远看犹如一个美丽的少女仰卧天地之间，那瀑布式的秀发、饱满的额头、精致的下巴、隆起的乳峰、秀美的长腿，让人惊叹叫绝，流连忘返。

淹死在资江里的癞老刮，变成了“蛤蟆石”；可是，他还贼心不死，时常探出头来，窥视着羞女山。变成了“犀牛洲”的“打人牛”可不许，时刻盯着“蛤蟆石”，恨不得踩扁它。

剪纸《羞女山与蛤蟆石》 作者：彭惠纯

黄忠葬母黄君山

胡著宣　高端阳

东汉元嘉二年（152）的一天，河南南阳一黄姓农民家中，一个小男孩头顶一碗水，在烈日下站桩练马步。

“他爹呀，孩子还这么小，霸蛮逼他练武，我怕伤着他呀！”

望着瘦小的胳膊上刚被抽打出来的几道血痕，小男孩的母亲垂泪泣语。

“你懂什么呀，自古英雄出少年！我给他取名黄忠，字汉升，就是希望他将来能效忠国家拯救乱世，为汉室作出贡献！不逼他苦练本领，将来怎么取得成就？咳咳咳……”小黄忠的父亲语气坚定，一阵剧烈的咳嗽中断了他的话。

一转眼，黄忠已经十六岁。

“我成功啦！”黄忠的欢呼声，引得他母亲从屋里跑了出来。

只见黄忠举着那把一百多斤重的祖传铜背铁胎弓，当着母亲的面，再次连射三箭，箭箭射中百步之外的一根木桩。黄忠母亲顿时泪流满面。从八岁开始，黄忠父亲便逼着黄忠开这把铁弓，要他双脚站在箭弦上，两臂搂住箭弓使劲往上拉，黄忠的嘴唇咬出了一道道血印。今天，黄忠终于可以得心应手地使用这把铜背铁胎弓了！

中午，母亲把家中仅剩的一只生蛋母鸡给杀了。黄忠点燃三炷香，对着摆在桌上的父亲灵位磕了三个头："父亲，您走几年了，孩儿已经长大，武艺也有所成！我一定按照您的嘱咐，匡扶汉室，建功立业，把您传授的一身武艺派上用场，也一定好好孝敬母亲大人，您放心吧！"说罢，黄忠转身又给母亲磕了三个头："娘，这些年您辛苦了！为了让孩儿练成武艺，您上山砍柴，下山挑水，白天给人家推磨，晚上为别人洗衣，没吃过一顿饱饭，受尽了欺凌和磨难，从今往后，孩儿一定好好孝敬您！"

母子相拥而泣。从此，黄忠挑起了家中生活的重担。

一天，黄忠挑柴上集市去卖，忽听有人说，附近山上有一老虎，经常伤害人畜。官府发布了打虎悬赏文告，三位打虎猎人接连丧命。黄忠二话没说，回家取了弓箭，直奔那山。黄忠走到半山腰，就遇上了那头三四百斤的白额老虎。黄忠一箭射中老虎眉心，老虎嚎叫一声，滚跳几下，便轰然倒地而死。闻讯赶来的附近猎户，见到眼前场景，个个钦佩不已。

杀虎有功，官府奖赏十金，黄忠一下声名远播，前来他家说亲的人踏破了门槛。一天，黄母当着黄忠的面，要应允一门亲事。黄忠一见，赶紧跪在他母亲面前婉拒。原来，黄忠早已看上本地一位叫刘缘的姑娘。刘缘姑娘尽管长相一般，却善良大方，勤劳能干，贤惠温婉。黄忠每天去山里砍柴，路过她家时，刘姑娘都搬凳敬茶，热情相待。时间一长，两人便互相爱慕，私订了终身：黄忠非刘缘不娶，刘缘非黄忠不嫁！

黄母听完原委，长叹一声道："儿呀，父母希望你将来拜将封侯，你要找一位门当户对、身份相配的大家女子啊！这样，日后才好封妻荫子，光宗耀祖呀！”黄忠顿时如坠冰窟。

母命不可违！可大丈夫言出如箭，又怎能负了痴情的刘缘姑娘！黄忠一时急得在家中转起了磨盘圈。怎么办？情急之下，黄忠手提铁胎弓来到室外，对着木桩连射数箭，排解心头苦闷。

弓如满月，箭似流星，居然有一箭射飞了！走？！上天暗示我离开这里？黄忠若有所悟。

主意既定，黄忠便跟母亲说：“之前官府多次派人来召，孩儿实不想入那污浊的衙门当差。荆州牧刘表的侄子刘磐是孩儿的朋友，早些天派人送来一封书信，叫我去他军中效力，孩儿想去投靠他奔个前程。”黄母当即应允。这正是她一直期盼的呢！

黄忠拜托族人照顾母亲，辞别心爱的刘缘姑娘，只身奔赴荆州。

黄忠一入军中，好似鱼儿得水。他协助坐镇长沙的刘磐对抗东吴孙策，他骁勇善战，百步穿杨的神箭功夫令敌军闻风丧胆。战事稍微消停后，黄忠立马回南阳接母来长沙，临行之时，他把一支刻有“黄忠”二字的箭矢交给刘缘：“我心如此箭！箭不折，心不移！希望姑娘能等我。”

军务繁忙的黄忠，每天端茶倒水，嘘寒问暖，用心伺候母亲。他希望母亲能回心转意，让他迎娶心爱的刘缘姑娘。

黄母跟随黄忠在军中过了几年安闲舒心的日子。一天突染风寒，因年事已高，病情很快加重。自知不久于人世的黄母拉着黄忠的手说：“你军中事情多，我死后不必千里奔波葬回南阳，就在长沙寻一处灵山秀水，把我安葬在你身边。我生前没能见到你封妻荫子，光耀门庭，死后也想看着你功成名就，实现父母的心愿！”

黄忠泪流满面，跪地恸哭，万分悲痛地看着母亲驾鹤西去。

刘磐发布招贤文榜，招来几位风水先生，陪同黄忠四处寻找风水宝地。一日，黄忠骑马在乡间寻地，又将失望而归。“将军要寻灵山秀水的葬母之地，老朽游历巡山数十年，寻地无数，觉得益阳灰山港一处‘九龟寻母’的吉地，很是适合。”一位须发如银的老者拦住黄忠说。黄忠一听“九龟寻母”的名称就很兴奋，稍经交谈，得知此人是一位精通八卦阴阳、堪舆踏穴的高人，赶紧邀请老者同往。一行人快马加鞭，出长沙，赴宁乡，走山道直接进入与宁乡搭界的益阳灰山港那“九龟寻母”处。

众人站立山顶，看到眼前的雪峰山绵延起伏，志溪河如玉带飘拂，山冈农舍星罗棋布，阡陌田园如诗如画，果真物华天宝、山灵水秀！

老者根据八卦之像与山脉走势，引众人登上叫水井坡的峰顶。众人大惊：一座圆形稍凸的大山四周，环绕着九座形似小龟引颈伸头的小山！

“此地天生异象，纳气藏风！”老者道。

黄忠心想：这九龟寻母，既显子孝母慈，又寓子嗣延绵，正是我黄忠所求呀！

登上大龟山，经老者反复踏勘，黄忠定下此地为老太君百年安归之处。

大龟山葬下黄老太君后，当地人便改称其为“黄君山”了。

自此，黄忠经常来此祭拜母亲。他从长沙府出发，乘船到桃花江，人马上岸，在岸边的一块大青石处上马，人们便称那里为“上马石”；前行四五里，来到一座小山前，黄忠下马脱去战袍盔甲，换上麻衣孝服，手拿孝杖，弃马步行，这座小山由此得名“卸甲山”；黄忠来到苦竹溪冲口一桥头，父老乡亲感念黄忠大孝，为他摆设好香案，供他焚香拜母，从桥头一路跪磕至坟前，百姓念黄忠大孝，就把这座木桥定名为“拜香桥”。

黄忠为母亲守孝满三年后，迎娶了刘缘姑娘。生下儿子黄叙后，刘缘落下病根，从此不再生育。众人劝黄忠纳妾，再添子嗣，“我与刘缘有约，今生永不相负！若有异念，如同此箭。”“啪”的一声，黄忠将手中之箭一折为二。从此，再无人敢劝黄忠纳妾。

刘缘因病早逝，黄忠忠于夫妻之情，不再续娶，带着儿子黄叙行于军旅。

建安十四年（209），刘备攻下荆州，派大将关羽领军来取长沙府。黄忠与关羽大战三日。两人各归营寨之际，黄忠一箭射去，正中关羽头盔缨簪！关羽带箭回寨，深感黄忠艺高情重。黄忠慕于刘备声望，主动归降。刘备大喜，封黄忠为讨虏将军，准备派作先锋，进军益州，攻取四川全境。

临行之前，黄忠向刘备告假，要为母亲扫墓辞行。

刘备感其孝心，遂与诸葛亮、关羽、张飞等一同前往祭扫。他们来到黄君山，一番祭拜之后，诸葛亮见九龟胜地，古木环绕，浓荫匝地，涧曲泉鸣，生机盎然，地之灵秀，悠然心会，顺手拉住黄忠臂膀笑道：“九龟如生，灵气罩地，除你之外，还将出九个名将，蜀之幸也。”刘备在旁闻听，随口说道：“黄将军人才出众，武略超群，一个顶十个啊。”谁知刘备一句无心之语，竟成金口

《黄忠葬母黄君山》　作者：苏伟

玉言，九龟从此有气不灵，仅出了黄忠这个盖世英雄。

黄忠追随刘备东征西讨，屡建奇功，被封为后将军，赐关内侯，与关羽、张飞、赵云、马超同为蜀汉五虎大将。

黄君山上黄忠母亲之墓现保存完整，已列为县级文物保护单位。

黄金塘

昌松桥

明朝末年，将近年关，桃花江下了两天两夜的暴雪，整个桃花江畔变成了白茫茫的冰雪世界。南边的崆峒村里，山坡上住着一户莫姓人家，母子三人。女人三十岁丧夫，屎一把尿一把将两个儿子莫有财、莫有福拉扯大，因家境贫寒，无力为两个年近三十的儿子娶亲。贫病交加的母亲天挨天、时挨时，自然挨不过这寒冷的年关，在暴雪夜撒手人寰。兄弟俩呼天抢地，泪水双流。一半是哭母亲，一半是哭自己。母亲死了，总得安葬吧，可这家啊，打壁无土，扫地无灰。只能借钱安葬母亲！他们想来想去，没处可借，只能找舅舅，但舅舅知道，这钱有借难还，借给他们的银钱只够买一具棺材，兄弟俩失望而归。

回家的路上，兄弟俩看到路边一户人家正在摇骰子赌博，赌得热火朝天。他们想，我们何不赌一把，弄点钱把母亲的丧事办体面一点！于是，商定由哥哥莫有财出手参战。

莫有财首先连赢数注，心里乐开了花。庄家要求加大赌注。莫有财见目前手气不错，与弟弟对了一下眼神就下手了。开局又赢了一注，兄弟俩终于放开了手脚，可这一放开就连输两注，光这两注就将前面赢来的银子返了出去。他们慌了神，刚才就应该见好就收的，现在回到了起点，只剩下棺材钱了。兄弟俩决定再赌一把，可这一注又输了，输了就想扳本，越扳越输，越输越想扳，连棺材钱也输了个精光，两兄弟输得满头大汗。

“还我母亲的棺材钱！”兄弟俩扑过去抢。哪是人家的对手，倒被人家打得头破血流，垂头丧气而回。

齐膝深的雪山上，哥哥背着母亲，弟弟一手提着稻草，一手拿着锄头。实在爬不动了，大哥便放下母亲，蹲在雪地上休息。弟弟抬眼见不远处有个丝茅坑，坑里还没有雪。“大哥，我们实在走不动了，我看，就将母亲葬在那里吧。”有气无力的大哥点了点头，说：“也好，只要在坑沿上扒下一些黄土就行了。”于是，弟弟把那捆稻草铺在坑底，哥哥将母亲抱到坑底放平，然后轮番扒土。“母亲，安息吧，只怪家境贫寒，来日儿子发达了，再给您置一口好棺材！”

第四天就是大年三十，兄弟俩你望望我、我望望你，家里没有半点荤腥了。“父亲给我们起名有财、有福，我们却过成这样，真对不起父亲啊！”哥哥说着摇了摇头，摇头的时候见一只灰黑色的野兔在对面山坡上的雪地里觅食，兔子跃起时带起一片雪花，落下时却陷在雪里面没了头。哥哥眼睛一亮，猛一拍大腿，说：“有了，有了！”弟弟说：“哥，你说什么有了？”哥哥指着对面山坡上如蜗牛般爬行的兔子说：“那就是我们丰盛的年夜饭。走，带上锄头，抓兔子去。”

兄弟俩朝对面的山坡跑去。在厚厚的积雪中，兔子爬不动，人也挪不动，人与兔子实际上是在比耐力。好不容易将兔子逼到沟坎边，只见那兔子猛地一跃后陷在雪层里再没有露面。哥说："挖。"兄弟俩将厚厚的雪层清空，雪层下面露出一个小洞，洞挖没了，也不见兔子。兄弟俩已气喘吁吁，同时十分纳闷，明明一只兔子钻进去，却不见了踪影，实在太怪了。弟弟没劲了，哥哥气不过："继续挖！"使劲一锄头下去，"嗵"的一声，锄头挖到了陶器，哥哥惊讶，兄弟俩全力挖掘，竟挖到不少陶罐。原来，这是一个塌陷的古墓。打开这些陶罐，兄弟俩惊呆了，尽是各种各样的金子。兄弟俩紧紧抱着，欣喜若狂，热泪盈眶，双双跪地拜谢父母："父母显灵啦，我们发财啦，我们真的有财有福了！"兄弟俩不声不响把金器运回家，还在家里挖了一个大地洞，把大部分金器藏好。

兄弟俩一夜暴富，不仅过了一个好年，而且不久，他们就盖了房子，娶了老婆，还添置了数十亩田产。第二年当地大旱，饥荒严重，村民们纷纷变卖田产来保命，兄弟俩便大量收购，这一年，整个崆峒村的田产百分之八十被兄弟俩收了。这时兄弟俩已拥有良田千亩，佣工几十人。由于莫氏兄弟管理有方，为人也好，他们很快成为十里八乡有名的大财主。

一天，发达了的兄弟俩乘着轿子到舅舅家去拜望。途经烂泥塘时，却被表弟堵住不让过。表弟说："你们不是说，在崆峒村走路不会踏别人的地吗？今天怎么走到我的地上来了？"这是他们到舅舅家的必经之路。当初，表弟想把这烂泥塘卖给他们，兄弟俩觉得这烂泥塘实在没有用处，就拒绝了。表弟很不高兴，记在心里。

"给你钱，行吗？"弟弟说。

“给金子也不行。”表弟说。

“用金子把这塘基铺上呢？”哥哥说。

“那我不说话了。”其实表弟只是想杀杀他们的威风。

“管家，给我回家拿些金叶子来。”兄弟俩齐声说。

烂泥塘的塘基上真的撒上了一层金叶子，兄弟俩才到了舅舅家。从此，烂泥塘被人叫作了黄金塘。表弟也把金叶子还给了两个表兄。

年事渐高的兄弟俩发现钱多了，朋友却越来越少了，心想：良田千亩，不过一日三餐；广厦万间，睡处也不过三尺。于是，在一年正月二十，兄弟俩召集村里原田主聚会，一把火将田契烧了，还田于乡亲。乡亲们感动得泪流满面，齐称兄弟俩“活菩萨”。

望母洲与望子仑

曹庆升

资水洋泉湾渡口往上六里，江心有一个洲，叫作望母洲；再往上约四里，南岸有座山，叫作望子仑。望母洲与望子仑遥遥相望，深情款款。这里有一个动人的故事。

那一年叫龙年，那一日是惊蛰。

洋泉湾渡口码头前停满客船、货船、竹排、木筏。

傍晚时分，天气闷热，怕是有暴雨，船工都下了帆，拴好锚，抓紧生火做饭；装卸人员打着小跑，个个满头大汗。

这时客船上下来一个人，上岸割了肉，买了酒，正拿回船上去。他对着船舱中蜷缩着的姑娘吼道："今晚在此过夜，伺候老爷！"姑娘怯怯地哭泣着。

天色渐晚，又有两艘装满石灰的船挤进码头，船身压得低低的，要待明天卸货。

天刚黑，几道闪电后，风雨大作。江面漆黑，巨浪掀起，船撞船，两艘石灰船下沉——石灰遇水，渡口码头如火山爆发，水气翻滚，人们落荒而逃。

慌乱中，躲在船舱的姑娘也逃上了岸。

她往下游方向狂跑了约两里路，见岸边有尊大石头，一条鲤鱼刚好“蹦”落在上面。回头看没有人追，她爬上去，捧起鱼儿，亲了亲，抛入江中。

大石头顶部稍平，中间有个窝子——圆圆溜溜的，容得下两个拳头。她累了，坐下，两只脚跟放在石窝子里，感觉很舒服。走投无路的她突然一悟：这不就是我的落脚地？她决定到附近找栖身处。为了摆脱可能追捕她的人，她没有再沿江往前走，而是上了资江边的一座大山，山势陡峭，她沿一条小道爬上山腰，躲进了一个窑洞。

洞里烧过炭，漆黑，四壁是炭灰，有一张床和烧水做饭的几样用具。天亮时，一老妇来到窑洞。她老伴原来看山，就住这窑洞，前些日子去世，她前来收拾用具。她见到光着脚、浑身湿漉、身子瑟瑟发抖的姑娘，便问明了情况。

姑娘原住资水上游大山深处，因父亲欠债，被迫抵债给财主做小妾。她死活不从，财主要将她运至汉口卖给妓院。

一夜冒雨逃奔，姑娘发高烧。经老妇一番照料后有了好转，可肚子剧痛，在床上打滚。老妇仔细观察后，告诉她说：“你要生了！”

不久，一个“活物”在洞中降生——这家伙似蛇非蛇，似鼠非鼠，倒是有四肢和头脸。姑娘一夜之间成了少妇。她纯真质朴，怎么也想不通：从未与男人有染，怎会怀上这么一个怪物？

她吓昏了过去。醒后，细细回想，她记起在财主家做的一个噩梦：

……逼婚人马追过河流、山头、野岭，最后把她逼到一处悬崖，崖下乱石如刀斧利剑，她无路可走。身后一条长蛇溜出，将她缠住，一圈又一圈，从她上身一直缠到下体……无奈之下，她跳下悬崖，在乱石上打滚。蛇的脊骨被折断，她才脱了险……

“孽种？！”蟒蛇缠身让她怀上了孩子。她又气又恼，求老妇把孩子扔出窑洞。

老妇不肯，劝说：“孩子投胎在你肚里，好歹是条命，去留得看天意！”之后，老妇用一件旧衣裹着孩子，带上木盆，领着她朝山下河边走去。

河水泛着涟漪，孩子躺在木盆中，她俩用力把木盆推向河心。

木盆漂浮着。一阵风吹来，回到了岸边。

两人再次用力推出。又一阵风吹来，波浪像宽大手掌托着孩子，再次送回。

“天佑孩子啊！”老妇指着孩子说，“你看，他一出窑洞，见着光亮就眉清目秀了，只要好生抚养，会有出息的！”

于是，孩子被抱回窑洞。因是龙年出生，被唤作“龙儿”。龙儿的母亲自然成了“龙妈”。

龙妈坐月子靠老妇照顾。没有奶，龙儿啼哭不止，龙妈只好扯片丝茅划破指头，塞到龙儿嘴中，让他吮血充饥。

老妇在窑洞前焚香，祈求神灵保佑母子。突然，江中起了风暴，一个又一个巨浪从江心冲起，洞中闪现一道佛光，老妇说这是大慈大悲、救苦救难的观世音菩萨出现了。

这天夜里，龙妈做了一个梦：有个白胡子老头告诉她，她曾搁脚休息的石窝子，是个“白米窝子”，每天天亮前赶到那里，便可从窝子里取到米。还告知她住的山下有口井，从井中取些清泉，浸泡白米，制成浆，便足够母子二人生活。

她喜出望外，又怕梦不可当真。连夜，抱着龙儿去探究竟。走出窑洞，她被一群萤火虫护送到那块大石头前。石窝子上盖着两株芦苇，她扒开芦苇，果真见到白花花的大米，约有一碗。她喜滋滋地掏出，装进袖筒，又在萤火虫的簇拥下返回。

照白胡子老头说的，她取些清泉，制白米琼浆喂养龙儿。

龙儿七八岁时，四肢粗壮，皮肤油光发亮，手掌和脚板像蒲扇；上山如鸟飞，下水比鱼快；冬天不怕冷，夏天不怕热，最喜浸泡在水中。他常跟着龙妈砍柴，采野菜，摘野果，最爱捕鱼捉虾。他能独自去石窝子取米，能挑着柴带着鱼虾到集市上去卖，换回油盐和生活用品。

龙儿住的山下有深潭，也有浅滩，来往船只很多。龙儿常领着一群伙伴到深潭游泳，在浅滩嬉戏。他憋足气可潜泳数里，在水中的力气特大。

这年夏天，江中出了鬼怪。无风无雨的，船到江心，剧烈颠簸起伏，还有的覆没水中。船家不敢过身，百姓惊恐，纷纷逃离。

这天，龙妈站在山上的窑洞前看儿子戏水：当一艘大船驶过，龙儿在江边一发力，大船便剧烈起伏摇摆。龙妈十分惊讶，原来这“怪物”竟是龙儿！回到窑洞，龙妈令龙儿跪了石板，告诉他“做人要行善，不能使坏……”此后，水中妖魔不见了。

后来，仍有奇事：以前纤夫背纤上滩，很费力气，常发生纤绳断裂人落水的事故；自水中“妖魔”消失后，纤夫拉纤，轻轻松松就上了滩。都说这是“菩萨显灵”了，没人发现船后有个“小把戏”在助力！

又是一个惊蛰日，龙儿满九岁。这天早晨，电闪雷鸣，大雨倾盆。龙儿早早起床，提着桶到山下打水。龙儿提水回来时，手中托着一颗又大又红的桃子。这是他在井边的桃树上摘的。井边的桃树不知长了多少年，仅结了这颗桃。他抹去桃子薄薄的绒毛，在鼻边闻了闻，心想这桃一定很甜。他舍不得吃，要留给娘吃。

龙妈不肯吃桃，说今天是龙儿生日，一定要他吃。龙儿硬要娘吃，希望娘能健康长寿。二人推让着。龙儿只得放下桃子，再去提水。

龙儿回来时，龙妈已将早饭做好。她将桃子捣成汁，悄悄放在了龙儿吃的米糊中。

饭后，龙儿渐觉皮肤瘙痒，全身发热。龙妈替他擦拭，他觉得难受，便跑去井边冲洗。

雨越下越大，江水迅猛上涨。两岸百姓，有的扶着老人，有的拉着孩子，还有的赶着牛羊，急急地往山地和高处跑。早几日，乡间传闻：洞中一孽龙，经过九年修炼，已成善龙，要在惊蛰日回归大海。这日见到洪水，百姓果真信了。

龙儿脱了衣服，将身体浸泡在井中，还是觉得很热。一阵揉搓，身体急剧膨胀。不一会儿，水井就容不下他的身体了。他从井中站立起来，身上瞬间长满了鳞片，成了一条长长的蛟龙。这时江水继续上涨，很快涨到了井边。它腾空一跃，到了江中。

龙妈走出窑洞，呼唤龙儿。龙儿正随起伏的波涛前行。风雨中传来龙妈的呼唤，巨龙猛地昂起头来，聆听着龙妈撕心裂肺的呼叫，随即将身子猛地往后一转，尾部像一把巨大的铁扫帚，从江底搅起冲天泥沙，头高高地扬向空中，凝视着站立在山头呼唤的母亲，一挂长长的泪珠洒落江中。望母泪滚滚，呼儿声嘶嘶。母子凝视长久，最后龙儿发出一声划破江天的嘶鸣，远去……

洪水退后，江心长出一个很大的洲，这是巨龙回首望母时尾部扫出的，人们叫它“望母洲”。龙妈呼唤龙儿站立的山头，其岩石极像一个眺望江心的母亲，人们叫它“望子仑”。那供龙儿母子白米的石窝子便是“白米岩”。

炼补亭

胡著宣

民国初年，初夏的一天，胡寿明举家搬进了炼补亭。第一天，他就来到了穿天坳西坡那八株古树下。当地村民讲，这古树是以前的守亭人栽的，都有几百上千年了。千年古树，都有灵气，在村民们眼里，古树就是这里的风水和山神。胡寿明企盼得到“风水”“山神”的护佑，便迫不及待前来“朝拜”。

他在那株十来丈高、两个人合抱不拢的大枫树下，崇敬地仰望，然后踏着一块块被时光打磨得铮亮的青石板，从这“草籽穿天坳，离天三尺高”的山顶往下走。与他擦肩而过的那些来自新化、安化的扮禾佬，打着赤膊，腰捆澡巾，叼着“喇叭筒”旱烟，人似牯牛，脚板如鼓槌，把这“宝安益大道”上的青石板震得山响，他们忙着去洞庭湖边的湖田抢收稻谷。

见时间不早了，胡寿明转身回炼补亭。

“你去哪里了？来了这么多客，我一个人忙不过来呀！”胡寿明一进炼补亭，妻子就丢来一串抱怨。

“这么多客？我们刚搬来，客人不‘欺生’？”胡寿明将信将疑。

“你自己去看嘛。”妻子忙得像只陀螺。呀，好家伙，自家北半亭这边那两进开着通铺的十几间客房，住得满满的；南半亭杨满翁妈那边，也是人声鼎沸。胡寿明赶紧钻进厨房，烧水端茶，跑前跑后。

入夜，两口子都兴奋，一直聊着。“六十块大洋，从汪老板手里买下了炼补亭北面的经营权，地基三四亩，房屋二十多间，还搭了十几亩山林，依照今天这生意，要不了多久就回本了呢！”胡寿明兴奋地亲了一下妻子。

“经营‘宝安益路会’南半亭的杨满翁妈一家，看起来仁厚友善，长期做邻居，应该好相处。”妻子心中有事，继续着她刚才的话题。

“我们虽说是外乡人，有你哥在这石井头当团总，十多条枪在背后撑着我们的腰，不用担心受哪个的欺负。”胡寿明信心满满。

“笃、笃、笃”，敲门声响起，杨满翁妈轻声喊：“胡老板，快起来。”

天还没有完全亮。胡寿明跟在杨满翁妈身后，走到公用过道的西端，见地上一大摊血，吃了一惊。

“赶紧洗干净，别惊吓了客人。”杨满翁妈一边舀水冲地一边说。“去看看你家丢了牲畜没。我忘了告诉你，过道这西门，山高林子密，高脚野物多，还要提防挨门贼，晚上一定要锁好门。”杨满翁妈提醒道。

胡寿明查看了一圈，发现丢失了从老家带来的两只羊。这山上并不安全，看来，今后得多加小心！

“宝安益”道上不断人，“炼补亭”灶里不熄火。

一群穿黄色土布衣服的“宝古佬”，挑着从洞庭湖贩来的淡干鱼，嘿呼嘿呼口里冒烟从东边过来，一屁股蹾在过道横木上，满身的汗臭与鱼腥味熏得先来的人四散开。

一溜溜马队，驮着黑茶、中草药、苞谷、粟米……从安化那边过来。马系在廊柱上，喝水喷响鼻；人靠在廊柱上，抽烟算行程。

驾“毛板船”、放“簟簰”的那些宝庆、新化船老板、簰客子，从湖北汉口一打转，就嚷着要呷胡老板娘的桃花江擂茶、杨满翁妈的神仙醋浸刀豆与藠头。于是，南半亭与北半亭相互协作，一起招待这些风里浪里来的客。

有身份的官员，做生意的老板，坐轿来的，骑马来的，走路来的，一踏入炼补亭，自取瓜瓢舀一碗凉煎茶，踱到视野开阔的过道东端凭栏远眺：绵亘湘中的群峦，飘逸如练的资江，如诗如画的田野，屋宇幢幢的桃花港街市，桃花江山水风光尽收眼底。

胡寿明夫妇忙得脑壳上冒青烟，对客人仍嘘寒问暖、关心备至，他们的勤奋和诚实深深感动了客人，回头客越来越多，生意一直很好。

一年冬天，大雪封山。胡寿明的大儿子胡之初和杨满翁妈家的老大、老二结伴去山里放“逮”（捕野物的机关）回来，与亭子过道坐着的一位年龄相近的少年不期而遇。同龄人，三句话便熟了。少年是长沙岳云中学的学生，叫袁朴，学校放了假，往新化老家赶。见他因长途跋涉双脚的血泡破裂，北边亭子的胡之初取来三七粉，敷在伤口上；南边亭子的老大、老二扒开火灰，取出喷香的烤红薯。四个少年围着一堆火，听袁朴说外面的新鲜事，晚上，四个人还挤在一床被窝里睡。第二天一早，苦株子、毛栗子、野葛根……南、北两边亭子凑了一堆山果，三少年送袁朴下穿天坳，恋恋不舍。从此，每次放假返乡，袁朴必住炼补亭，与亭子里的三伙伴共享一个快乐的夜晚。

后来，袁朴考入了黄埔军校第一期，从排长、连长，升到了57师的副师长。炼补亭的三个后生子结伴去了袁朴的部队。他们随袁朴参加了淞沪会战。胡寿明的大儿子胡之初有幸捡回了一条命。杨满翁妈的两个儿子把炼补亭滋养的满腔热血，洒在了抗日救国的疆场上！

炼补亭人旺财旺，胡寿明又扩建了几间客舍，老婆相继为他添了三个儿子。小儿子出生时，因盼望大儿子胡之初能早日打败日本鬼子平安归来，胡寿明给他取名“望归”。

一年腊月，离年三十只有十来天了。像往年一样，回家过年的“宝古佬”像云一样从东边拥向穿天坳。那些卖苦力或做小买卖的只得风餐露宿、日夜兼程。那些驾“毛板船”赚得盆满钵满的老板和“长随”（相当于现在的船长），以及在南京、汉口、岳阳、益阳等地做大生意的老板，则留宿炼补亭痛痛快快睡一觉。那晚，炼补亭两边爆满，各有一百多号人。因为都是熟客又临近过年，胡寿明特意陪客人喝了几杯酒，微醺的他，借着酒劲到各客房陪客人聊天。“炼石功深，好为煎茶添活水；补天术幻，但看远岫起浮云。客官，可晓得炼补亭这副对联的来历不？当年共工撞断天柱不周山，女娲娘娘便在这穿天坳炼石补天，炼就五彩石三万六千六百六十六块，补好了天的缺口，才有了云霞灿烂、风轻云淡，补天剩下的那块石头……”

“砰、砰！”两声清脆的枪响，打断了胡寿明“喷口水”。

“团防局的？催粮饷？”胡寿明不假思索。

“雪峰山的红辣椒，打劫！”一伙彪形大汉，用黑洞洞的枪口对着房客。

胡寿明吓得瘫倒在地上，客人们像筛糠一样抖起来。

劫匪命令客人面墙而立，然后押解交换场地（行李一概原封不动），住北半亭的押到南半亭那边去，住南半亭的押到北半亭这边来。完成人与行李的分离后，劫匪分头行动，一拨人搜身，一拨人搜物。大获全胜的劫匪一人发两块大洋作返乡盘缠，随即消失在夜幕里。等到团防局追来时，老奸巨猾的“红辣椒”丢下两袋金银朝雪峰山扬长而去。后面，团防局空放的枪声，久久在夜空回响。

惊魂未定的客人又气又急又恨，一年的心血付诸东流，白花花的银子成一地的雪花，如何回去见老婆孩子？这时，有人忽然想起了胡老板随口说的那句话，“团防局”，“催粮饷”，莫不是里应外合？！越想越玄，越传越真。这下，炼补亭炸开了锅！幸亏有一部分老顾客坚信胡老板的人品，据理力争，才稳住了局面。第二天，山下的刘姓宗族也派人斡旋，由炼补亭两边的老板适当补偿，才安抚疏散了客人。这件事后，炼补亭的生意每况愈下。

后来，交通发达了，修通了水泥公路，“宝安益”官道弃用了，生意完全停摆了。守亭人搬去了山下的穿天坳组，炼补亭拆了。

若干年后，胡寿明的满儿子胡望归老人带着他的儿孙来到炼补亭遗址，老人兴奋地述说当年的兴旺和热闹，说完，老人跪在那块黑底蓝光纹的水波石前，燃起三炷香，喊儿孙们来磕头。

“女娲娘娘，请您保佑穿天坳，保佑炼补亭，保佑这里的老百姓平安幸福。”

这块水波石，就是女娲娘娘补天时剩下的那块石头。

寡婆矶

昌松桥

光绪三年（1877）6月的一天傍晚，太阳落在黛青色的浮邱山顶，晚霞染红了资水。张家码头的浅水湾里一对童男童女正在游泳。

男孩和女孩的父母都是以船为家。男孩姓史，名德成。女孩姓符，名桃子。男孩和女孩很小就学会了游泳，什么蛙泳、蝶泳、仰泳、自由泳，样样都会。

炎热的夏天，德成和桃子每天都在一起游泳。有游泳就有比赛，桃江人叫赛泳。赛泳是桃花江一项古老的游戏，看谁游得快，游得远，游得好看，潜水时间长。比赛之余，桃子喜欢在近处游，德成总要游到人眼看不见他的地方，桃子惊惶呼喊他名字时，才肯返回。德成是所有孩子里潜水时间最长的那个。但与桃子单独比赛时，德成却总是赛不过桃子。"一、二、三。"说好了同时潜水，可桃子并不下潜，只做个准备潜水的假动作，等到德成差不多要憋不住时，桃子才悄悄把头慢慢缩进水中。

德成憋不住了，从水中一跃，露出大半截身子，一伸一缩地大口喘着粗气。桃子听到水响，也冒出头来，一甩头发，抹去脸上的水，望着德成甜甜地笑。

德成知道桃子作弊，可他并不说破，乖乖认输。

桃子晓得德成知道她搞鬼，只抿着嘴微笑，面如桃花。她脸上的一对酒窝一颤一颤的，颤得人心里甜蜜蜜的。

女大十八变，眨眼间桃子长成一个亭亭玉立、人见人爱、花见花开的大姑娘。上门提亲的人踏破门槛。媒人口若悬河，说得天花乱坠，清水点得灯。男方许诺金银的很多，桃子都不为所动，她心里只有一个人。

码头上的人和船都归水保管。水保是一个职务，张家码头的水保叫金彪。

金彪已有妻室，却看中了含苞待放的桃子。

严冬的一个雪夜，桃子的父母走亲戚，因大雪封路回不了船，金彪竟将桃子堵在了船上。金彪嬉皮笑脸、张牙舞爪朝桃子扑来，桃子的身子本能一缩，从金彪的胳膊下闪到船边，双脚踩到船边的积雪上，没有站稳，像一块木板一样横着掉入水中，只听得扑通一声，不见了桃子的影子。金彪惊得张大了嘴，好一阵，桃子的头才从水中冒出，只见桃子伸出双手在空中晃了几下，便慢慢地沉了下去。雪光映射的江面上再也没有任何动静。见出了人命，金彪抽身就跑。

张家码头的对岸是半稼洲，半稼洲的码头上此时泊着一条小货船。小货船是史德成最近买的一条二手货船。德成擦完船收了跳板刚躺下，却见一个人拖着长长的黑发杵在船舷边，活像一个鬼影，吓得张开嘴，正要大叫，被一只冰冷的手捂住了嘴。

“别叫，是我。”桃子轻声说。

“快脱衣，睡到被窝里，这冰天雪地的，在水里泡了这么久，会生病的。”德成帮她脱衣，又拿出干毛巾让她擦干身子。

桃子钻进德成的被窝里，将刚才发生的事如竹筒倒豆般告诉了德成。

桃子在被窝里说，德成在船舱里来来回回地走。德成走几步跺几下脚，走几步跺几下脚，然后重重地摇了摇头。

“让生米煮成熟饭吧。”桃子轻轻说。德成一颤，几步跨了过去，钻进了被窝。

从此，史德成的小货船便成了夫妻船，活跃在益阳、新桥河、张家码头、舒塘、羞山、马迹塘、三堂街的码头。

张家码头上首有一个滩，叫泉峰滩，一块巨大的麻石斜直凸出水面，形成了一个巨大的矶头。资江水顺流而下冲向矶头，汇成急流，下游就是水急且深的罗家潭。船民们每次驾船到矶头时，都要用篙子全力把船撑上去。铁质的篙尖碰上河底光溜溜的麻石，怎么撑也撑不住，经常发生连人带篙掉入河潭的事故，淹死了不少的人。

清光绪二十八年（1902）春月，资江正值春汛，德成和桃子夫妻俩驾船到这里，桃子在后掌舵，喝了点酒的德成在前面撑篙。船刚进入矶头急流，一篙撑下，德成连人带篙掉入河中，再也没有露面。

桃子呼天抢地，号啕大哭，晕过去好几回。

丧夫的桃子悲痛万分，发誓制服这吃人的矶头。第二年十月，河床露出水面，桃子请来十多个石匠，用钢钎将矶头麻石凿成一道道沟缝，请石匠一连干了三年。桃子为驯服这矶头变卖了全部家产，终于让船夫们的篙子一插就能扎稳，能够用力把船撑过矶头。后人为纪念这位好心的寡妇，把这个矶头叫作寡婆矶。

如今，河床干涸时，人们就可看到大麻石上那些沟缝，河床上沟壑纵横，怪石嶙峋，壶穴遍地。

中国地质科学院的专家说，壶穴是由急流漩涡带动砾石不停地磨蚀河床形成的，泉峰滩这片乱石就是壶穴，是一片珍贵的地质宝藏。《中国国家地理》称寡婆矶是“天下壶穴第一滩”，把它列入推荐观光旅游景点。每当资江进入枯水期，泉峰滩就会显露出怪石嶙峋的真面目，吸引各方游客前来观赏游玩。

《寡婆矶》 作者：张璇

穿坳仑与彭紫臣

刘文奇

松木塘镇的桥头河与牛田镇官庄相隔的一座山，叫“穿坳仑”。从桥头河去官庄，或从官庄去桥头河，抄近路走，只有一条捷径，那就是翻越穿坳仑。

清朝末年，穿坳仑很不安宁，从雪峰山窜来20多名土匪。土匪头子座山虎经常率部下山，在东山港一带明火执仗劫掠财物，大户人家的钱财、村民的粮食，都被抢掠一空。百姓生活艰难，苦不堪言。东山港一名叫彭乐乎的老头，看在眼里，痛在心里，悄悄赶往益阳鹅羊池请师傅，搬救兵。

彭乐乎去找的人，是老乡彭紫臣。彭紫臣是一位行侠仗义的武林好汉，老家在桥头河南河冲，青年时期从安化学武归乡，侠肝义胆，除暴安良。后来受到益阳一位师弟的敦请，担任益阳鹅羊池“正义武馆”的教头，离开家乡好几年了。

仲夏的一个下午，彭紫臣刚刚给弟子们上完擒拿课，回到寝房休息，房门被轻轻叩响。弟子彭虎带了一个老头进来。彭紫臣一见，忙起身迎住：“乐乎兄，好久不见，什么风把你吹来了？”老头接过彭虎上的茶，猛喝了几口，吞急了些，噎住喉咙，就呛得咳了几声，忙用手捂住嘴，却从眼里涌出一汪泪水来："贤弟，我们东山港要遭血洗了，所以，我匆忙赶来，向你求援来了。"彭紫臣扶老头坐好，沉静地说："乐乎兄，别紧张，慢慢讲。"彭乐乎说："紫臣啊，这股土匪在穿坳仑上扎了梅花寨，他们昨天下山留下狠话：限三日内凑足一千两银子，派专人送上穿坳仑，否则，血洗东山港。我受了乡亲们的委托，前来求你回乡剿匪，为民除害。"彭紫臣问："你报告当地官府了吗？"彭乐乎说："官府办事拖沓缓慢，保甲之间又不团结，土匪的期限紧，只好求你来了。"彭紫臣沉思了一会，说："这样吧，你先回去，派个人上山摸摸情况，我两天后来找你。"彭乐乎拱手道别。

一个月黑风高的夜晚，彭紫臣率领八名徒弟，悄悄摸进了东山港。等候在村口老槐树下的彭乐乎，给彭紫臣介绍了一个青年向导，是桥头河民团的一个队员，他用黑纱巾裹了头脸，说："彭大侠，我昨夜上山侦察了一下，山上共有土匪二三十号人，营盘安扎成梅花形，座山虎住在中间。"接着又把上山的路线、山上的地形作了描述。彭紫臣满意地点点头，大手一挥，一溜黑影直奔穿坳仑。

夜深人静，睡梦犹酣的土匪们压根儿也想不到自己的末日到了。梅花寨很快被包围得严严实实。从益阳来的武林好汉个个身怀绝技，各有神招，如秋风扫落叶，很快打散了匪徒，只剩下匪首座山虎了。座山虎身手不凡，凶悍异常，两个武林好汉联手围攻，使用猴拳绝招，也没能够制服他。彭紫臣见座山虎身手不凡，决定用他的少林神招——五禽拳来对付。座山虎发现自己成了光杆司令，见势不妙，从包抄中突围出来，想脱身开溜，彭紫臣一跃而上。一个想溜，一个挡道，两人交手，龙争虎斗。

座山虎如饿虎出笼，猛扑上来，风起草动，势头威猛。彭紫臣缩身一蹲，一招“白鹿投林”，避开了敌手的锋芒。座山虎迅速使出一招“旱地拔葱”，出招狠恶。彭紫臣就来一招“白猿走树”，扭身躲开。座山虎又是一招“双腿扫裆”，彭紫臣使出一招“大鹏腾空”，机灵跳开。你来我往，几招之后，彭紫臣已摸清了座山虎的实力。座山虎频频出招不曾得手，贼胆就虚了七分，他使个“金蝉脱壳”，想溜之大吉。彭紫臣见对方欲走，一招“大鹏扑食”凌空而降，搏其双肩，继而一招“白猿掷果”击其胸脯，座山虎惨叫毙命。这时，天已放亮，大家愉快下山。

穿坳仑土匪被除后，当地百姓太平了。过了十多年，彭紫臣辞去武教头一职，正式告老归乡，回到老家南河冲，开了一家小诊所，专治跌打损伤。对前来求诊者，如果是穷人，不收分文。

一个夏日，彭紫臣和妻子邱玉叶去官庄治病，翻越穿坳仑。山道崎岖，扭扭拐拐，爬上穿坳仑山顶后，夫妻俩选了处干净的草地坐下来，歇口气。不一会，陆续有一些过往行人也在山顶停留歇脚。行人中有挑夫、炭客、货郎、药贩，也有游医和云游僧道。认识彭紫臣的，都主动拢来打招呼。攀谈中，大家都说仑上是歇脚之所，不便之处是没有茶水解渴，若遇上雨雪天，也没有个遮风避雨的地方。言者无意，听者有心。从官庄返回，邱玉叶向丈夫提议：“我们节省一些，拿点银两出来，在穿坳仑上修个茶亭吧。”彭紫臣点点头，说：“捐建茶亭，方便行人，好事！”

过了几天，彭紫臣出门请工匠，邱玉叶张罗饭菜茶水，雇人挑上穿坳仑。七天时间，穿坳仑上便落成了一座茶亭：砖瓦结构，走廊数丈，摆有长条木凳，有烧水厨房和一间小寝室，窗台放置茶壶、茶碗。茶亭竣工那天，两地村民蜂拥上山，燃放鞭炮庆贺。

彭紫臣在当地请了一名大娘烧水，白天守茶亭，晚上回家。为了保证四季都能施茶，他还在山下购置了几亩水田，收租所得，全部用于茶资和雇工工资。

张果仑石垒梯田

万　成　刘文奇

在石牛江镇苏团村的张果仑，一片石垒梯田依次铺开，总面积不过四亩，但有十五丘之多。田埂由青石砌筑，整整齐齐，最高的田埂有一层楼高。靠窝一边，一条小溪，潺潺流水，自上而下，有缺口连接每丘梯田，依次灌溉梯田。这是张果仑高山上的一道风景。

山溪边竖立着一块石碑，上面镌刻着文字，字体略显笨拙："我名胡里千，开凿梯田，自乾隆庚子年（1780）始，到嘉庆十四年（1809）竣工，一人所为，后人世守。"

这片石垒梯田，工程浩大而持久，却是乾隆年间一位山民因为没吃到一餐糯米饭开始的。

胡里千走在下山的路上，心里美滋滋的，今天是山下的土财主陈大年约他吃糯米饭的日子。胡里千的祖先是明朝初年从宁乡麦田迁移桃花江的。迫于生计，他家在乾隆中叶搬到了石牛江苏团，定居在一个叫张果仑的山头，靠砍柴卖柴和开荒种地维持生计。苞谷和红薯是胡里千一家的主食。要想吃口大米饭，就要挑柴下山去换米，或者到山下的大户人家打零工，用工钱换米。

胡里千个性倔强，有股蛮力，平时作土，闲时狩猎。有一回，胡里千下山在土财主陈大年家卖猎物。陈大年外号八担田，他的堂屋里有一口粮仓，仓门板开了上面两块，胡里千感到好奇，左瞄瞄右看看，自己家别说粮仓，连装稻谷的箩筐都没有，只有装红薯的马笼和装苞谷的竹篓。陈财主很自豪地告诉胡里千：“粮仓隔板左边装的是籼稻，右边是寸三糯。”

“寸三糯？”胡里千不解。

“就是三粒谷连接起来有一寸长，糯性强，特好吃……”陈大年说，“这种糯米补身体，暖脾胃，止腹泻，治胃寒、肾虚。”说得胡里千心里头好似有猫爪在抓，“你要想吃餐糯米饭的话，下个月初三来我家吧，今后有好猎物就送到我这里来。”

胡里千连忙回答：“那好，那好。”胡里千还从来没有吃过糯米饭，按约到了陈大年家。不料，吃饭的时候，端上餐桌的是籼米饭，不是糯米饭。他问陈大年：“你不是叫我来吃糯米饭吗？”陈大年嘲笑道：“你一个洞古佬，有米饭吃就不错了，你还真要吃糯米饭呀？”胡里千不堪羞辱，怒道：“我只要在山上开出田来，就不愁吃不上糯米饭，走着瞧吧。”说完，扔下碗筷，气冲冲地回了家。晚上，胡里千召集一家老小开会，开口问道：“你们想不想吃糯米饭？”小孙子脱口而出：“想啊！”儿子胡小牛忧虑地说：“爹，我们没有田啊。”胡里千目光坚毅，神情凝重，说：“山上有土，我们可以开田。山下的田，也是人开垦出来的。山坡虽然不比平地，但只要多用点力，照样能种出稻谷来。”胡小牛秉承了父亲坚忍的性格，马上响应：“爹，干吧！”第二天一早，一大家子就从半山腰开始，依坡就势，挥锄垦土，垒石为埂，父子上阵，婆媳参战，一年又一年，先后开出了大小十五丘田，约四亩田。他的这一举动，吸引了不少打柴人，大家由衷地夸赞胡里千有志气有恒心。胡里千从山下买来糯米稻种，引清泉灌溉，一家人终于吃上了糯米饭。

因开垦出来的田，丘块很小，有的只有一件蓑衣那么大，人们就把这些蓑衣斗笠丘称作“蓑衣田”，这里因此得了个“蓑衣田”的地名。

胡里千一家虽然吃上了白米饭和糯米饭，但他们深知盘中之餐，来之不易，特别爱惜和节约粮食。每次做饭，胡里千的堂客总要在米中掺杂粮（红薯或苞米），饭煮熟后，如果烧起了锅巴，那就掺入米汤搅拌成锅巴粥，一人一小碗，吃完粥再吃饭。勤俭节约的家风代代相传。

何公庙

昌松桥

桃江石牛江镇增塘村有座何公庙。何公庙门前一条清溪，四周古木参天，晨钟迎接朝霞，暮鼓送走夕阳；遇到庙会，商贩信众会集，仕女香客来朝，十分热闹。

何公庙里的何公是谁？故事得从隋唐说起。

何公本姓东，叫东何，大唐河北道怀州河内县赵栿里（今河南省沁阳市紫陵镇赵寨村）人。隋朝末年，天下纷争，群雄割据。年方二十的东何才思敏捷、志存高远，潜心学文习武。

武德二年（619），王世充反叛大唐，在洛阳称帝，其麾下大将黄君汉献城降唐。21岁的东何觉得报国的时机来临，于是投奔黄君汉。黄君汉赏识东何的功夫才学，任命他为队正，后晋升为校卫，负责训练兵勇，并随军作战。

东何随黄君汉一路东讨西伐，屡立战功。升任并州总督府录事参军，负责督查武官得失、府兵训练等军事要务。

贞观二十一年（647），唐太宗再次御驾亲征高丽，东何随李勣（徐懋功）前往。

唐军围困辽东城，久攻不下。唐太宗召集文臣武将共议总攻辽东之策，众将想破脑壳，没有良策。东何干脆不想，昂着头去看天。这时，辽东城外突然刮起大风。东何计上心来，说："陛下，臣以为欲破此城，宜借此时的南风用火攻城，我带领骑兵，备足火种，到西南角把引火物射入城内，火借风威，风助火势，胜似十万雄兵。然后由李勣总管带兵登城，此城必破！"

唐太宗一听，心中大喜，便诏令火攻辽东城。

东何带领士兵登上冲杆的顶端，用箭将火种射向城楼，点燃西南城楼。顷刻间，熊熊烈火直冲霄汉，犹如周瑜火烧赤壁，整个辽东城一片火海。李世民指挥将士们登城。高丽兵虽奋力抵抗，但已无力回天，守城的官兵许多被烧死，没死的只得投降。辽东城被攻破。唐军杀敌一万多人，俘虏一万人，获男女百姓四万人，缴获战利品不计其数，唐朝将士伤亡极少。唐太宗颁令：改辽东城为辽城州。

战后，唐太宗在临渝关汉武台论功行赏，授予东何"精练军戎"之誉，并赐练姓，封岐山侯。东何于是更名练何。

贞观二十二年（648），唐太宗派练何驻守朗州（今湖南常德），后命他任朗州刺史。练何指挥了一系列剿灭南蛮武装的战斗，他英勇善战、护兵爱民，得到了朗州、龙阳（今汉寿）、益阳、沅江百姓的拥戴。接着，唐太宗又令他全力协助秦叔宝、尉迟恭修建龙牙寺。秦叔宝派练何大儿子练舜麒驻守龙阳，打通北方的粮道和后勤供应；小儿子练舜麟守湘乡，阻击南蛮土匪的偷袭和骚扰。

为了早日建成龙牙寺，秦叔宝、尉迟恭、练何召集益阳、龙阳、沅江三县县令，在龙牙寺工地下首十多里处的资江岸边，商议解决粮草供应等保障问题，责成三县县令驻此办公，就地协调解决各种问题。这里很快就热闹起来，形成了一条街，被叫作“三堂街”。

龙牙寺设计九幢寺院，九根楠木大木柱一字排开，尤其那个门楼，红、黄、蓝、金四色，三层，斗拱式，琉璃瓦，构造精巧、美观，左右两侧还设计了耳房，威武气派。皇家出榜召集能工巧匠修建。九幢宝殿加门楼十幢建筑，共出了十张皇榜。每幢建筑单独为一个项目，每幢一张皇榜。皇榜一出，能工巧匠踊跃揭榜，一下揭了九张皇榜，唯独这造型独特的门楼榜无人敢揭。

有一位来自石牛江南山冲的木匠，姓邓，名茂林，一心想找点事做，因去得较晚，只剩下一张皇榜。他生怕揭不到榜，不管三七二十一，一下将皇榜揭了。仔细看完榜，他大吃一惊：这不是房屋，是一座门楼！他连图纸都看不懂，这斗拱他更没见过。他想放弃，可这是皇榜，退榜就是欺君之罪！

他自我安慰：“不能急，总有办法。”

第二天晚饭后，他一个人沿着三堂街河边慢慢地走，想弄懂这图纸，但想破脑壳也搞不懂。他走到河洲上，实在太累了，就躺在草地上休息，不久就迷迷糊糊地进入梦乡：他走上一座独木桥，这时，一个长髯长衫的老者挑着一担块柴，大声嚷着：“让一让，我有急事，让我先过桥！”邓木匠有点看不惯老者的做派，但一想自己在闲逛，老人不容易，让一让吧，就退了回来，让老者先过。可老者在独木桥上步子不稳，摇摇晃晃的。邓木匠连忙跑过去扶住他，扶他过了桥。气喘吁吁的老者放下担子，望着邓木匠说：“你是一个好人，好人应该无忧无虑，你怎么愁眉苦脸的？”

“哎，给你说也没用。”邓木匠摇了摇头说。

“怎么没用？你说说看。”

“不瞒前辈说，有件事很麻烦。”

“你说说。”

“我只想找点事做，昨天在三堂街揭了一张皇榜。”

“就是那个没人敢揭的门楼榜？”

“是的，可我看不懂那图纸，犯死罪了！”

“这有什么为难的，你看好。”老者将块柴一块一块拿出来，一块一块地码，边码边说：“就这样，就这样。”老者一下就码好了龙牙寺的门楼，什么斗拱、耳房，一应俱全。

“你看清没有？”老者问。

“看清了，谢谢前辈！”邓木匠点着头说。

“喂。快醒醒，这么晚了，你还在野外睡，会着凉的！”路人叫醒了邓木匠。

邓木匠的梦醒了，睁开眼，哪里有什么老者、门楼？但邓木匠把图纸与梦境一对照，基本明白了门楼的修建方法。

邓木匠统领数十人，将门楼修得和图纸不差毫厘。

龙牙寺竣工的那天，四方宾客和周边几县的百姓共同庆贺，主修秦叔宝宣布：“门楼得到太宗皇帝称赞，奖励白银二千两。”

庆功宴上，秦叔宝、尉迟恭带着协修练何敬酒，邓木匠大吃一惊：这协修练何竟与那梦中的老者一模一样！

后来，练何的大儿子练舜麒因筹饷有功，当了龙阳县令，他秉公办事，赏罚分明。小儿子练舜麟在湘乡英勇作战，左腿断了

《何公庙》 作者：罗威彪

仍继续战斗，消除了匪患，保证了龙牙寺建设工程的顺利进行。

邓木匠是个受滴水之恩定涌泉相报的人，他思来想去，这一切名利都是练何所赐，一定要感谢何公父子，让广大百姓记住他们的恩德，就用二千两白银在家乡修建了何公庙，前后三进，并根据何公父子三人的形象，一比一雕刻木像塑了金身。

当地人说，大何爷管天上的云雨，消百灾，治百病；二何爷保平安，添财富；三何爷赐子女，保妇女生产顺利。有求必应，十分灵验。三尊木像经常被十里八乡的老百姓抬到家里供奉起来，忙得不亦乐乎。

牛剑桥

胡著宣

唐宪宗元和十年（815）的一天，一位衣着朴素的“乡绅”，来到桃花港望浮驿考察民情。他沿桃花江而上，到石牛江境内的支流马桥溪时，听到一阵撕心裂肺的哭声，停了下来。

“出了什么事情？”他急忙打听。

“唉，真作孽呀！肖翁妈的大儿子又淹死了！”

“淹死了人？这溪水不深呀！”

“听口音你是外地人，不知这里的山洪有多厉害，早几天发山洪，这座木桥冲垮了，肖翁妈儿子涉水过河，被洪水卷走，今天才在野鸭塘收到尸。早几年，也是发山洪，肖翁妈男人为了护住这木桥，站在桥上捞浪渣，桥一垮，淹死了。肖翁妈三个女儿一个崽，她儿子去年才娶儿媳，孙子还没出生，家中两个男人都走了，叫她一家怎么活啊！”

“何止肖翁妈，从爷爷辈到我们这一代，马桥溪垮了多少次桥，淹死了多少个人，哪个记得清？唉！”

众人你一言，我一语。

“木桥这么容易垮，怎么不修一座结实的石桥呢？”面对众乡亲的抱怨和痛苦，“乡绅”试探着问。

“修石桥？癞蛤蟆打哈欠——好大的口气！哪里有钱啊？”

“官府不管吗？族长不管吗？”

“官府？上听皇帝老子的圣旨，下管自己的腰包，谁会管我们这些乡野百姓的生死！族长？无米架空甑，空口打哇哇，他拿什么修石桥？”

“请乡亲们先让死者入土为安吧！这桥，我来帮着修！”

“你什么人啊，天上的神仙吗？修一座石桥要花多少金钱，你知道吗？”

“我是荆南节度使裴休，我一定为乡亲们修好这座石桥！”

“裴休？常在益阳白鹿寺为老百姓诵经祈福的裴大人？您怎么跑到这山村旮旯里来了？我们乡民有眼无珠，无知无识，冒犯您了，还望大人恕罪！”

一老者牵头，村民跪下一大片。

裴休忙将众人一一扶起。

村里推出“五老”团，又请来本地几位石匠，和裴休一起商议修桥的事。

挖开架设过木桥的地基，挖下去五六尺，都是岩石层，地基相当稳固。

“修桥的石料，哪里有呢？”裴休问道。

“溪上首三十丈有一料场，我们以前开条石或墓碑，都是从那里取石。”王石匠一边回话，一边引裴休来到一处乱石滩。裴休弯下腰，拿起王石匠递来的铁锤，这里敲敲，那里锤锤，火星溅起。不错，是坚硬的麻石！“这石能开成整块吗？不生裂缝吗？不会断裂吗？”看了个仔细，问了个透彻，裴休心里有底了。

晚上，裴休召集白天的原班人马碰头。他请大家登上离马桥溪最近的那个山头。

“裴大人夜观天象吗？”众人狐疑。

马桥溪汇入桃花江的地方，形成了三个各几百亩的塘湾，名“野鸭湖”“天灯塘”“湖鹭塘”。这里，白天白鹭成群，野鸭满湖，小舟来来往往，船工们摇着手中的木桨，好似“千人作揖”；夜晚，船家蜗居的小舟点上了豆油灯，照得满江星光万点！

“好地方呀！建桥的位置上移十来丈，避开那个让水湾，选择溪面开阔处多设一桥墩，桥与花亭、金柳桥连成一横线，与那三个塘湾串成一直线；这样，既能方便客商船只通行，又可减轻发山洪时对桥体的冲击。”裴休一席话，让大家佩服得五体投地。

建造一座什么样的石桥，既简单、安全又牢固呢？查阅百年水文记载，走访大批当地老人，裴休陷入了沉思。

“仿照原来木桥的建法，溪中设桥墩，墩上架桥板。”“五老”中有人说道。

“建单孔石拱桥吧！像一钩弯月横跨在溪上，跟河北的赵州桥一样。”当地一位秀才提议。

“建多孔石拱桥好一些，溪面宽，平时水流量不大，这样更牢固，也好看。”一石匠说出了构想。

“依我看，不如效仿曹操当年官渡之战架桥法，用渔船装石，相叠为墩，上铺木板为桥面；如此无需费力开挖桥基，又稳固、简单、省钱！”在当地设馆授徒的王老夫子朗声说道。

裴休眼睛一亮，当即和王老夫子细商起来。随后，又率众人在益阳县境察看了多座石桥，终于定下了建桥方案：全桥四墩五孔，平直板桥；桥长六丈，墩宽一丈一尺八寸，桥高六尺八寸，孔径五尺一至七尺五；全桥采用麻石建造，以巨型块石垒成船形桥墩，墩上架石梁为桥面。如此，可行洪无碍，固若金汤！

建造桥墩，到底用多大、多厚的石块，才能抵抗山洪的冲击呢？众人又犯难了！

“大小嘛，能大则大，以平整稳固为准，不用碎石填塞缝隙；厚度嘛，‘若要浪打风吹经得古，须得足足一尺六寸五’！就按老一辈石匠们以前建桥采用的尺寸来！”王石匠站出来，有点兴奋。

“好！”裴休一锤定音。

“五老”组织得力，乡亲们热情参与，一拨人清理桥基，一拨人开采石料，全村老老少少都赶了来，马桥溪一时热闹了。裴休因忙于公务，派了一人专门来打下手，每天飞马报告他情况。

桥东头几棵大树，范家的，说要砍便砍了；桥西头几块菜土，李家、赵家的，说要废便废了，没有人讲二话。

采石的却遇到了难题：因为需要的石块又大又长，料场无处开錾口，要开新錾口须得废掉溪边张寡妇家的七分多水田。那七分多水田，可是张寡妇的命呀！她家男人靠着挑柴卖，一分一毫赚，好不容易买下这一丘水田，后来在溪边垒石墙想保护田埂时，被活活砸死在田埂下，就埋在这溪边。

一拨人在那里转了半天，谁都不忍心迈进张寡妇那扇门！日头偏西，草草收工。

第二天一早，人们再来，都傻了眼：张寡妇带着三个不满十岁的孩子，人人头缠白布，正一锄一锄扒她男人的坟！

原来，昨日大伙犯难的情景，张寡妇全看到了。

四个威武的麻石桥墩垒好了，像叠着的几摞小船，静卧溪中；做桥面的八块长麻石錾好后，垫滚木，牵牛拉，用杠撬，弄到了东、西两桥头。石匠和村民们按照裴休的交代，从马桥溪淘取大量的砂石，填满了五个桥孔。

到了上桥板的吉日，全村人都来了。两块两万多斤的石梁下放置了结实的滚木，八条大牯牛分列两排，套上竹篾绞合的拉绳，一齐发力，石梁缓缓移动，人们欢呼雀跃。

牯牛踏进桥孔所填的砂石，低头耸肩把背弯成了一张弓，滚木受砂石阻滞，石梁一寸不移！牛脚一寸寸陷进砂石里，人们傻眼了。

怎么办？大家没想到会出现这个情况！

“砂石降下去一尺，黄土填起来一层，用石硪夯紧实，牛行平地，木滚如常，梁可成矣！”人群中，不知什么时候出现了一位骑青牛背长剑的老者，他须发飘飘有如仙翁，声若洪钟指点人们。

霎时，百多把锄头、百多担箢箕一齐上。平砂石，填黄土，打石硪，设滚木。

果然，八头牯牛缓步向前，十块桥梁稳稳安放到位。爆竹、三眼铳惊天动地，石桥建造成功了！

“老者呢？”有人记起来问。人们四下寻找，只见夕阳中、山脚下，一骑牛的背影渐行渐远。是神仙下凡相助，是高人路过指点，还是裴休乔装打扮？一时众说纷纭。

掏空桥孔中的砂石，铺平了花亭至金柳桥的路面。

人们在桥头的大青石上，发现了一只牛脚印。有人说就叫“牛脚桥”吧。也有人说，叫“牛剑桥”好，可以纪念那位骑牛背剑的老者。

牛剑桥，只比赵州桥晚了200年，是“楚南第一蛮桥”，桃江县的重点文物保护单位。

关公磨刀

曹庆升　谢造良

大栗港镇朱家村有一条溪，叫朱溪。朱溪的源头在磨刀洞。磨刀洞口两边高山耸立，树木葱茏，遮天蔽日；中间有一条溪涧，三里多长；最里边叫“龙眼子”，泉水汩汩而出。从这里到洞口，涧水要流经百合坳、天心眼、摩崖石刻、铁匠窝、石脚盆、消眼排、窑冲等地方。

公元223年，蜀王刘备攻下益阳的第二年，孙权要求他把荆州南部几个郡归还东吴。刘备拒绝，派关羽带兵驻守益阳。这时，孙权亲自到陆口，派鲁肃领兵前往益阳，与关羽对峙。双方磨刀霍霍，紧张备战。

关羽的青龙偃月刀，磨法很有讲究，对磨石和水温、水质等都有特殊要求。他在资江边磨刀。磨了一阵，越磨越钝，发现是磨石其性过温，与青龙偃月刀相克，于是，仰望星空，长叹一声。这一声引来了他的赤兔马，赤兔马跟关将军久历沙场，心息相通，它一声长过一声地嘶叫，一圈又一圈围着关将军奔跑。关将军想，此马通人性，在战场是这样，今天应该也是这样。他提着

剪纸《关公磨刀》　作者：肖国新

青龙偃月刀，跃上马背，任由赤兔马奔跑，一溜烟跑出了益阳县城，来到了资江上游的一处隐秘之地。

关将军沿溪涧入洞，发现中间有处地方有个石脚盆，水从上面跌落，注入盆中，再从盆中溢出。石脚盆直径丈余，水深三尺多。旁边有个大石墩，上面平坦。关将军走近，用水荡了荡石墩，道："这可是最好的磨刀石，就在此磨刀！"

这天是农历五月十三日，关将军拿起宝刀，顿时电闪雷鸣，大雨倾盆。"闪电映宝刀，寒光覆山野。"关将军谢过上天赐给他的磨刀水，躬身磨起刀来。只一会工夫，青龙偃月刀便锋利无比。

接着，关将军试刀：他立在溪边，随手一挥，山崖石块塌落。收刀，岩石现一洞隙，直通山背面。（现存长百余米洞隙，烟雾可穿过洞隙通到山背面。）好啊！关将军将刀靠着一块大岩石（现叫作"关刀牌"），小憩片刻，然后跨上赤兔马回军营去了。

关将军走后，磨刀洞口的溪中出现了一条巨大的死蜈蚣。原来这上面的山，有一条"仑架（脊）"，极像蜈蚣，叫作"蜈蚣架（脊）"。这蜈蚣是精，村人叫"魑鬼子"，危害村民。原本人丁兴旺的村子，常有人员消失，变得人烟稀少起来，都说是魑鬼子把人消走了，关将军试刀之地就是魑鬼子的住地，叫"魑眼牌"。这蜈蚣挨了关将军的青龙偃月刀，死了！从此，这里邪气被除，村子成了祥和之地，外地人纷纷迁入，其中朱姓居多，才有了朱家村之名。

到了明代朱元璋血洗湖南时，朱家村人因为是朱姓而躲过了大难。后来，距磨刀洞不远，有个三角寨，成了土匪窝子。寨主红辣椒、青辣椒声名在外，周围百里内要钱要物，只需他去一

“飞纸”（通知），人家就会照单送上。这年，朱家村出一美女，貌若天仙，寨主见了垂涎欲滴，要掳她去做压寨夫人。这时临近关公磨刀日，夜间，寨主突做一噩梦：关将军五月十三日来磨刀洞磨刀，要将三角寨的土匪斩尽杀绝。寨主吓得魂飞魄散，哪里还敢抢美女做压寨夫人？赶在五月十二日，撤了土匪窝，解散了全部土匪。

说也奇怪，自从关将军磨刀后，村里年年风调雨顺。每年农历五月十三日——关公磨刀日，这天必降大雨，发磨刀水，即使周围村庄不下雨，这里也照下不误。村民总是提前备土备肥，只等这天播种移栽各种作物。因此，朱家村山清水秀，年年五谷丰登，六畜兴旺。2017年朱家村获得“中国美丽休闲乡村”的称号。

安宁竹谷

刘文奇

很久以前，大栗港镇刘家村有一位叫安宁的姑娘，她身材苗条，柳叶眉，鹅蛋脸，微笑时嘴角浅露一对小酒窝。安宁秉承了农家少女的淳朴和能干，上山打柴扯猪草、下地插田种红薯，样样来得。她的母亲是从天井山五木桥那边嫁过来的。五木桥是当地人用五根大杉木搭成的民桥。每年，安宁姑娘总要去外婆家几次，帮忙采摘茶叶。

那年的阳春三月，五木桥村后山的山坡上茶园叠翠。安宁和清月、艳玲、淑娟、雪竹等姐妹在山上采茶："一行一行又一行，摘下的嫩芽篓里装；千片万片千万片，篓篓新茶放清香……"悦耳的民歌，随风飘荡。

恰巧，五木桥村的年轻郎中张大春上山采药，听到歌声，不由放慢了脚步。忽然，歌声戛然而止，传来一声声"救人啊！救人啊"的呼叫。他循声望去，原来是采茶女不慎掉进了坡下的山塘。大春快步跑过去，只见波光漾动的塘面上漂浮着一缕青丝，清月、艳玲、淑娟、雪竹四名村姑在岸上喊着、哭着。他什么也没想，一头扎入水中。被救的少女正是安宁。大春抓着她的双腿，头下脚上倒背着，等呛的水流出后，再平放在地上。安宁有了呼吸，不一会儿，睫毛动了，眼皮眨了几下……她终于清醒了，睁眼看到的是浑身湿漉漉的大春。明白了一切，鹅蛋脸上立马泛起两片朝霞似的红晕。大春避开安宁的目光，长长吁了口气，转身走了。

过了两天，安宁和母亲由外婆陪同，带了礼物来到五木桥的大春家致谢。大春的父母得知儿子做了一件好事，喜在心里，忙从小诊所唤回大春。见了大春，母亲忙叫安宁下跪谢恩。大春一个青年后生，哪受得这一拜，霎时脸红，两手干搓着，不知如何是好。还是能说会道的大嫂解了围，她扶起跪着的安宁，说："这位安宁姑娘多好，将来一定是个贤惠的媳妇，不知哪个后生有这福气哟！"这喜气的话，让满屋欢乐起来。两家人一起喝茶，拉家常，就像是老天安排了一场"相亲"。

刘家村距五木桥只有不到半天路程，大春采药的范围也扩大了。大春每次到刘家村，都要去安宁的家，借故讨茶水喝。一次，安宁倒了茶水递上，问道："大春哥，你跑这么远采药，累不累啊？"大春放开胆子说："要是哪天你嫁到了我们五木桥，天天能见到你，我就不会跑这么远的路了。"安宁害羞地说："大春哥，我也经常上山放牛，识一些草药呢！"大春兴奋地说："我跟你上山去看看。"安宁说："今天不能去，爹娘走亲戚去了，我要守家。后天，我在山上等你，行不？"大春点点头，兴冲冲地走了。

第三天上午，张大春早早来到了约定的山上。安宁在山上放牛，牛分散在山窝里吃草，她坐在一棵樟树下想心事。大春悄悄绕过去拾了几颗小泥丸，爬上树，朝安宁脚边扔。安宁没察觉，大春就在树上唱："妹在树下放牯牛，郎在树上扔石头。石头掉在牛背上，妹在想啥不抬头。"安宁这才从遐思中惊醒过来，羞着脸，用一根枝条往上戳，笑骂道："坏小子，谁是你的妹呀！"大春溜下树往草丛里钻，安宁就追，不料脚尖磕碰上树桩，"哎哟"一声叫起来，盘坐地上"呜呜"哭。大春反身去扶，安宁顺势扑进他怀里，抡起一对小拳头，在他身上捶，"咯咯咯"地笑起来。两人依偎着，并排躺在草地上，大春轻哼山歌："想妹多来想妹多，想妹多多唱山歌。我唱山歌把妹喊，不知阿妹意如何。"安宁也跟着哼："日想郎来夜想郎，好比蚕儿想嫩桑。蚕想嫩桑日子短，妹想情郎日子长。"渐渐地，两颗年轻的心贴紧了。

可是，好景不长。

那年初夏，皇帝南巡，途经五木桥村。时近中午，安宁和清月、艳玲、淑娟、雪竹采茶下山，背着小背篓从五木桥上走过。桥面一闪一闪，五名妙龄女子风摆杨柳，宛若花枝颤动，皇帝龙颜大悦，惊呼："美哉，天仙也！"来到牛田临市街，皇帝不走了，在一乡绅家住下，令随行官员将五位女子从五木桥接到临市街，要带回皇宫。清月、艳玲、淑娟、雪竹四位女子，想到自己马上就要变成大山之中飞出的金凤凰，个个心里美滋滋的。唯有安宁不愿，她如何舍得离开大春。几个官差次日用大轿将五名美女送往山外临市街，张大春闻讯追了轿子一程又一程，喊了一遍又一遍，官兵就是不肯让他近身。安宁在轿里听到大春的呼唤，哭成了泪人。大春跑累了，喉咙也哑了，最后昏倒在地，被村民抬回五木桥。他发誓一生不娶，守着小诊所终老。

安宁来到临市街皇帝的住处后，想到从此永别爹娘，天各一方，提出想回刘家村拜别爹娘。皇帝见美丽的安宁如此孝顺，恩准她回刘家村住一晚。安宁姑娘回到家中，护送人员与其爹娘说明原委，一家人悲喜交集，抱在一起哭成一团。安宁姑娘想到从此再也不能侍奉双亲，便拭去泪水，最后一次帮父亲挑了满满一缸水，帮母亲洗了当天的衣服，还纺了一坨纱……

安宁姑娘是千般地留恋，万般地不舍，但皇命难违，一个民间小女子，哪能决定自己的命运？夜风呼呼地吹了一个晚上，安宁姑娘就呜呜地哭了一个晚上。不等天亮，安宁姑娘一头扎入家门口的山塘……

后人将五木桥更名为五美桥，刘家村更名为安宁村，安宁家门口的那口山塘经多次扩修，成了一座水库，水库及周围的竹山被称为安宁竹谷。

九龙樟

符汇河

修山镇的许家洲，有一株巨大的老樟树，树围逾两丈，树高超七丈，九根巨枝以不同的姿势向四周伸开，活像九条小龙依附树干腾空而起，当地人叫它“九龙樟”。九龙樟的故事代代相传。

很久以前，云梦泽里生活着一条健壮威猛、仁慈温柔的巨大母龙，她带着九条小龙扫除风暴、荡涤水怪，为渔民保驾、为舟楫护航。因此，云梦泽风调雨顺，船只平安通行，渔民安居乐业。人们感谢母龙一家，赞美母龙一家的功绩和善举。这些话传到了玉帝耳里。正为下界一桩灾情而揪心的玉帝心中大喜，立即差人向母龙一家宣旨：“汇入云梦泽的第二条河流资江的中段，由于连降暴雨，导致山洪暴发，山体滑坡，资江被阻塞，形成了四个堰塞湖。水还在不断上涨，堰塞湖一旦垮塌，老百姓生命财产将受到极大威胁。命你们母子去疏通河道，平息洪水，保护百姓的生命财产安全。”“遵旨！”母龙欣然领命。

母龙率儿女们由云梦泽入资江，逆流而上，边疏浚河道，边加固河堤。来到第一个堰塞湖，他们移开岩石泥土，水流沿广阔河道缓缓而下，未造成河水漫堤，人畜遭灾。不到半月，资江的堰塞湖全部疏通。仁慈善良的母龙一家欣慰地笑了。

一天，他们看到江边一个酷似少女仰卧天地间的山头，惊奇不已，一打听，才知是羞女山。再上行约六里，他们来到了一个叫樟树潭的地方，这潭长九里、宽九里，碧波荡漾，望不到边，因潭的南岸长着几株樟树而得名。母龙和子女们刚刚看到美丽的羞女山，又见到这个宽阔的深潭碧水连天、风光如画，农夫耕种桑麻，一派祥和美景，决定留在这里，边享受美好环境，边开荒造田、降妖除魔，造福一方百姓。

母子们白天潜入潭底，捕鱼捉虾；夜晚浮出水面，借着月光，开荒造田。自此，周围百里无难无灾，居民安居乐业。当地居民每年择良辰吉日，杀猪宰羊，到潭边祭祀，感恩他们的功德。

东海龙王敖广的小儿子是条生性凶残、暴戾的孽龙，仗着父亲的权威在东海作威作福，无事生非，时而一个腾飞，掀翻渔船一片，时而尾巴一甩，掀起巨浪冲天。有一天，孽龙突发奇想，这东海玩够了，要去其他水域玩玩。于是，他派虾兵蟹将四处打探好玩的水域。有一组虾兵蟹将进长江，入云梦，沿资水而上，只见河床宽敞，河堤坚固，河水哗哗，河岸花红柳绿，良田万顷，正待收割。特别是樟树潭景色最佳。还听人们异口同声讲述母龙和九小龙为樟树潭周边居民造福保平安的故事。虾兵蟹将心中暗喜，本想去樟树潭探个究竟，但惧怕母龙一家的威猛，不敢贸然行动，便匆匆回东海报信去了。孽龙听了满心欢喜，口出狂言："这么好的仙境非本少爷莫属，母龙一家算什么，我们立即出发，把他们赶走。"孽龙天性阴暗，容不得美好，他命令虾兵蟹将一路捣毁河床河堤，扫光一切花草作物，所到之处，满目凄凉。

两岸居民痛心疾首，对孽龙的暴行深恶痛绝。母龙一家早已知道了孽龙来抢占樟树潭的意图，对孽龙的残暴恶行十分了解，但念其同属龙族，又是东海龙王的儿子，无意同它争斗厮杀，决定坚守樟树潭，尽力劝孽龙离开资水。孽龙张牙舞爪来到樟树潭，摆出一副与母龙一家格斗的阵势。看到十条威猛愤怒的巨龙齐刷刷一字儿排开，孽龙心想，要与母子十条龙硬斗，肯定无法取胜，还可能被玉帝知道，弄得身败名裂，甚至丢掉性命。但孽龙还是虚张声势："母龙，我好男不跟女斗，命你带领你的子女乖乖离开这里，保你全家的性命！""孽龙，你想想能斗赢我们母子十龙吗？看你父亲的面子，我不与你动武，你一生作恶，不知善为何物，劝你快快返回东海，行善积德，修成正果。"孽龙恼羞成怒，竟把怒火发在樟树潭周边千百亩良田和农舍上，它和虾兵蟹将施展暴行，摧毁周边所有良田房屋，美丽的樟树潭顿时满目疮痍，一片荒凉。看到美景变成如此惨状，九小龙摩拳擦掌，要把孽龙撕个粉碎！母龙道："孽龙生性凶残，明知不是我们对手，也要拼个你死我活，真要斗起来，这方圆数十里会天昏地暗，地动山摇，生灵涂炭，我于心不忍。这些年，我们一家与当地居民建立了十分友好的关系，我们不能因厮杀而伤害无辜。再说，打败孽龙，我们虽操胜券，但厮杀必定互有伤亡，为了不让你们受伤，我决定不同孽龙正面冲突，但今晚要强行驱逐他回东海。"于是，母龙向九小龙分配了任务。小龙们听了母龙的话，为妈妈的胸怀和谋略折服。

当夜子时，趁孽龙熟睡之机，母龙带九小龙悄悄来到孽龙身边。猛然间，十龙齐动，把孽龙压在河底，母龙用尾巴缠住孽龙头，小一、二、三龙紧紧扣住孽龙左边爪子，小四、五、六龙扣住右边龙爪，小七、八、九龙像铁箍一样箍住孽龙的尾巴。母龙一声令下，十龙齐发力，将孽龙拖到长江口。母龙道："孽龙，从此你要改恶从善，不然定会不得好死，你也不要再来侵扰资水流域和我们的樟树潭。"孽龙抢地盘不成，还受此羞辱，心中愤怒不已，但看着威猛的十条龙，实在无可奈何，只得悻悻离开。

武力赶走了孽龙，母龙一家回到资水，重新疏浚河道，加固河堤，一干七七四十九天，直到两岸的土地能满足百姓们的耕种。被孽龙破坏最严重的是樟树潭周边，特别是许家洲至羞女山的上万亩良田，一丘不存。母龙一家使尽全身力气，不分白天黑夜，运土造田，垒石砌塍，修渠开沟，苦干九九八十一天，重造良田万亩，旱土八千。资水流域的修复工程完成了，人们又安居乐业了。母龙一家因长期超负荷的工作，体力透支。他们确实是累了，累了！夜深人静，母龙带着孩子们来到新造的田园许家洲，迎着微微吹拂的晚风，听着虫鸣蛙叫的乐曲，看着田土山庄的美好景象，甜甜地睡着了……

第二天，太阳升起，住在两岸山上的居民发现，在母龙一家新造的田土中央长出了一棵又高又大又美的大樟树。原来，母龙化成了树的主干，九子化成了树的九根巨枝，生生世世相拥相抱，护卫着这片美丽富饶的田园。

名人轶事篇

陶侃与鲊埠

刘 鉴 李鹏辉

外地人来到桃江县鲊埠回族乡陶公庙村，总会感到疑惑：为什么张氏宗祠里专设陶侃公室，供奉着陶侃这个外姓人？

故事要从鲊埠这个名字的由来说起。西晋以前还没有这个名字。颜溪、碧螺港与资江交汇处，当地人称为三江口。三江交汇，鱼虾肥美。鱼太多，一时吃不了，人们用盐和红曲把鱼腌起来，洒上些许酒，密封入罐，这样能存放很长时间。人们把这种腌制的鱼叫作“鲊”。

人们制鲊是为了延长保存时间，没想到它味道鲜美，成为一道别具风味的美食。

三江口制鲊始于何年，今已无考。有人说孔子去修山柳溪拜访陆接舆，就是买三江口的鲊做礼物。还有人说炎黄二帝在修山摆言和宴，宴席上就有三江口的鲊。

也许是老天眷顾，某夜电闪雷鸣后，上游江面现出一片滩地，人称龙拱滩。滩的出现使河道变窄，水流变急。官船、民船都不敢夜间逆行，只得留在三江口过夜。人们聚在这里吃鲊、喝酒，酒铺渐多，三江口成为资江中下游最热闹的码头。心存感恩的三江口人把龙拱摊称为留客滩。

有一天，洞庭湖渔吏陶侃就被留客滩留下，与这里结下不解之缘。

西晋咸宁五年（279），庐江郡寻阳寒门子弟陶侃经人举荐，赴任洞庭湖渔吏。

上司安排众渔吏就近调查渔业，陶侃由洞庭湖沿资江，抵益阳。一天傍晚，来到三江口。他就近走进江边低洼处的“桃坎酒铺”。店主是个老婆婆。陶侃点了两味鲊，又要了一碗酒。初尝鲊味，陶侃啧啧称奇。这时，一少女手提菜篮走了进来。

陶侃扭头一瞥，顿时惊呆了。这少女面如桃花，肌肤如雪，一双大眼睛含情带羞，好似仙女下凡。

少女年近十六，姓张，名桃花，人们叫她桃花女。周岁那年，爹娘被大水冲走，她跟着奶奶长大。奶奶做得一手好鲊，借着留客滩带来的人气，祖孙二人开了这家酒铺。

“你家酒铺为何起名桃坎？”陶侃问桃花女。桃花女见陶侃俊朗不凡，心中犹如小鹿乱撞：“回客官的话。屋前是桃林，江岸低洼处为坎，我爹娘早亡，奶奶希望我能逃出人生之坎，因此酒铺起名桃坎。”

陶侃闻言，心中对她除了怜爱，又多了几分敬意。

陶侃在三江口调查几天后，沿资江返回洞庭湖。他将资江中下游渔政资料呈报上司，并建议将公家多余的鲜鱼运往三江口制鲊。

上司赞许，将陶侃由吏升官，令他全权督办。陶侃在“桃坎酒铺”旁租下一间小屋做办公室兼卧室，长住下来。

一时间，三江口到处开鲊坊。一船船鲜鱼变成一罐罐鲊，从三江口走上大江南北的餐桌。

为了进一步扩大鲊的知名度，陶侃将三江口改名为“鲊埠”。

桃花女心灵手巧，她制作的鲊公认最好。陶侃专挑桃花女的鲊进贡朝廷。

见自家和乡亲们的生活越来越好，桃花女对陶侃心怀感激，暗生爱慕。她不知道，陶侃也在悄悄爱恋着她。

这天，桃花女将一罐自己亲手制作的鲊送给陶侃。收到心上人送来的鲊，陶侃心潮澎湃。他一把握住桃花女的手，正要诉说衷肠，不巧一同事跑来。桃花女羞红了脸，快步离开。

原来，同事老年得子，特来向陶侃请假。陶侃欣然准假，并请他将桃花女制作的鲊捎回给母亲品尝。同事抱鲊离去。陶侃心想，母亲很快可以尝到未来儿媳妇巧手制作的鲊了。

鲜鱼源源不断送到鲊埠。陶侃带领大家卸鱼、发放、收鲊、装船……忙得不亦乐乎。

几天后，同事回来，将那罐鲊退还陶侃，还带来了陶母写的一封信。

原来，陶母收到儿子捎回的礼物，非常高兴，一边开罐，一边不放心地问：“这么重一罐鱼，要花多少钱？”同事不以为然：“人家送给您儿子的，没花钱！”陶母心情陡变，喜去忧来。她把罐口重新封好，修书一封责备儿子：“你现在为公家办事，以别人送的礼物来孝敬我，我不仅高兴不起来，还很为你担忧。”

陶侃收到母亲的信及退回的鲊，万分愧疚，深感辜负了母亲的教导，发誓公私分明，不让母亲担忧，并将儿女私情深埋心底，专心督办制鲊工作。

“陶母封鲊”的故事被写入《三字经》：“物虽小，勿私藏。苟私藏，亲心伤。”千百年来，人们从中受教获益。陶母也因此成为中国历史上的“四大贤母”之一。

桃花女自被陶侃握过手后，芳心暗许，非陶侃不嫁，可一连数十日，不见陶侃坦陈心迹，倒见他心事重重，沉默少语。

桃花女心中忐忑，却不敢告诉奶奶，也不敢当面问陶侃。有一天，她帮陶侃洗了衣服，日落时分送衣进屋。

陶侃正在写文书，见桃花女送衣进来，忙搁笔站起，心中热流翻腾。桃花女痴痴地看着陶侃，陶侃却迟迟不敢伸手接衣。这时，只听见外面有人大喊：“圣旨到——”

原来，晋武帝司马炎吃了进贡之鲊，龙颜大悦，擢升陶侃为武昌太守，令其即刻赴任。

陶侃不敢耽搁，匆匆登船。桃花女站在送行的人群中，偷偷抹泪。

不久，陶侃改任荆州刺史，后为八州都督、长沙郡公。他公务繁忙，未再回过鲊埠。每迁一处，必于庭院植桃树。友人戏称其“桃公”，却不知其心中深藏的秘密。

陶侃曾多次派人来找桃花女，但桃花女和奶奶早已搬离，不知去向。

后唐庄宗年间，陶侃后人陶升追寻先祖足迹，由江西迁到益阳县资江乡，在与鲊埠相隔80里的小淹定居，繁衍生息。清道光重臣陶澍就是他的后人。

明朝初年，一个桃花盛开的日子，资江涨大水。一群张姓鲊埠人看到一尊木像在“桃坎酒铺”旧址旁的漩涡里转了三天三夜，于是用竹竿把木像推出漩涡，让它顺水漂去。不料木像兜个大圈，竟又回来。如此十余次。

人们称奇，将木像捞起，见其背面刻着“晋太尉陶侃公”。原来，这竟是千年前与鲊埠结缘的陶侃！乡人感叹：陶侃生前心事未了，死后千年，化为木像，辗转千里，来到“桃坎酒铺”，酒铺早已荡然无存，木像竟记得准确位置，在它旁边转三天三夜不肯走！

人们放鞭炮，迎陶侃回来，又集资为木像塑金，修建陶公庙，将村名定为陶公庙村。陶公庙村张氏宗祠专设“陶侃公室”，张氏族人及当地百姓世世代代供奉陶侃这位外姓人。

夏思痛刺杀慈禧太后

胡著宣

“嚯——”

“祸国老妖，拿命来！”月光下，山顶上，一袭黑衣的夏思痛猛地拔出一把软剑，一招“孤凤划空”，剑尖直指山下灯烛飘摇的慈禧宿营车队。仗剑走天涯大半生的他，没想到“单刀王”黄凤歧赠送给他的这柄防身软剑，会用来刺杀慈禧老贼。

为了避免打草惊蛇，这一个多月来，夏思痛翻山越岭，专走山间小道；他渴饮山泉，饿吃冷馍，从河南出发，走直隶，一路尾随慈禧的车队，来到了山西。本来，他可以用炸药或火枪刺杀，可狡猾的慈禧裹挟光绪皇帝同车出逃，为了不伤及光绪，夏思痛只得改用冷兵器。在夏思痛心里，光绪是改变中国命运的希望。

半个月前，还在直隶，夏思痛扮成算命先生，走进慈禧必经的一户农家。不料那家男主人一见他进屋，就神情紧张，不停地盘问他。女主人则悄悄溜出家门，不知去向。夏思痛感觉不对，立即离开，第一次行动夭折了。原来，地方官府早已逐户通知，近期但凡看到陌生人出现，要立即上报，否则，一律以窝藏罪论处。

夏思痛吸取了教训，把再次动手的地方，选择在一片没有人迹的玉米地。他一早埋伏在那里，静待慈禧的车队的到来。早秋的太阳炙烤着大地，夏思痛挨到中午，慈禧的车队才出现，长长的卫队过后，那顶象征皇权的华丽车辇徐徐靠近。他双眼喷火，像一头准备斯杀的雄狮，慢挪脚步，缓缓靠近。

突然，车队停下。"哗"的一声，卫队将慈禧的车驾围得铁桶一般。紧接着，两队士兵朝着夏思痛藏身的玉米地飞奔而来。

"发现我了？"夏思痛疾速躬身后退。

进入玉米地的士兵一顿挥刀乱砍，道路旁的玉米很快倒翻一大片。

原来，仓皇逃窜的慈禧及一队人马途中口渴，附近没有人家，又找不到水井，卫士长只得命令士兵砍玉米秆解渴。夏思痛望着不远处的慈禧车驾，盯着那些嚼玉米秆的士兵，准备冲过去。但玉米倒地，失去了掩护屏障，贸然强攻，肯定失败。

"天不助我！"夏思痛长叹一声，望着慈禧的车队离去。

第二天，慈禧的车队就要进入介休县城，夏思痛决定提前潜入城中，到时趁大队人马入城时，直闯车队杀掉慈禧。夏思痛独自坐在山顶上，谋划着第二天的行动细节。

不远处，慈禧车队燃起的露营篝火，再次勾起了他的回忆……

1854年，夏思痛出生在湖南益阳县上乡武潭枫田寨子村（今属桃江县武潭镇）的书香世家。父亲夏哲臣从小就用明代大儒王阳明的"阳明心学"教导他，奠定了他"致良知，重力行"的君子思想；启蒙老师清末宿儒夏心陔向他灌输"天下兴亡，匹夫有责"的爱国主义思想；岳麓书院的萧大猷教他用兵布阵的军事理论；"一代文宗"长沙城南书院的王闿运教导他"致君尧舜上，再使风俗淳”的治国方略；武举出身的安化龙塘“单刀王”黄凤歧传授了他一身武艺。这一切，铸就了夏思痛“直以国家为性命”的爱国思想和坚强品格。

立志通过科举进入仕途报效国家的夏思痛，七次参加湖南乡试，均以失败告终。1894年，中日甲午战争爆发，年逾不惑的夏思痛，决心从戎报国。他水陆兼程赶赴南京，想投军到时任钦差大臣的湘军宿将、两江总督、南洋大臣刘坤一麾下，请缨杀贼抗击日军，可惜未能如愿。1895年，北洋舰队全军覆灭后，时年41岁的夏思痛才录了个“候选通判”，经友人举荐去了武汉汉阳兵工厂。夏思痛又有了科技强国的梦想。

可是光绪皇帝推行的“戊戌变法”因慈禧血腥镇压而失败；慈禧将北洋水师购买枪炮的军费挪去修建颐和园，导致甲午海战北洋舰队全军覆灭，慈禧签订割地赔款的《马关条约》；打压“洋务运动”，不让光绪皇帝亲政，眼看中国的前途就要葬送在这个老妖手里。夏思痛彻底失望，他决定不惜一切支持光绪皇帝亲政，让他带领中国走向新生！

机会终于来了。1900年，夏思痛结识了从国外回来的唐才常，他们一起筹建“自立军”，打算起事推翻慈禧拥戴光绪皇帝亲政。可惜起义失败。同年6月，八国联军从天津登陆，慈禧西逃，夏思痛急忙赶赴长沙，游说当时在长沙任钦差团练使的益阳泉交河人胡祖荫（晚清名臣胡林翼之孙），希望胡能趁机起兵“勤王”，但劝说无果。接连遭受失败并未动摇夏思痛的斗志，他毅然决定独自走天涯行刺慈禧，拯救国家和人民。

第二天，山西介休县城，人流熙攘，一片忙碌。夏思痛腰缠三尺软剑，只身守在慈禧必经的街道旁。午时左右，慈禧一改逃命的狼狈，摆出仪仗，以皇家威仪进城。夏思痛选好位置，藏在道旁的人群里，等着慈禧车驾。突然，喧哗声响起，一支卫队迅速围向慈禧车驾，另一支卫队抵向街道两旁。

“怎么回事？”夏思痛迅速将手伸向腰间。

不一会，喧嚷声平息了。马玉昆的侍卫队和甘肃布政使岑春煊所率的两千威远军，封锁了街道，四下里抓人。

原来，义和团也在追杀慈禧。刚才，一位名叫郭敦源的义和团战士，只身冲入八旗军仪仗，卫队反应迅速，战士即刻人头落地。夏思痛手心捏出了水，只得悄然离开。

望着城门悬挂的那颗血淋淋的人头，夏思痛义愤填膺。犹如惊弓之鸟的慈禧，急令沿途的陕军、甘军全力参与警卫，夏思痛感到机会更少了。

慈禧抵达西安，把行营扎在陕西巡抚衙门的北院。夏思痛立马住进靠近北院的回民街客栈。他头戴白帽，装扮成回民，成天坐在客栈一角吃羊肉馍，啃酥油饼，喝黄桂稠酒，暗中观察巡抚衙门的一切动静，寻找行刺机会。

“站住！干什么的？”某夜，夏思痛刚刚走近巡抚衙门，站岗的哨兵一声喝问。一队兵丁提着灯笼从墙角处朝他走来。慈禧到达西安之后，各地前来“勤王”、朝觐、趁机博取慈禧欢心的将领们不断涌来，西安已成“铁桶”。夏思痛感觉在西安已没有任何下手的机会了。

1901年9月，清政府与八国联军签订了《辛丑条约》，时局趋于平稳。10月6日，慈禧离开西安重返京城。夏思痛提前来到了慈禧必经的临潼。临潼知县夏良才刚直不阿，与夏思痛同为夏氏子孙，为夏思痛的文韬武略折服，便留夏思痛暂住在他的知县衙门。

“千载难逢的好机会来了！”夏思痛心中大喜。他每日与夏知县品茶畅谈，随时掌握慈禧的行程和接待细节。这次绝不能让慈禧老妖逃脱！

“大人，接驾差费银2700两，接驾膳食菜品若干，这是李莲英大总管派人送来的清单。”师爷拿着黄绢，来到后堂向正与夏思痛品茶的夏知县禀报。

“照办吧！”夏知县有些无可奈何。

一切准备就绪，慈禧明天来临潼县衙用午膳。

第二天上午，穿戴整齐的夏知县站在官道上迎候慈禧的銮驾。夏思痛混在参与接待的乡绅队伍里，距夏知县约两丈远。

“没有！民脂民膏乃民之血汗，怎能任由他肆意榨取！”突然，夏知县一声怒喝。县衙师爷领来的一位朝中太监，在夏知县的怒斥声中退身离开了。原来，太监总管李莲英再次派人索要“宫门费”1200两白银，被夏知县严辞拒绝。

夏知县怒气未平，县衙的一名捕快跑来禀报，李莲英唆使开路的官兵抢吃了接驾的膳食，反诬说夏知县欺君罔上、怠慢圣驾，没作接驾安排。

这可是人头落地的罪名呀！夏知县仰天一叹，脱下官服扔于一旁，骑一匹快马飞奔离去。

一个刺杀慈禧的绝好机会，就这样被贪得无厌的李莲英给搅黄了！

夏思痛“五刺慈禧”失败，且刺杀行动泄露，受到朝廷追捕。夏思痛被迫流亡日本。在日本，他促成黄兴的华兴会与孙中山的中兴会联合为同盟会，从此走上彻底推翻清王朝统治的革命道路。

长江水师提督吴家榜

曹庆升　萧骏琪

咸丰元年（1851）的一天，年仅16岁的吴家榜正在资江中摆渡，一个相面先生和一个挑柴的邻居登上船来。相面先生一上船，就目不转睛地盯着吴家榜，见少年英武端庄，掌舵荡桨一举一动不同常人。下船时，相面先生扑通一声，跪在了吴家榜面前，说道："你将来是个八抬大官啊！"吴家榜被弄蒙了。船上的乘客一见，都觉得荒唐可笑；挑柴的邻居更是大声讥讽："他这么一个穷小子，当得了八抬大官，我把脑壳砍下给他垫屁股！"相面先生连声说："天生富贵，天生富贵啊！"

吴家榜出身贫寒，4岁丧父，母亲改嫁，由祖母抚养；11岁时祖母病逝，靠吃百家饭、穿百家衣长大成人。无缘上学的他，很早就走上了自谋生计之路，在资江沾溪渡口撑船度日。

吴家榜不知"八抬大官"是什么角色，却也经常想起相面先生的话。后来，他渐渐长大，身高腿长，走路快捷，跑起来追得上奔跑的狗和马；成了一个水性极好，驾船放排本领高强的船把式。沾溪纳板溪、锡溪、罗溪之水入资江，汇集了四溪山上的大量竹木，在沾溪口拼扎组合成排后，经资江，入洞庭，闯长江，

《长江水师提督吴家榜》　作者：曾景祥

进武汉，销往长江中下游地区。放排不是容易活，风餐露宿在江中，如不熟水路，撞上礁石或险滩，竹木搁浅散架，麻烦可大了。吴家榜身体壮，水性好，又机智，能规避江河中的风险，加上勇猛强悍，敢拼敢杀，无人敢欺，于是被推举做了“四溪河排帮主”。

乡亲相信吴家榜，砍了竹木，都托他运到汉口去卖，得到的钱由他带回。这一次，吴家榜到了汉口，卖了竹木，想尽快发财的他，进了赌场，潇洒了几天，不仅没有赢到钱，还把乡亲们的竹木钱全搭进去了，只得乞讨回乡。

吴家榜还在路上，乡亲们就听说竹木钱被他输掉了，个个气得咬牙切齿。族长本来特别爱惜吴家榜，多有栽培，但难犯众怒，也容不得族中出此赌徒，只得答应从严惩处吴家榜。

吴家榜的堂嫂自祖母去世后，就一直关照他。听了乡亲的议论和责骂，十分痛心和恐慌。晚上，吴家榜一到家，证实乡亲的议论是真的，堂嫂便塞给他两匹白布作路费，叫他连夜逃走。吴家榜接过白布，向嫂子叩了个头，消失在夜色中。

出了沾溪口，上了鹿岭仑，吴家榜回转头来，对着长田坊立下誓言：“我一定会对得起乡邻和族人，也要让你们看得起我吴家榜！”毅然远走他乡。

当时，正值太平军席卷江南，朝廷派曾国藩到湖南征集新兵组建湘军。吴家榜投军于外江水师新右营。面试官见其身材魁梧，谈吐大方，脑子机灵，就命他做旗手。经短暂训练后，他上阵了。

第一次同太平军作战，吴家榜举着大旗，冲锋在前。太平军水师诈败，上岸佯逃。湘军水师穷追不舍，追过一座山，突现太平军营垒，营前大炮对着湘军，正欲点火。这时吴家榜脚踩一个石头，突然摔倒，于是后面湘军官兵全部跟着卧倒。太平军炮弹从湘军头顶呼啸而过，湘军无一伤亡。炮弹过后，吴家榜一跃而起，直冲太平军炮台，用旗杆猛扫太平军。湘军士兵见新兵吴家榜如此勇猛，便个个不惧生死，奋勇向前，挥舞大刀，左右猛砍。湘军迅速占据了太平军炮台，然后掉转炮身，对着太平军军营猛轰。太平军惊慌失措，乱作一团，死伤惨重，生者各自逃命。战斗结束后，大小官员向中军汇报胜利，为吴家榜评功请赏。军门丁汝昌却给了吴家榜一个下马威，以"擅自发号"为由，责打二十军棍。

吴家榜受了屈辱，但在战斗中仍然十分勇敢。在一次战斗中，他所在的部队被打散。这时一太平军军官骑马追赶湘军。吴家榜见状，一跃而起，抓住马尾，跃上马背，这太平军军官刚转头，就被吴家榜一刀砍下。他在马上左右猛砍，太平军见了魂飞魄散。战后，水师官兵为他请功。他得到嘉奖提拔。他从杨岳斌营转到黄翼升营后，作战更加勇猛，官职提升更快。苏州之战，他左眼受枪伤失明，仍顽强坚持直到胜利。同治元年（1862），在攻打金柱关、东梁山、芜湖的战斗中因战功赫赫，晋升为都司。在增援上海的战斗中，被皇帝赐号"敢勇巴图鲁"。后统领淮阳水师营，攻克无锡，升为副将。同治三年，他攻克南京，升为总兵。同治七年，被皇上赐号"讷恩登额巴图鲁"，提升为瓜洲总兵。光绪二年（1876），晋升为长江水师提督。

同治四年，已是总兵的吴家榜，带着家眷回到长田坊祭祖，不仅还清了因赌博欠下乡亲们的竹木钱，还杀猪宰羊，搭台唱戏，款待父老乡亲。他还特意设宴感谢相面先生和当年那位愿砍脑壳给他垫屁股的邻居，但邻居诚惶诚恐，四处躲藏。吴家榜特地派人把他请来，奉为上宾，敬酒致谢。他动情地说："没有你们的鼓励和鞭策，就没有我的今天，所以我要好好感谢你们，只可惜族长老爹不在了。"吴家榜出名后，族人们纷纷称赞他的嫂子做了一件光宗耀祖的大好事。他嫂子说，这一切都是族长老爹安排的。

吴家榜做官后，竭力回报乡亲。光绪年间，益阳城区遭洪灾，他拿出自己的官俸和奖金17000多两银子，修筑了防洪大堤。凡在战争中阵亡的湘籍将士或在外死亡的家乡百姓，他都用自己的薪水运送其灵柩回家，并赠以抚恤金。光绪元年（1875），皇上召吴家榜入京领赏，奖金数万银两。吴家榜谢过皇恩，长跪不起。光绪帝问何缘故，吴家榜答曰："卑职家乡益阳县府，因欠皇家恩科费，每届革学三名，下官愿以奖金抵债，为家乡赎回那三个名额。"光绪帝听后，龙颜大悦，当即准奏，下旨恢复了益阳县府三名科员名额。光绪三年，吴家榜回家祭祖修墓，派人查访乡邻，对残疾人给予资助；年逾古稀，膝下无儿无女者，他都资助银两让其安度晚年。

吴家榜虽是朝廷高级武官，却十分重视地方建设和公益事业。为了战胜瓜洲自然灾害，他带领民众大修堤防，改造滩涂，造田增收。扬州、镇江一带，江水阻隔，交通不便，他用皇上赏赐的奖金在沿江两岸建了六个义渡。他经常深入大街小巷，访贫问苦，对遭受天灾人祸的灾民予以救济。吴家榜一生无积蓄，瓜洲百姓称他为“青天大老爷”。

光绪十八年（1892），58岁的吴家榜在任上去世。瓜洲数千百姓失声痛哭，300多艘船连绵20多里送他回乡，瓜洲百姓送挽联：“百战老将军，两三灯火瓜洲冷；一棺归故里，千尺桃花潭水深。”

吴家榜归葬于故里长田坊。为表彰他的显赫功劳，光绪帝御赐汉白玉墓碑，上刻御笔墓志铭。

陶宫保第大管家

胡著宣

道光五年（1825）11月，江苏巡抚衙门前。“啪、啪！”两支冰冷的长矛拍到脸上，胡楚裕顿时蒙了。

“哪里来的叫化子，竟敢擅闯巡抚衙门，不想活了！”

“我，我是来找陶师哥的！”

“什么陶四哥陶五哥，这里只有巡抚陶大人，快滚！”

三天前，胡楚裕千里迢迢从益阳上乡浮邱山之南的赵家山来到苏州投奔江苏巡抚陶澍，一见衙门的大门，高兴得忘了一个多月的奔波辛苦，埋头直往门内冲，被两个身材魁梧的卫兵拦住。

见两个卫兵用看猴把戏的眼光看着自己，胡楚裕才发现自己胡子拉碴几寸长，衣服像块油抹布，一双布鞋开了口，裤子破了几个洞。

一连三天，胡楚裕坐在街边的条石上，眼巴巴地望着巡抚衙门那个威严的门洞，苦等陶师哥出门。

胡楚裕和陶师哥，二十年前就有很深的交情。

胡楚裕十几岁时在他族人开办的彰公经馆（现赵家山小学的前身）里当“伙手”（厨师兼总务），陶澍跟随当老师的父亲陶必铨在彰公经馆读书。胡楚裕十分敬重他，尊称大他两岁的陶澍为陶师哥。

聪明刻苦的陶澍经济十分拮据。他母亲早亡，弟、妹在家务农，仅靠父亲微薄的教书收入补贴家用，遇上灾年，陶家就只能靠吃野菜度日。他家所住的房屋破旧不堪，难避风雨，也拿不出钱来修缮。陶澍几岁就跟随教私塾的父亲来桃花江一带读书。吃住都在主人家，进入彰公经馆后，虽然免去了学费，但米和油盐钱还是要交的。每次交米时，陶澍无意间表露出来的沮丧和失落，都被伙手胡楚裕看在眼里，他暗自决定："我得想办法帮帮陶师哥。"

胡楚裕正沉浸在回忆中，却被巡抚衙门传来的一阵喧哗声惊醒。

"恩人哪！"陶澍一身便服跑过来，身后跟着一大群随从，他一把抱住胡楚裕。

"陶师哥，我好想你啊！"胡楚裕哽咽着。

两人脸上挂着泪，相视而笑。陶澍拉着胡楚裕的手，笔直往衙门里面走。胡楚裕赶忙蹲下身，扶起那两个跪在地上瑟瑟发抖的卫兵："感谢你们为我作了通报，陶大人不会怪你们的！"

洗澡、剃头、刮脸，换上陶师哥特意给他做的新衣裳，胡楚裕精神焕发。掌灯把盏，陶澍和楚裕彻夜长谈。楚裕吐出一肚子苦水：自己已满四十五岁，因为家穷，一直娶不到老婆；村里与他同龄的人，大多儿孙满堂了，他屁股后面还是漆黑的……这次，他当掉家产才凑足路费，实在是不甘心一辈子就这样终老归山。

陶澍没有正面回答楚裕，只一个劲儿地聊楚裕在"彰公经馆”对自己亲如兄弟的往事。

陶澍经常拖欠经馆的米。楚裕收米的规矩越来越严苛，每升米都必须堆得起个尖。（量米的“升子”，是用竹筒做的，每一筒为一升米，“市升”相当于1.5市斤，“老升”1.7市斤。）陶澍交米时，升子也是堆得起尖的，只是楚裕量陶澍交的米时玩了点“手法”，他把升子底朝上量，看起来堆得起了尖，实际上只有竹筒底上的一小把。因此，陶澍每次交的米都打了转身。经馆散馆（即每学期放假）时结算伙食账，楚裕依照惯例将结余的米、油等实物平均分给每一位学生。那年分配完，一位学生阴起一双眼睛问：

“还有一样东西没分吧？”

“还有什么东西没分？”

“还有一条你拿我们的米喂养的‘公狗’啊。”

楚裕量米时所玩的手法，被他识破了。楚裕没有与他计较，默默走开了。

那一年冬天，鹅毛大雪下了两尺深。穿着一件薄棉袄的陶澍坐在经馆一角冻得发抖。楚裕脱下自己厚实的老棉袄，霸蛮换下陶澍那件薄棉衣。

“你要冻病了，就没人给我们做饭了！”陶澍不依。

“我没事，灶房里有火烤，再说，我经常动手动脚要做事，不会冷。”

寒夜深更，陶澍坐在卧房里温习功课。楚裕不时送来一壶热茶，或一捧炒熟的蚕豆，或一只热乎乎的烤红薯。

有一年深秋，陶澍得了一场火感病，几天水米没进。楚裕挽起裤脚下到凉飕飕的溪水里，用木盆淘干一坝水，捉来小鱼熬成汤，一勺一勺喂他喝……

确实，这些年因为忙于公务，亏待了这位恩人。感慨万千的陶澍对楚裕说：“你先熟悉一下衙门里的情况，今后就留在这里帮我干些杂活吧。”

从此，巡抚衙门里多了一位衣着光鲜的“师爷”。

楚裕成天在巡抚衙门里头转，这里看看、那里瞧瞧。有时，他跟在某位师爷身后，背起两只手，挺着胸，昂起头，一步一摇学走路；有时，他去到书房，拿卷书，搬条凳，眯眼抿嘴地看一看；有时，他站到街对面，虎起脸，突起嘴，学着卫兵装模作样“吓唬”人……

一次，楚裕外出闲逛，结果误入一家赌场，输了个精光，还欠了债，被几个“看牛”客盯梢到了衙门口，幸亏有陶师哥罩着，才脱了干系。

整天待在衙门里吃吃喝喝、无所事事，这日子实在无聊。作惯了田土的楚裕，一天天觉得骨头发起痒来了。

回去，回家作田种土去！楚裕萌生了退意。

腊月二十四过小年时，楚裕跟陶师哥讲了回家的打算。陶澍沉思片刻，点了点头。他要楚裕安心过完年，等春暖花开时再走，还请他年前帮忙守几天东侧门。

“东侧门？不是有卫兵守着吗？”楚裕不解地问。

“这几天你来守。”陶澍意味深长地说。

大年三十晚，陶澍和楚裕一起守岁喝夜酒。

“这几天，你看到些什么？”陶澍问。

“难怪说‘三年清知府，十万雪花银’，这几天川流不息尽是来给陶师哥送礼的，全都被我赶跑了！”

“赶得好！”

两人哈哈大笑，仿佛回到了当年在彰公经馆的时光。

守门事件让陶澍彻底放了心，楚裕还是当年那个忠厚老实的伙手。楚裕被安排住进了桃花江人形山的别墅里（即后来的陶宫保第），管理这里的房产和田地。楚裕如鱼得水，每天早起晚睡，把各项事务安排得井井有条。

道光七年（1827），四十七岁的老光棍楚裕讨了堂客。第二年，生下第一个男孩胡上依，三年后又添了一男丁胡上珀。

道光十一年（1831），十九岁的益阳泉交河小伙胡林翼，与陶澍和贺元秀的二女儿琇姿，在陶宫保第举办了一场旷世婚礼。魏源、贺长龄、汤鹏……许多朝中大员纷纷从京城赶来道贺。楚裕把几百客人安排得熨熨帖帖，客人们赞不绝口。因楚裕排行第二，人们开始敬称他为楚裕二爹。

道光十八年（1838），陶宫保第的田产经过楚裕十一年的滚动发展，从当初的五千来亩扩展到了两万多亩。

“以地生租，以租购地。”楚裕向陶澍报告着田土“生崽”的诀窍。

“大管家，你如今是富甲湘中啊！”陶澍笑着说。

道光十九年（1839）陶澍逝世后，陶家人仍挽留楚裕继续主管陶宫保第的事务。陶澍女婿胡林翼、亲家左宗棠都非常信任他，尊他为长者。同治二年（1863）楚裕寿终正寝，终年八十二岁，他的大儿子胡上依接班继续管理陶宫保第。后来，楚裕的子孙在左宗棠的培养与关照下得以封官荫子。

鸣石滩的思念

吕松桥

浮邱山下七星河畔有个鸣石滩。在巨石连绵的山溪中，溪水奔泻而下，声音轰鸣如雷。左岸山石上有圆柱孔，是郭纯贞出家后在此所建的水阁亭柱遗迹。岸边有一座石孔桥，其父郭都贤曾题一联：

此间少这座桥梁，辜负园林一胜。
隔岸借他家地亩，凑成丘壑双清。

鸣石滩，日夜的轰鸣倾诉着一个凄美的爱情故事。

明崇祯十二年（1639），也就是郭都贤丁忧（回家守孝）三年后返京的那年四月，故宫护城河边空旷的草地上热闹非凡：大人和小孩在河边踏青、放风筝，也有学子在写生。郭都贤十三岁的女儿郭纯贞也在护城河边，正倚着一棵歪脖子柳树看书。

花坛边端坐着一个蓝衣后生，面前架着一张画板。

郭纯贞没动，蓝衣后生也很专注。半个时辰后，当郭纯贞走过蓝衣后生身边时不由一惊，她看到那画板上画着一个穿着锦服的姑娘，倚着一棵刚发芽的柳树，正在聚精会神地看书。原来蓝衣后生画的竟是自己！

蓝衣后生说："小姐好，我叫沐忠亮，在太学府就读。"望着英俊潇洒的沐忠亮，郭纯贞的心里突然咯噔一下，也像那初春的柳枝一样，萌发了嫩芽！郭纯贞羞得脸如煮熟的虾米，扭头就跑，边跑边轻声丢下三个字：郭纯贞。然而，兴奋中的沐忠亮一个字都没有听清。

从此，护城河边的杨柳树和花坛就装在郭纯贞的心里了。一有空闲，她总要到护城河边走走。她渴望见到那个英俊少年，可每次都落了空。

郭纯贞不知道，此时沐忠亮的父亲沐天波已袭黔国公爵位，担任征南将军。沐忠亮已随父到了云南边陲。她更不知道沐忠亮的父亲与自己父亲是生死之交。

郭都贤夫妇视纯贞为掌上明珠，教她书琴诗画。纯贞秉性聪慧，一看就会，一点就通。她博览群书，工于诗画，在京师是小有名气的才女。

次年，清兵统帅皇太极率大军南下，进攻大明，边关告急。沐天波想趁回京议事之机将儿子托付给好友郭都贤。

父子俩刚来到郭府，门子报洪承畴拜访。沐天波便向郭公告别，带儿子忠亮去后堂向郭母请安。郭母见到英俊潇洒的沐忠亮，心里很高兴。忠亮向郭母请完安，环顾四处，看到了一幅画像，心中一惊。郭母问他母亲的情况，他有些心不在焉，答非所问。郭母会意，忙唤丫环："清香，把你家小姐请出来。"

不一会，沐公子听到脚步声，连忙起身去迎。刚到门边，两人同时愣住了。“是你！”两人同时兴奋地说。小姐看到面前站着的沐忠亮，面庞不觉绯红；而沐忠亮看到更加漂亮丰满的郭纯贞，呆若木鸡。沐天波看到这一幕，心中暗喜。

当天晚上，郭母将白天发生的事告诉都贤，夫妻俩高兴不已。沐天波一回家便与夫人合计，次日去为儿子提亲。第二天郭都贤高兴地答应，愿将女儿许配给沐忠亮。

这年秋，各地相继爆发大规模农民起义，郭都贤出任江西巡抚，纯贞和沐忠亮随父从京城来到江西。张献忠率大军进犯江西，郭都贤全力拒敌，但无力回天，南昌沦陷，郭都贤弃官携一家老小回桃江隐居，沐忠亮一路护送。

明崇祯十七年（1644），崇祯帝自缢身亡。明亡后，唐王朱聿键在福建称帝，沐忠亮受命助唐王复明。为抗清，这对恋人在浮邱山下鸣石滩告别。

离别时，纯贞画了两朵鲜艳的桃花，一朵代表自己，一朵代表忠亮。忠亮身藏桃花图奔赴战场。后来唐王失败，被清将吴三桂用弓弦勒死于云南昆明，忠亮率败兵经广东撤往缅甸，战死在缅北丛林。从此，纯贞与忠亮的联系中断。

浮邱山下有一条通往西南的古道，路边有桃花庵。纯贞每天站在桃花庵前，盼望着忠亮凯旋。她还不知鸣石滩的离别已成永诀。

隐居在泗里河石门村的父母看在眼里，急在心里，设法将她接回石门村，给她介绍了一位表哥。纯贞严词拒绝，誓不再嫁！她望着挺拔秀丽的丫头山，写下了《咏丫峰》，表达了她的心意：

丫头原是女仙山，无子无夫独自闲。
五老九岗皆我伴，百花四季满头簪。
天为罗帐霜为粉，霞作胭脂雾作衫。
莫道梳妆无宝镜，一轮明月照容颜。

她执意回到鸣石滩，在滩旁造了一个水阁，题名“郭贞庐”，白天等忠亮，晚上吟诗作画。每年中秋节，她都要画两幅怒放的桃花。苦等忠亮的十六年，她的房间里挂满了桃花和诗画。梅林寺附近的观音阁和望夫台留下了她的联句：

观音阁，观音阁内观音坐。
望夫台，望夫台上望夫来。

对联表达了她对忠亮刻骨铭心的思念。后来，她得知忠亮已为大明捐躯，战死在异国他乡，在忠亮战友的帮助下，在缅北丛林找回了忠亮的骸骨，从此，终身陪伴，圆梦鸣石滩，终年83岁。临终时，她笑靥如花，手里紧紧握着忠亮在护城河边为她画的那幅画。

一品诰命夫人贺元秀

胡著宣

清乾隆四十八年（1783）的一天，河溪水贺家湾贺光镒处士家中，爆竹噼噼啪啪响个不停，乡亲们纷纷前去道贺，贺家生了一位可爱的女儿。

那天，贺家门前一株古樟树上，喜鹊满枝上下跳跃，喳喳叫个不停；树梢一只漂亮的锦鸡引颈四顾，直到“三朝”过后才飞走。

“啧啧，喜鹊来贺，百鸟朝‘凤’呀！”见此祥瑞之象，村人纷纷称奇。

小女儿一天天长大，聪明伶俐、逗人喜爱。一天，贺光镒叫儿子贺定明背诵那首他昨天教过的《桃花》诗，贺定明吭哧半天，背不出一句。

“爹爹，我来替哥哥背吧！‘满树和娇烂漫红，万枝丹彩灼春融。何当结作千年实，将示人间造化工。’”小姑娘伶牙俐齿，朗声如玉，把诗背了出来！

贺光镒惊喜不已。昨天，她哥哥学诗时，她在一旁踢毽子，居然将这首诗记得一字不错！他取名“第英”的这个女儿，或许，真可成为“门第英才”呢！

贺光镒生性耿介，疾恶如仇。一天，他销货晚归，撞见一伙贼人正盗窃村民家的耕牛。他怒火中烧，手持扁担阻止，并与闻讯赶来的村民将贼人绑送到官府。贺光镒得罪了恶人，累遭报复，以至倾家荡产。贼人还扬言，要对他一双儿女下手，为此贺光镒只得举家来到桃花港，做点小生意养家。

时间过得很快，贺第英长成为人见人爱、人见人夸的大姑娘，因经常随父亲往返桃花港与益阳，桃花港人喊她“乖妹姐”，益阳人称她“桃花妹”，前来说媒求亲的人，络绎不绝。

“吾女有异征，必得嫁官人！”贺光镒放出话来。

贺第英的美貌与才情，确实引起了一位官人的惦记。他就是已经升任四川兵备道的安化大才子陶澍！

那年阳春三月，陶澍回乡省亲，取道河溪水看望恩师丁对山先生。陶澍在益阳上乡求学十二年，结识的同学、朋友纷纷赶来相见，唯独不见贺定明身影！细问详情后，陶澍便在次日赶往桃花港贺家。贺定明见当了大官的陶澍专程来看望自己，既高兴又惶恐。陶澍恭敬地拜见了贺光镒二老，却没有看见贺第英。

“你妹妹呢？”陶澍拉着贺定明的手，悄悄问。

“在河边洗衣服呢！”贺定明手指码头方向。

芳草萋萋，波光粼粼，桃花江码头边，一美少女正洗衣浣纱。那纤巧的背影，如云的乌发，恰似江边浣纱的西施！

“第英，陶澍来看你啦！”

贺第英回头一望，英气逼人的陶澍正站在身后，饱含深情地注视着她。姑娘顿时脸颊绯红，好似一朵含羞盛开的桃花！陶澍呆立凝视，好一会儿才回过神来说：“知道我昨天要去河溪水，你们兄妹为何都不去看我？”

“你如今贵为天子门生，我们却是贫寒之人，怎好人前显眼去攀附权贵！”

“我出去多年，不知你家遭遇这等变故！”

“家父疾恶如仇，得罪当地恶人，这些年虽然吃了一些苦头，但无愧天地良心！”

回家路上，陶澍与贺第英一问一答。寥寥数语，便让陶澍肃然起敬。没想到，这个柔弱的小女子，竟如此刚强无畏！

其时，桃花盛开，绿草如茵，一堤两岸游人如织。无数目光都落在美若天仙的贺第英身上，烂漫桃花好像是为她铺就的一片红霞！陶澍感慨万分、喜不自胜，随口吟出一诗：

桃花含笑沐甘霖，
众说桃花美绝伦。
今日卿从堤上过，
为何人不看桃林？

回安化后不久，陶澍便正式迎娶贺第英为如夫人。洞房花烛之夜，陶澍拿出那天他在桃花江畔吟诵的《咏贺氏夫人》诗文相赠，并为她更名贺元秀。

贺元秀温良恭俭，知书达礼，是陶澍的贤内助。她跟随陶澍从桃花江到北京、重庆、太原、安庆、苏州、江宁，把桃花江美女的名声带到了各地。她的一手“绝活”，更让陶澍赚足了面子！朝中大员、官场同僚、诗客文人来陶澍官衙拜访，贺夫人打的桃花江擂茶，是陶澍待客的顶级招待！

日月如梭，时光飞逝。到道光三年（1823）时，陶澍的妻妾共生育了四男九女，其中四个儿子五个女儿是贺元秀所生。可惜，前面三子均不满三岁就夭折了！第四子出生时，陶澍见其唇长耳厚，灵灵醒醒，便与贺夫人商量，取名“慧寿”（又名葆贤）。他们希望这个男孩将来机灵敏捷、聪慧长寿。陶澍感念贺夫人生养子女的辛苦，特意为她在浮邱山下修建了桃花江别墅，即后来的“陶宫保第”。

慧寿没有辜负贺夫人的精心教导，自幼聪明过人，读书过目不忘，七岁能作诗文，十岁出口成章，时人惊称天才，深得陶澍喜爱。可惜，慧寿十岁时突患“喉痹”，病逝于“陶宫保第”。噩耗传到江宁，五十三岁的陶澍肝肠寸断。

陶澍四位公子的夭亡，在当时引发一种说法：只“怪”贺夫人太美了，她所生四个男孩，个个“桃花盥面乍光华”，都是桃花仙子投胎错化男儿身，所以活不长！

接二连三的丧子之痛，让贺夫人陷入悲恸之中而不能自拔。陶澍为了抚慰贺夫人，也为了让贺夫人抚育好几个女儿，便让贺夫人长住“陶宫保第”，安心静养。

贺夫人特别关心家乡的百姓。她拿出钱财，建茶亭，修石桥，资医药，施义粥，创办了几所义学，兴修了多处义渡。有一年，桃花江遭遇旱灾，稻作几近绝收，贺夫人写信与陶澍商量，用其俸禄从外地采购小麦3600担，运回桃花江救济受灾的百姓。

道光十一年（1831）的一天，桃花江史上最热闹的一场婚礼，在“陶宫保第”隆重举行。人形山望浮驿到处张灯结彩，宝安

《一品诰命夫人贺元秀》　作者：仇平

益大道数里水泄不通，朝中大员、官场同僚、社会名流纷至沓来，登门庆贺陶澍、贺夫人的二女儿琇姿与胡林翼喜结良缘，一时传为佳话。

忙完女儿们的婚事，贺夫人便着手办理另外一件事情。

道光十七年（1837）的一天，贺夫人叫来管家："请备轿置礼，明天陪我去浮邱寺进香，顺便看看宝安益大道。"

贺夫人对浮邱寺多有捐助，住持方丈听说贺夫人要来，赶紧召集全寺僧道，站在寺院大门外那株二千多岁的古银杏树下迎候。

残垣断壁，庙堂破败，祖师殿塌陷得不成样子，宝刹已庄严不再！进完香，方丈恭请贺夫人去禅室用茶，贺夫人婉拒了。方丈大为疑惑，哪儿引得贺夫人心生不悦?

贺夫人径直朝外面走，方丈一行恭送。

"您且留步吧！浮邱寺乃桃花江名胜古迹，是真武祖师得道之地，今见如此破败，我心有不安！近日，我让管家再来宝刹与方丈细商，由我出资修缮浮邱寺，重建祖师殿，有劳方丈周全！"

"阿弥陀佛！我佛慈悲！"方丈干瘦的脸上，滚下两行感激的热泪。

道光十八年（1838），贺夫人将浮邱寺修缮一新，还重修了山下的西峰寺大雄宝殿，并将道光皇帝赐给陶澍的"印心石屋"御题墨宝刻于汉白玉、大理石上，列置两寺院，成为两寺镇寺之宝。

道光十九年（1839）6月，两江总督陶澍病逝于任上。贺夫人含悲办完丈夫的丧事，复以夫君遗愿之名，请来工匠，从桃花江望浮驿开始，把青石板一直铺到了与安化接界的草子坳。从此，宝安益官道桃花江段，全长四十多里，成了坦途。

晚年的贺夫人在“陶宫保第”种花养草，念经礼佛。“当！当！当！……”贺夫人手持法槌敲击仪钟，悠扬的钟声传向人形山四方，祈祷天下太平，百姓安康！

1861年，朝廷为表彰太子太保、骑都尉胡林翼的杰出功绩，册封贺元秀为“一品诰命夫人”。

红军名将张子清

万　成　曹菊梅　吕松桥

家乡打游击

1922年春，张子清遭到军阀赵恒惕通缉，潜回家乡桃花江，在浮邱山的大水洞一带组织游击队伍，公开打出“武装反赵”的旗帜。他联合雪峰山邓赫绩领导的农民武装，组成“湘中游击司令部”，担任第一支队队长。

张子清的举动，震动湘中。夏天，反动军阀赵恒惕悬赏五千块光洋，缉捕张子清。

一天，张子清带一个贴身警卫到鸬鹚渡黄沙洲搞侦察。桃江镇团防局长刘梦龙探得消息，率十余个团丁荷枪实弹，封锁了黄沙洲。

情况危急，当地农协迅速给张子清报了信。张子清明白已处险境，靠硬拼是不行的，怎么办？

略一思忖，他把警卫员叫到跟前，吩咐了几句。

刘梦龙坐镇“清剿”，心里乐开了花：张子清呀张子清，这回你是坛子里的乌龟——跑不脱了！

正当刘梦龙得意洋洋时，下面山脚下的深水河段，突然传来“轰轰”两声巨响，刘梦龙一惊：“哪来的炮声？”他立即吩咐身边的团丁前去察看。原来是一个农民在用土炸药炸鱼。团丁们看着满河的鲫鱼像雪片一般往上涌，喜得“哇、哇”怪叫，纷纷放下枪，脱了衣服，下水捞鱼。其实，那炸鱼的“农民”就是张子清的警卫员。

此刻，一位头戴斗笠、脚穿草鞋的“矿工”神不知鬼不觉靠近刘梦龙。

“别动！举起手来！”没等刘梦龙回过神，他腰间的手枪被一双有力的大手摘去。

“不认识吧？我是张子清。”“矿工”摘下斗笠，轻蔑地笑了笑。刘梦龙如梦初醒，眼前这位英姿飒爽的青年正是布告上的张子清，大呼：“来人啦——”

“不要大喊大叫！”张子清用手枪顶着刘梦龙的胖腰，“否则，别怪我手里的家伙不讲客气。”然后，指了指正在河里捡鱼的团丁，说，“你的人正忙，麻烦你送我上山。”

刘梦龙哪敢说半个“不”字，老老实实走在前面为张子清带路。张子清的警卫员早已脱身，赶到了前面的山顶，接应张子清上山。

离山顶渐近，刘梦龙吓得不行，生怕被张子清一枪崩了。

张子清意味深长地对他说：“刘局长，这五千大洋是不容易拿得到的哦。”说完，朝山顶大步走去。

这年冬天，张子清率领队伍一举攻占益阳县城。益阳团防局两个恶棍，高维桢及其儿子高益鹏，如同热锅上的蚂蚁。他们勾结贪官污吏，欺压百姓，作恶多端，益阳百姓怨声载道。

张子清不动声色地在益阳城内微服私访，广泛接触群众，掌握了他们草菅人命，强夺民女，搜刮民财，欺压百姓的大量罪证。

一个多月过去了，高维桢和高益鹏见张子清没有什么动静，决定“投石问路”，试探一下这位好汉。他们假惺惺地差人给张子清送来500块银元和一担厚礼。想不到张子清不但全部收下，还发帖请他们去司令部赴宴。

高氏父子收到请柬，异常兴奋：“都说张子清清白无私，却原来徒有虚名。世上猫儿都吃腥，当官的谁不爱钱？”两人高兴地乘轿赴宴。

到了司令部，步入餐厅，傻眼了：餐桌上只有四小碟青菜，一无肉，二无酒，三无陪人。“难道是张子清有意捉弄我们？”转念一想，明白了，司令部在装穷，想要钱不便开口。于是，高维桢装腔作势地说：“看来张大人生活十分清苦，若手头不便，我们再送个五百八百的不算什么。”高益鹏也巴结讨好：“只要大人开口，就是五千八千的也并非难事。”

张子清冷冷一笑：“下官士兵众多，生活十分困苦，时值冬天，五千八千只怕也是杯水车薪，难得两位到此，就拿个五万吧。”二人一闻此言，目瞪口呆，方知中了张子清的计，自投罗网。张子清说完，一使眼色，左右立即拿下两人。

大门外，早已挤满了含冤诉苦的百姓。为给百姓申冤雪恨，张子清当机立断，处决了这两个恶棍。

文家市拔钉

1927年9月中旬，张子清率领工农革命军第一军第一师第三团的先头部队挺进浏阳文家市。他们高举红旗，紧握刀枪，挥舞梭镖，沿着崎岖小道前进。他们的任务是拔掉团防局这颗钉子，为秋收起义部队在文家市会师扫清障碍。

19日早上，从文家市赶圩的农民传来消息：今天文家市要处决农军领袖陈盛龙。

这天，文家市上空乌云密布。陈盛龙被打得遍体鳞伤，绑在场地中央一根柱子上。外号“孙阎王”的孙发逊在四周布了岗哨，只等午时三刻一到，就开斩。

张子清详细了解了文家市的情况，知道文家市有清乡主任、团防局长孙发逊的一百多人枪。

张子清让一连长带领大队人马走大路赶往文家市，自己只带五名战士抄近路飞赴文家市，相约在文家市会合，救出陈盛龙。此地距文家市还有八里路程，张子清经老乡指点，走砍柴山道。山道上尽是荒草和苔藓，又滑又陡，随时有掉下悬崖的危险，张子清不顾一切往前冲。当刑场上用来计算时间的一支香只剩一个火头时，孙阎王手下的刽子手已走近陈盛龙，正要举刀行刑。忽然“砰”的一声枪响，张子清撂倒了刽子手，同来的战士亦一齐开枪射击，刑场顿时大乱。

孙阎王发现刑场救人的只有几个人，急忙组织团丁抵抗。这时，一连长率全连人马及时赶到，杀声四起，军号响彻云霄。孙发逊吓得屁滚尿流，带着残余的团丁朝棺材岭方向逃跑。

张子清迅速解开绑在陈盛龙身上的绳索。陈盛龙惊喜万分。张子清将陈盛龙交给赶来的战士看护，指挥一连长带部队包围逃到镇西头的孙发逊残部。孙发逊被打断一条腿，一战士上前将其抓获。众团丁无人指挥，有的缴枪投降，有的四处逃散，不到一顿饭的工夫，战斗结束。这一仗俘虏团丁50人，打死20多人，工农革命军大获全胜。工农革命军里又添了十几名新战士，领头的就是陈盛龙。

乡亲们听说孙阎王被抓获，纷纷赶来观看。大家要求将孙阎王处决，为死去的父老乡亲报仇。张子清代表工农革命军召开公审大会，将十恶不赦的孙发逊就地枪决。

整个文家市沉浸在一片胜利的喜庆气氛中。

井冈会师保卫战

1928年1月，南昌起义部队进入湘南，发动湘南起义。蒋介石调集湘粤重兵对湘南进行大规模“会剿”。3月29日，起义部队东撤，向井冈山转移。4月17日，追击起义部队的吴尚第八军张敬兮团和罗定率领的攸县挨户团向酃县窜来。张子清迅速部署迎敌：以一营为左翼，由宛希先率领，扼守城西湘山寺高地；自率三营为右翼，占领湘山寺对面的天鹅山高地；毛泽东、何挺颖率领直属部队据守接龙桥一带，指挥全军。次日中午，全团官兵迅速按张子清部署分三路登上高地，构筑了阵地。张子清举起望远镜，观察着蜂拥而来的敌人。当敌人进入红军射程之内时，张子清一声令下，左右两翼同时开火，枪声、手榴弹的爆炸声和战士的喊杀声响成一片。红军击退了敌人组织的多次冲锋。下午4时，敌人集中优势兵力，向红军发动第11次进攻，步枪、重机枪、迫击炮一齐向红军阵地打来，不少战士中弹倒在了血泊中。紧靠张子清身旁的警卫员小蔡生怕团长发生意外：“团长，这里很危险，你快进指挥所。”张子清说：“怕危险还当什么团长？”命令小蔡：“快去九连传达我的命令，叫他们火速通过侧面那个山谷，插到敌人后面，给他个屁股开花！”敌人继续冲锋，战斗进入白热化，打得难解难分。突然间，敌人背后枪声骤起，九连把敌人打了个措手不及。敌人受到前后夹击，狼狈逃跑。

张子清刚下令休息，突然听到左翼阵地枪声一阵紧似一阵，他拿起望远镜朝对面望去，发现敌人前锋已经渡过碧江，正向湘山寺强攻。他对身边的伍中豪说：“敌人狗急跳墙，想攻占湘山寺，然后直插接龙桥，摧毁我军指挥所。马上支援一营！你指挥七连、九连留守天鹅山，我率八连前往湘山寺支援。”他即率八连迅速插到了敌人侧翼，猛扑敌军指挥所，敌指挥部人员见势不妙，拔腿就跑。敌人被三路人马重重包围，一部分被消灭在碧江边，一部分失魂落魄逃往茶陵。张子清命令部队继续追歼。正当张子清抬脚向前冲的时候，一颗子弹打中了张子清抬起的左脚踝，张子清摔倒在地，几个战士把张子清背回了洣泉书院……

1928年5月4日，毛泽东与朱德两军会师大会在宁冈砻市举行，宣布成立中国工农革命军第四军（后改称为“中国工农红军第四军”），毛泽东任党代表，朱德任军长，陈毅任政治部主任，张子清任第十一师师长兼三十一团团长。

陶澍与福星桥

刘　鉴　罗鹏飞

清朝乾隆五十五年（1790），安化县小淹乡陶家湾的秀才陶必铨主持修复梅城南塔。自清朝以来，安化竟无一人中进士，人们希望通过修塔为安化增添“文气”。

一天散工后，十一岁的陶澍对陶必铨说：“爹爹，今天您主持修塔，今后我要主持修桥！”

陶必铨没有在意，淡然一笑：“在哪里修桥？”

“双溪铺罗秀才的豆腐店门口那座桥。”

陶必铨暗暗吃惊，儿子的记忆力实在超群。双溪铺位于益阳县百乐村（今桃江县马迹塘镇），离梅城足有百里，离小淹也有三十里。六年前，陶必铨带陶澍从家乡到长沙岳麓书院求学，往返曾路过双溪铺。那时陶澍不过五岁，竟记着那座木桥，连桥边开豆腐店的罗秀才都记得。

“那年从长沙回来，路过双溪铺，您带我到罗秀才的豆腐店吃豆腐脑。一队茶商的马从桥上过，最前面那匹马的两只前蹄卡在桥缝里，马背上的茶包险些跌落溪中，”陶澍说，“那是安益官道的必经之地，每遇雨天，山水便由上溪、中溪汇入百乐溪，水流湍急。为民生计，那桥怎能不修稳实呢？”

陶必铨心中甚慰，摸着儿子的头说：“有为民修桥之志，那就多读圣贤书吧！”

一旁的石匠郭三饱忙说：“修桥时一定叫我，赏我一碗饭吃！”

两年后，父子再次路过双溪铺。陶必铨应益阳牛田乡绅曾润攀邀请，到他家中设馆教书，带陶澍与石匠郭三饱同行。

郭三饱也是小淹陶家湾人，自幼家贫，他爹给他取名三饱，是希望他“三餐吃饱”。可他家一直穷，被人笑为“吃三分饱”。郭三饱跟着陶必铨修塔时，是个老光棍，修完塔，娶了妻子王氏。郭三饱知道陶必铨是个好人，便央求他带自己到曾润攀家做工。

郭三饱撞了好运，曾润攀是个乐善好施的人，爽快地接纳了他。遇家中事务不多，曾润攀就介绍郭三饱到外边做工，慢慢地，郭三饱攒下一些钱。

桃江山好水好人更好，陶必铨先在曾家教书四年，后转到浮邱山下乡绅刘静园家任教，陶澍一直跟随在侧读书。除了每年春节回一趟安化，父子二人都在桃江。

嘉庆三年秋，陶必铨叫陶澍提前回老家筹备婚事，他陪刘静园先生迟些再回。郭三饱怀揣这几年攒下来的三十两银子，与陶澍一同回家。

走到大栗港，陶澍要转到鲊埠陶公庙祭拜先祖陶侃，郭三饱只想快点回家，于是独自往安化走。

走到百乐村已是深夜，双溪铺豆腐店早已关门。这里是安化、益阳两县交界处，山高林密，劫匪出没无常。郭三饱害怕，万一银子被抢，还不如死了的好。

走到桥边，郭三饱计上心来。他决定把银子藏在桥下石缝中，天亮再来取。

藏好银子，郭三饱摸黑回到陶家湾。他久未回家，家中的狗汪汪乱叫，喊了好一阵，王氏才打开门。

郭三饱担心妻子嫌弃，闩好门就把桥下藏银的事告诉王氏。王氏闻言，冷若冰霜的脸上立刻笑开了花。郭三饱久旱思甘霖，王氏却说累了，郭三饱只得悻悻躺下，很快就进入梦乡。

第二天天微亮，郭三饱来不及吃早饭，一口气狂奔三十里。他听到罗秀才在吟诗做豆腐。爬到桥下，郭三饱傻眼了：银子不见了！

郭三饱遍寻不到，哭丧着脸回家。王氏破口大骂，说要么是他根本就没赚到银子，要么是豆腐店的罗秀才偷了银子，总之“没有银子就不要再回来”。

郭三饱转回双溪铺，询问罗秀才，罗秀才浑然不知。郭三饱知此事定与罗秀才无关，他心中悲切，打算回浮邱山刘静园家，正遇从陶公庙回来的陶澍。

陶澍问明原委，心里有个大概，却不道破，只拉着郭三饱的手，说：“我要办喜酒，正缺帮手，你就住到我家！”

郭三饱娶王氏的来龙去脉，陶澍很清楚。王氏也是个苦命人，先在邻县溆浦当童养媳，几番周折，几次成寡妇，还得了个“鬼剃头”，毛发掉光。族人认定她是个灾星，要将她关猪笼沉河。郭三饱卖掉家中唯一的老黄牛，把王氏赎回家中，用剩下的钱替王氏治好了病。

王氏病愈，脱胎换骨，出落得俏丽多姿。郭三饱喜不自胜，唯一的遗憾是王氏的肚子一直没动静，也不知道是夫妻哪个的问题。

郭三饱做石匠，如果王氏纺纱养猪，两人穿衣吃饭不成问题。偏偏王氏懒惰成性，连浆洗衣服的事也等郭三饱回家做，日子过得一天不如一天。王氏就把他赶到外地赚钱。

陶澍一边筹备自己的婚事，一边留意郭三饱家的情况。他发现王氏养的那条狗特别凶，对邻里都不认，独对村里的“王花郎”摇尾亲热。

“王花郎”是村里出了名的花心萝卜，游手好闲，五毒俱全，常对妻子拳打脚踢，妻子带儿女回了汉寿的娘家。

陶澍结婚这天，曾润攀、刘静园把在省城做官的大儒周若山请来了。安化县令余肇锡闻讯赶来陶家湾拜见周若山。陶家群贤毕至。“王花郎”为了巴结这些平时见不着的大官，送来五两喜银，出手阔绰，村人啧啧称奇。

陶澍喜为新郎，心中却惦记着郭三饱丢银子的事。酒足饭饱，陶澍留下“王花郎”和郭三饱夫妇。“王花郎”不知该喜还是该忧，不知所措。依照陶澍的计谋，余肇锡将“王花郎”喊入书房，周若山将郭三饱王氏夫妇喊入客房。陶澍与弟弟陶溍充当两房之间的联话人。

陶澍走进客房，假装向周若山耳语。周若山转向王氏，厉声说：“那厮已经招供，三十两银子已经查明，你招不招？”

王氏双膝跪地，痛哭求饶：“那坏人每夜来骚扰，那夜藏我床下，待三饱熟睡，悄悄离开。盗银的事，是他一人所为。故意嫁祸于罗秀才，也是他的主意……”

陶澍走进书房，假装向余肇锡耳语。余肇锡一巴掌拍在书案上，“王花郎”便全招供了。原来，他与王氏早已勾搭成奸。那夜郭三饱突然回家，他吓得躲在床底，偷听到藏银的话，半夜去把银子盗了。

事已揭晓，郭三饱替妻子求情，余肇锡对王氏言语教训一番，将“王花郎”押到梅城。

次日，周若山一路欣赏山水美景，走到双溪铺前的桥头。他停下，对陶澍说：“你不是说过要在此处为民修桥吗？”

陶澍点头称是。

周若山又对郭三饱说：“你是修桥老手了。陶澍主持，你就主建吧！”

周若山叫随从拿一百两银子给陶澍。

陶澍感激地说：“大人诚乃安化益阳两县人民之福星啊！”

“那就叫福星桥吧！为官一任，就该为民造福。”周若山对陶澍和众人说。

陶澍和郭三饱组织发动百乐村及附近村民、工匠，在旧木桥旁修建了福星桥。桥跨二十余米，用青石板呈拱形铺设，石缝间用糯米、石灰粘黏，桥的两头各刻青龙两条，以示镇邪祈福。

整座桥用时仅半年，用银仅五十两。余下五十两银由两县官绅主持分赠周边贫困人家。

两年后，陶澍中举人。再两年，二十三岁的陶澍参加壬戌科会试，中进士，是清朝安化县第一个进士。人们说，陶澍主持修了福星桥，福星降临了。

陶澍后来官至两江总督。他品行高洁，政绩卓绝，被誉为

“晚清第一人才”。鸦片战争爆发前的道光十九年（1839），陶澍病逝于两江督署。晚年，他多次对家人说：“鸦片祸国，大清堪忧。吾已老朽，未知中国何时复兴。家乡那座福星桥，改叫复兴桥吧！”

左宗棠的贴身卫士

胡著宣

“嗵！嗵！嗵！……”

光绪二年（1876）4月，肃州军营，一阵惊天动地的炮声响过，大帅左宗棠一声喝令：“祭旗出兵！”

三名彪悍的刀斧手持刀肃立“左”字帅旗下，三头威武的水牛即将引颈受戮。突然，一头水牛受惊窜出，冲向列阵的队伍。险情陡然出现，左帅身旁的一名卫士旋风奔去，眨眼之间，一刀将牛头齐肩斩下。

“好！”军队爆发出山呼般的呐喊，军威大振。

“‘穿天快手’！湖湘出壮勇，大帅好眼光呀！”军师与左帅相视一笑。

那个被称为“穿天快手”的卫士，就是早两个月前投奔左宗棠的湖南老乡、益阳县浮邱山穿天坳附近赵家山村的胡德轩。德轩大名叫国砺，号德轩，村里人称他为德宝。德宝从小习武，吃得苦、霸得蛮，练了一身过硬的本领，身手之快，十里八乡无人能比，得了“穿天快手”的称号。

南荫是德宝刚出五服的族兄，南荫的父亲上依与左大帅是结拜兄弟。南荫和德宝拿着上依写给左大帅的信，一同来到陕甘总督衙门找左大帅。左大帅回想起南荫祖父“楚裕二爹”当年为其儿女亲家陶澍打理陶宫保第所付出的艰辛，不由对他的两位后代特别关爱。左大帅问长问短，南荫对答如流，坐在一旁的德宝木讷不言。左大帅以为德宝胆怯，便拍拍他的肩膀，笑着问：“小伙子，你怎么不说话？”

“他呀，除了一脚一拳一臂风，其他还真的不会。”南荫一旁说道。

“一脚一拳一臂风？”左大帅面露疑惑。

“对呀！他从小操打（练武），一脚一拳一臂风，抵得别人十条棍，是个只会用拳头说话的武把式……”

“嗬，有那么厉害吗？”大帅笑着盯住德宝。

德宝脸一红，不由自主地搓起了双手。左帅拉起那双手一看，十指粗短如木槌，皮肤坚硬如铁壳，是个练家子！

大帅要德宝露两手。卫士引德宝来到督府的后院。德宝身子一矮，扎稳马步，运气停当，“嗨”的一声，打出一套组合拳。但闻拳风呼呼，虎虎生威，几乎看不到德宝的身影。临毕，德宝一脚踢向院中那棵大树，叶片纷落，枝干簌簌！收拳抱胸立定之际，“嘿”的一个乌龙摆尾，气浪将德宝身后的一个卫士掀开一丈多远。

“好！”左宗棠击掌而呼。

“你留下来。”德宝便成了左宗棠的贴身卫士。

左宗棠收复北疆后，准备乘胜前进，收复南疆。俄、英两国相继向清政府施压，要求清廷停止进军。清政府迟疑难决之时，左宗棠八百里加急上书，据理陈述，收复新疆之战得以继续。

俄国、英国对左宗棠恨之入骨。他们纷纷派人潜入肃州，暗杀左宗棠。

一天半夜，月黑风高，一列身着清军衣甲的士兵在左大帅驻地巡逻。门岗交接之时，两名“清兵”闪身进院，疾速摸向左大帅居室。

“站住！”

“砰！砰！”两声急促的枪响，划破夜空。

大队卫兵蜂拥而入。灯光下，只见两具尸体横陈阶下，德宝手中的短枪还冒着残存的烟气。

“搜身！”德宝大声命令。果然，是两个金发碧眼的刺客。

为了确保收复南疆战事的物资保障，左大帅要到兰州制造局查看枪炮弹药的生产情况。他只准一支五十人的卫队随行。从肃州出发的第二天，他们身后就出现了一支二三十人的骡马商队。卫队长两次向左帅报告，请求驱离商队。

“不行！现在正值新疆收复之际，稳定民心十分重要，确保通商自由，事关国之大体，你们千万不可造次！”左大帅严责卫队长。

德宝闷声不响骑坐在马上，一路跟在左大帅车后，一副无精打采昏昏欲睡的模样。

入夜，德宝安顿好左大帅，便不见了踪影。卫队长把兵士们分成两拨分班值守，自己则衣不解甲、刀不离身，在紧靠左帅的营帐里半躺着。

后半夜，一条黑影闪进卫队长帐篷。卫队长一惊，拔刀便砍。

“是我。他们果然是来行刺大帅的，将于四更动手。”德宝压低声音，用手托住了卫队长持刀的手。

“怎么办？”卫队长焦灼不安。

“不要惊动大帅。赶紧叫所有人起来，你带二十人保护大帅，其他人跟我在外埋伏，只要他们动手行刺，就消灭他们。”德宝把握十足。

四更时分，“商队”果然来了，外面响起了枪声和打斗声。不久，便归于沉寂。卫队长赶紧派人去查看情况。

“德宝杀了那个头目，其他的，死的死，跑的跑，抓了十多个活口……”跑回来的卫士上气不接下气。

卫队长长舒了一口气。

原来，德宝白天在马上养好了精神，入夜就潜近那支“商队”，确认了他们是化装成商队来行刺左大帅的。他们刚出手，就被德宝等人给瓮中捉鳖了。

光绪三年（1877）1月2日，清朝大军收复南疆，但伊犁仍被俄国侵占。左宗棠一边向朝廷奏请收复伊犁，一边抓紧备战。

德宝又连续立下几件大功，左宗棠上奏朝廷，为他请赏。朝廷破格提升德宝为正五品官“诰授武德骑尉”。

光绪六年（1880）5月26日，左宗棠兵分三路挺进伊犁。他不顾自己年老多病，亲领后路军开赴哈密。从肃州开拔时，银须白发的左帅威风凛凛站立车头，两匹大白马并驾齐驱拉着他的车驾；德宝率人抬着一口血红的大棺材紧随其后，向世人展示左大帅誓死收复伊犁的壮志！肃州百姓无不动容，纷纷出城叩头、烧香、敬酒，洒泪跪送，引得朝野一片震惊，全国军民大受鼓舞。

其时，清廷已革职处分了去年10月与俄国签订丧权辱国的《里瓦几亚条约》的大臣崇厚，并向俄国递交了不承认该条约的国书，改派曾国藩儿子大理寺少卿曾纪泽为钦差大臣，出使俄国，重新谈判。

左宗棠一到新疆哈密，便调兵遣将，摆出一副马上进攻伊犁的架势。几次暗杀行动失败后，俄国人彻底慌了手脚，不知左宗棠这个湖南蛮子什么时候动手，只得加紧与曾纪泽谈判，希望避免战事。

清廷并不想真正与俄国开战，生怕左宗棠真的对俄用兵，便急调左宗棠入京受封领赏。得到消息的俄国人坐立不安，以为清政府要与左宗棠密商对俄用兵之策；左宗棠抵达京城的那天，俄国代表与曾纪泽签订了《中俄伊犁条约》。

左宗棠只带着德宝和几个亲随，从哈密起程入关。光绪七年（1881）2月24日，左宗棠一行抵达京城，迎接他们的不是心中所想的隆重礼仪，而是把门太监的一把拂尘。

“为何阻拦左大人见驾？”德宝也不下马，大声喝问太监。

“不管是左大人还是右大人，进了这皇城，便得懂宫里头的规矩！”小太监高昂着头，尖声怪气地说，完全不把德宝这个五品武官放在眼里。

德宝窝着一肚子火折回，向左大人报告。

“给他一百两银票。”左宗棠急着进城，不想跟太监纠缠。

“你打发叫化子啊？一个地方总督进京见驾领赏，至少得这个数！”太监将德宝递给他的那张百两银票打落在地，张开五指在德宝眼前晃了晃。

“五百两？”

“嘁，你什么玩意呀？五万！”

德宝怒火中烧，抬手就是一个耳光。虽然只用了三分力，却把那太监打得眼冒金星，昏死过去。

左宗棠及时喝住了德宝，一行人七手八脚将那太监救活，退身去城外客栈里等候。

当晚，胡雪岩阜康钱庄的驻京代办前来看望左宗棠，得知此事后，赶紧拍电报向上海的胡雪岩报告。胡雪岩早听说过，当年李鸿章灭掉东捻后，进京领赏就给了五万两银子的“门票”。于是，赶紧送来了五万两银票。李莲英得知小太监挨打的事后，想发作，但考虑到左宗棠在皇太后心中的分量，又见他送来了五万两银票，也就没再追究打人的德宝。

德宝憋不下这口气。他借口回乡探亲，回到浮邱山之南的赵家山，彻底过起了农民生活。他娶妻生子，经营着几十亩田地，不显山不露水，那身绝世武功也不再示人，于92岁离世。

儿童团长刘人奎

刘　鉴

抗日战争期间，国民革命军序列内唯一的儿童团是“中国国民革命军抗日爱国儿童团”。因隶属于忠义救国军管理，这个儿童团又名“忠义救国军抗日儿童团”。又因它在安徽省广德县组建，也称它为“广德抗日儿童团”。

这个英雄的儿童团的团长，就是喝资江水长大的桃江大栗港人刘人奎。

1937年7月7日夜，日本侵略军悍然发动卢沟桥事变，全面侵华战争开始。在中国的土地上，日军大肆焚烧、抢掠、奸淫、屠杀，极端疯狂和野蛮。11月12日，上海沦陷。11月底，日军进攻南京的东南门户——安徽省广德县，广德抗日战斗打响。而在中国的大部分地区，国民党军队正作战略撤退。

就在广德及其周围地区，国军前方办事处的上校主任文强领到一个特殊任务——收容在战斗及撤退中溃散的官兵。

在收容过程中，文强发现很多难民群内都夹杂着一些特别的儿童，他们大多在十岁到十三岁之间，没有父母和亲人的庇护，无人过问。文强上前询问，才知道他们的父母和亲人已经死在炮火中，或日军的屠刀之下。

一天，几个瘦弱的孩子跟在一群溃散的官兵身后，一个年纪稍大的男孩问文强：“叔，能要我们吗？”

文强为难地告诉他：“你们是难童，我们收容的是能打仗的官兵。”

“我们能杀鬼子！”“我们要报仇雪恨！”孩子们大声说。

这个毕业于黄埔军校第四期的湖南长沙人愣愣地看着孩子们，不知怎么办才好。他身边的一位少校凑过来，低声说：“总不能眼睁睁让这些伢子饿死！我看把他们一起收容了吧！”

这位少校就是刘人奎。

就这样，三百多名难童被他们收容了。

就在这时，文强接到调令，即刻履新国民党军事委员会教导总团政训处长一职。

到任的第一天，文强向教导总团总团长俞作柏报告三百多名难童的事。

“三百多个？那可以凑成一个营了！”俞作柏说，“哦不，干脆弄成一个儿童团吧，就叫‘抗日爱国儿童团’！谁合适当这个儿童团团长？”

“您心中如果还没有定人的话，卑职推荐刘人奎来当这个儿童团团长！”

“刘人奎，这小子能文能武，他现在是少校股长吧？你的黄埔师弟，当年没满16岁考入黄埔军校，有名的娃娃学员！”俞作柏满意地点头，“我看行。”

文强高兴地说：“感谢信任！刘人奎不仅学过军事，会带兵打仗，教儿童团摸情报也是把好手！说不定，能给咱带出一支奇兵来！”

刘人奎和他的抗日爱国儿童团果然不负众望。

经过一年多的训练和实战，抗日爱国儿童团活跃于苏浙皖三省边区地带，成为一支不可小觑的儿童队伍。

1939年秋的广德战役，是这支抗日爱国儿童团的成名之战和巅峰之战。

广德抗日战斗自1937年11月打响以来，中国守军凭借坚固的城墙和有利的地势，与日军展开艰苦的拉锯战。在日军坚船利炮的持续强攻下，广德城一度失守，中国军队随即反攻，战斗异常激烈，广德三失三得。

为防止日军再次夺城后以城为据点，1939年4月起，广德县政府调集民夫将城楼和城墙全部拆除。然而此举令中国军队守城变得更加艰难。

拉锯战期间，抗日爱国儿童团在刘人奎的指挥下，积极配合军队作战，立下不少战功。日军占领县城期间，儿童团员化装成农民、乞丐，“蒙混过关”，甚至从排水道摸进城，刺杀日寇岗哨，偷走日寇的武器、军用地图和机密文书。

有一次，刘人奎得知一位爱国老中医接受日军邀请准备进城，他说服老中医，让一个女儿童团员假扮成老中医的孙女，帮老中医背医药箱，进入敌营。趁“爷爷”给日军大佐看病时，这个女儿童团员悄悄拿出微型照相机，神不知鬼不觉地窃取了日军的军事计划。

正是这份军事计划，让中国军队提前准备，给敌人布下一个大“口袋”，成功粉碎了敌人围歼中国军队指挥部的一个大阴谋。

1939年秋，广德战役再次打响。日军向广德县城发起报复性的猛烈进攻，他们在密集炮弹与飞机轰炸的配合下，在一处河滩地带冲开一个缺口。中国守军前仆后继，伤亡殆尽。如果不迅速填补这处缺口，日军鱼贯而入，战线便会全线崩溃。

千钧一发之际，刘人奎一声令下，带领儿童团员们冲向已成火海的缺口。日军见缺口处火光熊熊，枪声已绝，以为无人，端着枪蜂拥而来。

儿童团员瞄准冲到跟前的敌人，狠狠扣下扳机，敌人猝不及防，纷纷中弹倒地。

这时，我方援军赶到，日军寡不敌众，狼狈逃窜。

这次广德战役以后，国民革命军序列内再未出现儿童团。这支英雄的儿童团，连同团长刘人奎，永远被后人铭记。

广州起义中的三个桃江人

胡著宣

1927年12月的一个夜晚，广州黄埔大坡地监狱里，张咏仰望铁窗外的夜空，淡淡的月光同照在家乡板溪的一样皎洁、柔和，他想起了自己的母亲和哥哥张子清，想起了离开家的那天晚上母亲的眼神，想起了哥哥要他加入中国共产党的嘱咐。

"哗啦哗啦……"枪栓拉动，院内顿时灯火通明，张咏从回忆中惊醒。"是不是要对我们下手了？"陈济民立马站起。张咏和这位老乡、黄埔军校的同学、如今的牢友，早就作好了一起拼命、一同赴死的准备。

1927年蒋介石发动"四一二"政变，用血腥手段屠杀共产党人，国民党右派在黄埔军校"清党"，将一批不愿脱离共产党的"跨党"党员囚禁在黄埔大坡地监狱。张咏和陈济民等十三名"要犯"，被一同关在这间牢房里。

铁门打开，一队士兵冲进来。"张咏，陈济民，同学们，我是黄埔四期的夏开烈，快跟我走！"

"夏开烈来救我们了！"张咏和陈济民兴奋地对大家说。

"张太雷和叶剑英、叶挺将军准备发动广州起义。目前，广州的国民党军张发奎部正与白崇禧组建的西征军对抗，广州城十分空虚，叶剑英率领教导团缴了黄埔军校本部学生的武器弹药，武装了自己；教导团和留驻广州的广九罢工工人纠察队和广州工人队伍近万人，是这次起义的主要力量。”一路上，夏开烈将当前的形势告诉大家，带着他们去见叶剑英。

“同学们受苦了！你们都是经受住了考验的共产党员！广州起义马上就要打响，非常需要你们这些信仰坚定的同志参加。你们都分配在学员班，具体任务由夏开烈同志传达，不知同志们的身体状况能否参战？”叶剑英开门见山，让人感受到一种大战临近的紧迫和温暖。

“报告叶教官，我们都能参加战斗！”面对这位昔日的黄埔教官，十三位同学纷纷请战。

“张咏、陈济民，明天上午你们去警卫团门前贴标语，策反这个团参加起义；其他人分三组，明天去市里发传单。”夏开烈把他们带到门外，分配了工作任务。

当天晚上，夏开烈买来卤猪脚、烧鸡、牛杂萝卜、云吞面，三个益阳上乡的黄埔生聚在一块。“要打仗了，先给你们补充一点营养。”夏开烈一边说，一边笑嘻嘻地给张咏和陈济民倒酒。三个杯子一碰，陈济民喉头便哽咽了。

“夏排长，这次你不冒死救我们，我们只怕交待在那了。来，我敬你！”

“啊呀，说什么见外话！往大处讲为了革命，往小处讲我们是老乡，救，是应该的！”

“我张咏今天只讲一句话，这一仗如果我们命大，过年就结伴回家，我去板溪杀一头猪，请你们吃心肺汤，喝红薯酒！”

“好！到时候，我陈济民也请你们去我家双江口，吃辣椒炒鸡，喝苞谷酒。”

“我赞同。命小也没关系，何处黄土不埋人？军装一穿，枪杆一扛，我人就不是武潭的，命也不是自己的，横冲直撞只管打！”夏开烈说完，仰头一杯，连呼一个“爽”。

第二天一早，张咏和陈济民赶到市中心警卫团，卫兵用枪指着他俩，不让进。

“我们来找亲戚刘团长，想跟他一起扛枪吃粮。”张咏根据夏开烈交代，编了这个找刘团长的理由。一卫兵立马跑去营区，另一个也把枪收了。少许，里面传出话来：带他们进来！张咏、陈济民被卫兵带进刘团长的房间。经过一整天的说服，策反成功。

广州起义成立了起义军总指挥部和参谋部，叶挺任总指挥，叶剑英任副总指挥，决定12月12日举行起义。与此同时，汪精卫和张发奎紧急解散教导团，在广州实行戒严，并调广州外围的主力部队赶回广州。

1927年12月11日午夜，广州起义的枪声提前打响。张咏、陈济民在睡梦中惊醒，旋即接到出发通知。刚走出房门，就见穿着睡衣的“参谋长”蔡某（张发奎派来教导团的监军）被枪毙在他卧房旁。起义部队分头出发，主攻目标是广州市警察局。当部队经过敌工兵团门前时，门卫还像平常出操一样举枪敬礼。张咏他们当即缴了门卫的枪，并向内打了一梭子弹。里面的人从睡梦中惊醒，全被收缴了武器。起义部队迅速转入市区，同工人武装会合，一举攻克了德宣路卫戍司令部，收缴了全部武器。首战告捷，士气大振。一夜激战，广州起义取得初步胜利，当天便成立了广州人民公社。

但驻守珠江长堤一带的反动武装尚未全部肃清，他们得到英、日舰队的支持，负隅顽抗，气焰嚣张。张咏和陈济民主动请缨，参加了长堤中段靠近珠江大桥的战斗。这里是张发奎部第十二师留守处，因为存放的武器多，战斗进行得十分激烈。张咏和陈济民因是自由参战，没有分配到连队，战斗了一天一夜后才被安排返回北教场学员班驻地营房，休整一个晚上。

第二天凌晨，张咏和陈济民来到起义军总部，与国民革命军第二路军工兵排长夏开烈会合。刚打了个招呼，密集的枪声忽起。“敌人西征军约一个师的兵力，已抵达观音山山麓，一个营的敌人正冲进市区。”侦察兵跑来向夏开烈报告。

夏开烈立即吹哨集合部队，同时拖出两挺马克沁机枪，架在总部门前，准备迎击来犯之敌。张咏和陈济民商议，门前有卫队阻击，敌人无法攻入，他们从后门出去，转到另一条马路上，来个侧击。夏开烈同意他俩的方案。两人带着十几个纠察队员火速行动，在德宣路口撞上敌兵，战斗随即打响。

正面的敌人，被夏开烈指挥的机枪火力压制，只得朝观音山方向败退。夏开烈一跃而起，一声“跟我来！”率部尾追。这时，张咏、陈济民已经完成侧击，听到命令，立即跳上一辆汽车，向观音山方向追去。

汽车刚抵观音山，有人在喊：“前方急需补充弹药。”一看都是教导团的熟人，张咏他们便跳下车，将汽车让给了战友。

“夏开烈牺牲了！”一位相识的战友朝张咏和陈济民喊。他们朝着战友手指的方向一阵狂跑，见夏开烈已被军帽盖住了脸，胸前与腿部有多个清晰的弹孔，全身都是殷红的血迹。肃立默哀片刻，张咏、陈济民又朝枪声密集的观音山阵地跑去。整个阵地弥漫着炮火的硝烟。远处一个师的敌军，轮番向山头冲杀。教导团一个营的兵力，顽强地坚守阵地，击退了敌人的多次进攻，山坡上尽是敌人的尸体。

张咏、陈济民坚守在观音山主峰，眼睛打红了，耳朵震聋了，子弹也打光了。入夜，阵地指挥员命令他们速回德宣路总指挥部报告情况。

总指挥部已住满了伤员。医生、护士们正在灯光下忙碌地抢救伤员。大门口，教导团一位指挥员正集合部队讲话，说疯狂反扑的敌人已进入广州市区，占领了原国民政府所在地等多处要地，情况万分紧急，总指挥部已向黄花岗方向转移，他命令所有指战员撤退，沿途行军，不准有声响。张咏和陈济民也跟着教导团一同撤退。

经过黄花岗、沙河，到达燕塘时天已拂晓。“要留十个人断后，沿途这些村庄可能有敌兵埋伏！谁报名？”指挥员下达命令。“我！我！我！……”张咏和陈济民等十人报了名。

留下来殿后的十个人，跟着路标，小心戒备，谨慎后撤。张咏刚从监狱出来，又没有长途行军经验，双脚多处被磨烂，鲜血直流。他和陈济民已经掉到了队伍的最后面。“我们不能掉队啊！”陈济民对双脚流血、痛苦不堪的张咏说。陈济民虽然同样脚痛，但他受过长途行军的锻炼，还能支持。他拿出一双袜子给张咏穿上，又扯烂衣叠着，垫在张咏鞋里，扶着他赶路。

经过十几个小时的跋涉，下午四点，他们到达狮前街，赶上了大部队。

广州起义，经过观音山、长堤激战以及街道巷战，终因敌我力量悬殊，失败了。

特色物产篇

香炉山茶

刘文奇

五代十国时期，公元930年12月2日，浓浓夜色中，一条帆船沿资江逆流而上，在马迹塘码头靠岸，一高一矮两名男子一下船，就急匆匆赶往香炉山。

香炉山是一座茶山，没有旅店，崎岖山道盘旋而上。两人急匆匆夜登香炉山，是为什么？

原来，楚国国王马殷得急病于当天仙逝，楚王三弟马步云奉遗诏急召三王子马希福回潭州（长沙）继王位。前面带路的是三王子的书童小纪，后面的就是楚王三弟马步云。在一阵犬吠声中，两人进了山上的一座木屋。

三王子平日跟三王叔的关系最亲密，马步云也特别疼爱他，叔侄情同父子。三王子惊闻父王仙逝，号啕大哭，长跪不起，磕拜不止。三王叔百般安抚劝慰，催三王子速速动身回王宫。三王子说："父王日理万机，操劳过度，溘然仙逝，国之大不幸矣！我没能陪伴父王，枉为世子，愧为人子，追悔莫及，何德何能回朝继位？再说，我追随神农炎帝圣迹，千里寻茶，昨晚，炎帝托梦与我，嘱我广辟园、勤种茶，我的根已在香炉山扎下了，回不去了啊！”三王叔恳求道：“国不可一日无君，你应该遵父遗命迅速回王宫继位，以免生变。”三王子说：“吾不可一日无茶，不光爱喝茶，还爱种茶、制茶。”三王叔急了，跪求道：“群臣无首，您还是先回去吧。喝茶没问题，种茶、制茶的事，再从长计议。”三王子说：“我一个茶痴，不爱过问政事，让我去继位，会误国误民啊！我也知道，王兄王弟中想继承王位者多，我不想去争这个王位。”三王叔一想，这倒也是，像三王子这种宁要茶山不要江山的世子，怎能理好朝政呢？他忙问：“世子坚辞不就，谁来担此大任较好？请世子明示。”三王子略一思忖，说：“王兄希声堪当此任。”三王叔临走时一再叮咛：“多加保重，千万不要暴露世子身份，近日要速回潭州参加父王的葬礼，切记！切记！”三王子说：“王叔请放心。”三王叔领命，星夜赶回潭州王宫去了。

马殷有四个儿子，长子希贤、次子希声、三子希福、四子希范。四个儿子中，三子希福品貌出众，才气超群，深受父王器重。公元927年，三王子马希福被立为世子。可马希福文静、儒雅，性情恬淡，厌恶争斗，不想过问朝政，对读书品茶情有独钟，还拜太医为师，学了不少诊疗药理，竟以“茶仙”自居。他闭门是“三好”：读茶书、写茶文、吟茶诗。出门是“三爱”：悟茶道、会茶友、观茶艺。马殷对此很是失望，辅佐他治国的重任，就落到了另三个儿子身上。

一次，马希福在古籍中看到这么一副茶联：“泉从香出情宜洌，茶自炉生味更圆。”一个“香”字，一个“炉”字，竟使他寻味无穷，浮想联翩。按常理，应该是“泉从石出”“茶自岭生”。他猜测，这个“香”字和“炉”字的背后，肯定藏着不同寻常的奥秘。于是，他循着这两个字，遍查古籍，寻源问根，关在屋里三天三夜没出门。从神农氏的传记中，他读到了神农氏在香炉山教山民种茶的记载，感叹不已。香炉山是一座什么样的山？香炉山的茶是什么样的滋味？马希福产生了强烈的好奇心和猎奇欲。为此，他特地向父王禀告："儿臣想去一趟益阳的马迹塘，看一看那里的农事农情。"马殷正希望他开阔一下视野，增长一些见识，当即准奏。公元929年3月的一天，马希福带了书童小纪从长沙出发，乘船前往香炉山。

三王子吃住都在船上。一觉醒来，船已靠拢码头，船工说，上岸不远就是香炉山了。三王子同小纪在山口稍稍停留了一会。他的眼前，是一片清新秀丽的田园风光：一所所草庐、木屋掩映在竹林、绿树下，炊烟袅袅，鸡鸣犬吠。早起的村民或扛锄下地，或牵牛放牧。他向一位山民打听了上山的路线，然后踏上了山道。

三王子第一次登香炉山，追寻一方名茶，心情愉悦，一身轻捷。两人行至山顶，休息，吃干粮。山上，一群姑娘在采茶，一首首采茶歌从茶园飘出来。在三王子听来，这是宫廷里听不到的民间仙乐啊！他像脚下生了根似的，半天没动。茶园的主人叫刘仁，人称刘举人，见来了一位气度不凡的客人，热情邀请他们进了他山上的那座木屋。自称马三的三王子，就住在了刘仁山上的木屋里，白天看茶园，走访茶农，晚上读茶书，不知不觉过了半月。他还想待些日子，但怕父王挂念，就派书童下山回报平安，同时，给了刘仁一些银两，作为食宿费用。书童小纪不在的日子，刘仁常上山陪同马三读书种茶。晚上，两人边品茶边交谈。马三说："茶，山坡上生，雨露下长，养生之仙药。仁兄，你们香炉山长寿的人多吗？”刘仁说：“香炉山长寿的人很多。这里山秀地沃，种茶制茶喝茶，长的是精气神，延年益寿啊！”马三向刘仁提议：“山上闲置的坡地多，要是都开辟成茶园，那多好！”刘仁说：“山上的土地分东南与西北两大块，分别属于郭公寨郭员外、牛家寨牛员外。”马三问：“不知他们肯不肯卖给一个外地人。”刘仁疑惑地望着马三：“难道老弟要在此地种茶？”马三爽朗一笑：“仁兄中过举人，为何偏偏要回家务农？我马三本是游方客，愿作茶农不羡仙。”不久，经刘仁交涉，马三在住所南侧买了八十亩坡地，雇请了十位山民帮他辟园种茶。

事情也并非一帆风顺。一天，山上来了四名混混，见刘举人不在，欺马三是外地人，气势汹汹，要收保护费。书童笑脸相迎，说尽好话，却无济于事。马三虽是书生模样，骨子里却流淌着王家的血液，也有些武功，他操起一把剑，一阵风似的冲出木屋，大声吼道：“本人是屠户出身，杀得猪也杀得人！”书童也不是常人，是王府的一等侍卫，他操起一根木棒，还放了刘举人养的那条大黄狗。一个亮剑，一个使棍，加上恶狗，四名混混根本不是对手，吓得撒腿就跑。一波未平，一波又起。没过几天，山上来了两名公差，知道包地种茶的马三是异乡人，要课以重税。马三当然不能接受，但又不便暴露身份，正在为难之际，刘举人来了，称马三是其表弟，使了些银子，才为他解了围。

从此，衙门和地痞再无骚扰，马三安心茶事。

一天晚上，马三做了一个奇怪的梦：一位衣着俭朴，面容和善的老人杖履而来，唤他“马三”。然后，他一身轻飘飘地随着老人在香炉山上转来转去，老人走走停停，教他种茶、锄草、除虫、摘茶、制茶，最后叮嘱六个字："广辟园、勤种茶。"一觉醒来，方知是梦。反复回味寻思，恍然大悟：梦中嘱他种茶的老人，竟是神农炎帝！他把这梦告知刘仁。刘仁感叹不已，说："天降大任于贤弟啊，看来，你只能在这里种茶终老了。"人在香炉山，马三也惦记着父王，每隔一段时间，他总要打发书童小纪回去一趟。没想到，这次打转，带着三王叔来了。

三王叔无功而返，马三深感愧疚，但仍无心政事，次日匆匆回家参加父王的葬礼，葬礼结束后，就回到了香炉山，专注他的种茶制茶事业。他研制的黑茶，片片清可涤尘、浓能透远，给人一种新鲜、浓郁、清悠、高雅的神韵，不仅供本地人享用，还远销外省，成为西部边疆居民一千多年来长久的主要饮用佳品。

剪纸《香炉山茶》 作者：徐盈慧

玉兰片

刘正华

顺治十七年（1660）正月，时任七省经略的洪承畴目疾加剧，奉旨回京调理，他将一包保存了两年多的干笋片呈奉皇上。顺治打开布包：看似玛瑙般通透，手摸如玉脂般光滑，形同玉兰花瓣，还带着淡淡清香。顺治龙颜大悦。

洪承畴接着奏报，这是产自湖南益阳马迹塘的山珍，清明前刚冒尖的春笋采挖回家，经过剥壳、蒸煮、清水冷却、平整笋头、对半剖开、压榨去水、烘烤或日晒至全干，待颜色金黄，即可按大、中、小片，打包收藏。它味甘、性平，具有清热化痰、益气和胃、增进食欲、清凉败毒、防治便秘等功效，当地人称为“延年益寿笋”。

听到“延年益寿笋”，顺治皇帝突然打断洪承畴的奏报：“且慢，叫御膳房的人来听听。”

御厨到后，洪承畴一口气报出了清炒笋丝、笋片炒肉、笋片烩猴头菇、笋片鱿鱼乌鸡煲等多种笋菜名称。

洪承畴本就聪明过人，他见皇上需要滋补，便对御厨说：“笋片烩猴头菇和笋片鱿鱼乌鸡煲，特别滋补。”

洪承畴立即介绍这两道菜的制作方法。

先将猴头菇放入沸水中焯透，捞出用凉水冲一下，沥干水，切成片；再与洗净的葱、姜一起装入碗内，用盐、浓鸡汤调味，上笼蒸熟，取出扣入盘中；然后将泡发的笋片洗净，切成薄片，加鸡汤入锅煮透，捞出，摆在盘中四周，淋上蒸猴头菇的汤汁，就成了笋片烩猴头菇。竹笋清香鲜美脆嫩，营养丰富；猴头菇与熊掌、海参、鱼翅同为“四大名菜”，菌肉鲜美，香醇可口，是素中之荤；当笋片遇到猴头菇，二者同烹，鲜美而又醇厚。

笋片鱿鱼乌鸡煲呢，先将备好的乌鸡剁成块，洗净备用；把鱿鱼上面的膜撕掉，切成斜片；把浸泡好的笋片切成薄片，砂锅加入姜片爆香，放入乌鸡和鱿鱼，用小火炖煮一个半时辰，加入笋片稍煮就成了。这道菜最适合滋补养身，汤鲜味美，采用砂锅文火慢炖，将食材的本味完美融合，鸡肉滑嫩，鱿鱼爽脆，笋片鲜甜，有温补滋润、宁神安定之功效。

顺治听完，即命御厨烹饪。

顺治品尝两道美味后大喜，将此竹笋赐名“玉兰片”。

洪承畴为何对此“竹笋”如此珍爱，对其加工烹饪又如此熟悉呢？这里有一个曲折感人的故事。

明崇祯十二年（1639），面对来势汹汹的清军，江西巡抚郭都贤招募乡勇，在袁州、吉安一带拼死抵抗。而屯兵九江的明朝大将左良玉为保存实力，听任张献忠长驱直入。南昌城破，郭都贤愤而辞官，携妻室儿女回到了三堂街合水桥老家。又恐清兵抓捕追杀，他悄悄迁至马迹塘泗里河石门村隐居。

石门，相传是因唐朝大将薛仁贵搬来两块大石头矗立村口而得名。门高近一丈，门后一巨石如墙挡住北面，形成八丈见方的洞内空间。两边山高陡峭，茂林修竹，门内石刻诗文清晰可见，还有潺潺流水。郭都贤深居简出，潜心绘画、书法和写作。

顺治十二年（1655），五省经略洪承畴在岳州（今湖南岳阳）时，听说郭都贤住在益阳马迹塘一个乡村的石头缝里，贫困交加，就专门到马迹塘石门村看望。通报的人返回村口说："郭先生有病，不能见客。"洪不知实情，说："先生病了，我更应该到床前看望。"边说边径直走了进去。郭都贤紧闭着双眼，笔直坐着，一动不动。洪承畴轻声问道："先生久不相见，刚听说贵体欠安，您怎么啦？"郭都贤说："我眼睛瞎了。"洪承畴很吃惊："这是什么时候的事？"郭都贤淡淡地说："从认识你那天起，我这双眼睛就瞎了。"

洪承畴听了这话，全身像长满了虱子一样，坐立不安。待了一会儿，说："贵公子随您在这乡下长久闲居，不如随我出去任个官职，不知可否？"郭都贤说："吾儿只会种地砍柴，做官会连累大人。"话不投机半句多，洪承畴将一包金银送到郭都贤手里。郭都贤咳了一声，用手推开。

洪承畴走后，郭都贤立即起身洗凳子，扫阶基，他憎恨这叛臣玷污了自己。女儿纯贞从泗里河风雨桥散步回来，见父亲坐在门口板着脸发呆，就俏皮地说："父亲大人，报告您一个好消息。""什么好消息？"郭都贤不相信这个时候会有什么好事。"帮您了结了一户村民的心愿。"女儿将一个蓝布包展现在父亲面前："这是上次请您为儿子新婚写对联的宴林阿姨硬要我带回来的干笋片。她说硬要回您个情心里才安。"

郭都贤余气未消："这东西很珍贵，你宴林阿姨太客气了！交给你娘吧。"

两年后（1657），64岁的洪承畴由五省经略升任七省经略，驻于长沙又一村明代吉藩四将军府（今湖南省青少年宫），并建造真武宫，专门关押抗清人士。他疯狂镇压农民起义及反清人士，宁乡籍著名学者陶汝鼐就关押在真武宫；后又有"洞庭举事"一案株连的大批湖湘名士也关在这里。各方发起过多次营救都没效果，众人都知道郭都贤与洪承畴的交情深厚，于是，一批又一批人来石门求郭都贤出面保人。

郭都贤在吏部做官时，洪承畴因故被免职入狱。郭都贤特别欣赏洪承畴的才华，便极力为他开脱。皇上看在郭都贤分上，免了洪承畴的罪，复了他的职，还擢升他为蓟辽总督。洪承畴降清，郭都贤闻讯后气得咬牙切齿，发誓永世不再与他来往。

事关一百多人的性命，郭都贤当然想救，但有三个坎，他实在难过。首先，他发过誓，永世不再与洪承畴来往；二是洪承畴登门拜访，自己拒他于千里之外，担心其报复，不但救不了人，反受其辱；三是家里一贫如洗，担心没有见面礼。美丽聪明的女儿纯贞打破了沉闷，她说："父亲大人，洪伯伯放不放人，那是您的面子，虽无把握，还有风险，您也应该尽力一试。要带的礼物，我和母亲商量好了。"

这样，郭都贤父女俩一身乡民装束，背个小包袱，从石门村出发，在马迹塘码头上了去长沙的木船。

洪承畴在将军府满脸喜气迎接郭都贤。郭都贤落座未稳就开门见山："乡民今日来见大人，有一事相求，希望大人能放了关押在真武宫的那一百多人。”洪承畴迟疑片刻，还是点头答应了：“先生救命之恩，下官铭刻肺腑！此事下官尽力周全。”后来，那一百多人全部释放了。

郭都贤说：“谢谢两朝元老。”洪承畴一脸羞涩应道：“下官千古罪人。”纯贞连忙打圆场：“洪伯伯，您今天做了一件大善事！”她边说边把带来的小布包送到洪承畴面前：“您别以为这山货礼轻，可是我们竹乡人谢您刀下留人的深情厚谊啊。”纯贞还对竹笋的生产加工烹饪及味道功效详细作了说明。洪承畴连声低语：“受之有愧，受之有愧。”

两年后，洪承畴视为珍宝的这包竹笋，获得了顺治皇帝的赞赏和赐名。

凤山砚

胡著宣

舞凤山位于资江北岸的三堂街镇九峰村，与秀美婀娜的羞女山遥遥相对，因形似凤凰飞舞而得名。

清道光元年（1821）的一天，双峰人邓何益搭乘毛板船顺资江而下，来到舞凤山。邓何益长期在资江沿岸的乡村"放刀"，先把菜刀、镰刀、柴刀赊给人使用，等"放刀"人说出的某个预言得到验证时，再来收取刀钱。

他去年来舞凤山"放刀"，说的"页岩卖得贵于刀，手指石条有人要"预言，还没有验证，他不可能来收刀钱啊！见到他的九峰人，都这样议论。

邓何益这次来舞凤山，既不是"放刀"，也不是"收刀钱"，他带着几个同乡，在当地人杨松林开采页岩制作磨刀石的矿山旁边，租下几间茅屋，请来保长现场见证，跟杨松林签下一纸契约：长期购买杨松林开采的舞凤山页岩，制作舞凤山石砚。

原来，双峰自古产溪砚。雕刻溪砚所用的石料，全部出自涟水河。河水冬天冷夏天汛，人们迫于生计，艰难采石制砚。这几年，邓何益在舞凤山看到那些"色泽翡青形似玉，石质细腻润如

《凤山砚》 作者：苏伟

油”的页岩，被当地人用来夹篱笆、铺阶基、做猪栏底板、做磨刀石……这么好的石块，只做了这些用途，太可惜了！于是，他带走一块页岩回双峰，交给专业制作砚台的亲戚朱泽南，让他制成砚台看看。

邓何益守着朱泽南忙活了几天，制成了几方简易的石砚。见到石质细腻、光泽柔和、古朴端庄、自带凤尾花纹的砚台，邓何益十分兴奋，赶紧拿去县城书庄，请书画家们试用。书画家们一致肯定："发墨如油笔无声，磨墨易浓不易干，落笔提锋不损毫，着字晶莹放亮光……好砚！好砚！"

邓何益心中狂喜：不再“放刀”，进驻舞凤山，制作“舞凤砚”！

邓何益的人马刚安顿，就各负其责、各就其位开干了。有的选石料，有的出毛坯，有的雕砚池，有的打磨抛光，有的跑销售。舞凤砚一入市场，便迅速为书画家们所喜爱，仅两三年时间，益阳、长沙、武汉等大中城市的文化用品市场，都有了舞凤砚的一席之地。

后来，舞凤砚开始供不应求。邓何益和朱泽南只得把十几家双峰亲戚，都喊来舞凤山制作舞凤砚，形成了一支集生产、销售为一体的一百多人的双峰人团队。

看到邓何益在舞凤山制砚的火热场面，益阳县城做“文房四宝”生意的曾老板眼红了。他找到舞凤山一位霸气的族长帮忙，在舞凤山开了一家制砚坊。曾老板深谙砚石市场行情，他制砚的页岩全部自己雇人开采，制作的砚台品种多样，也打着舞凤砚的招牌，生意很快红火起来。邓何益他们原来在益阳县城的生意，几乎全被抢去！其他地方的生意，也或多或少受到了影响。

这班双峰人，大有被益阳曾老板挤出舞凤山的趋势。

就在这个时期的一天，杨松林突然来到邓何益的茅棚里，见面就朝邓何益丢下一句硬话：

“邓老板，你为什么这样不地道啊？”

邓何益一惊，不知杨松林为什么这样生气。杨松林瞧着邓何益那副懵懂相，直接来了个竹筒倒豆子。

“益阳曾老板派人到我采石场，专门捡那些你说不能制砚的废料。都是制作石砚，他用得，你怎么用不得？你当我们杨家兄弟的血汗是天上落的雨吗？不是看在这几年与你合作的情分上，我早就应邀帮曾老板干去了！”

弄清了原委的邓何益哈哈一笑：“杨老兄，你晓得我们的规矩，只用好石，只做好砚，至于别人怎么干，我们管不了。您老辛辛苦苦开采出来的那些‘废料’，我已为您想好了用途。今后，页岩还得继续辛苦您帮我采，价钱可以给您涨一涨。舞凤山这座页岩矿，就是再来几个老板加工石材，也十年百年用不完！但是，万万不可自砸舞凤砚的招牌啊！”

杨松林脑子一下子亮堂起来，不等邓何益说完，扭头便朝外面走。门外站着百十位乡亲，杨松林大声说：“大家都听见了吧？都搞明白了吧？谁是撑起我们舞凤砚这块牌子的人？谁是真心为我们这些手板不开拆的石工着想的老板？姓曾的在我们舞凤山喝酒吃肉，我们本地人连汤也没喝上一口，开采页岩的石工，他都是从外地雇来的。走，咱们去赶走那个狗日的！”杨松林嚷着，领着众乡亲，去了曾老板的制砚坊。

赶走了曾老板，舞凤砚的名气空前提升。长沙、武汉、广州、洛阳、重庆等地的老板，一波接一波与邓何益签订长期定制契约，还提了许多要求和宝贵的建议。

“邓老板，我急需订制一批朝廷用的高档舞凤砚！”

“邓老板，我订的这批石砚，是日本商人要的，得用上乘的凤尾材哟！”

“邓老板，您这舞凤砚，必须雕刻上飞舞的凤凰，才名符其实啊？”

…………

“他们说得很在理呀！”邓何益思索着，把朱泽南等几位制砚匠人聚在一起，要让舞凤砚植入本地文化，融入舞凤山灵气，提升制砚工艺，满足各路客户的需求。

“怎么打造舞凤砚的灵魂呢？”带着这个问题，邓何益、朱泽南、杨松林等人再次爬到了绿荫掩映的舞凤山顶。

眼前的资水像一条巨龙，从远方天幕蜿蜒而来，流经舞凤山不远处，向西一转，形成了著名的龙头湾；舞凤山则像一只振翅飞舞的凤凰，在资水北岸与“龙”相戏。这分明就是一幅“龙”腾“凤”舞的天工之作啊！龙，是三堂街的文化之根；凤，是舞凤山的灵动之源；舞凤山相傍相依的九座山峰，是“九峰”这个地名的由来，也是“凤舞九天”的定格。

“凤舞九天！龙凤呈祥！”邓何益脱口而出。

“好！”杨松林、朱泽南等纷纷称赞。

自此，“龙凤呈祥”“凤舞九天”成了舞凤砚的标志。邓何益又提升制砚工艺，把屈原文化、美女文化融入其中，开发了“屈子吟咏”“美女妆镜”“渔舟晚归”等新品种；为了正本清源，他还将舞凤砚改名为“凤山砚”。

凤山砚一面市，便引爆了市场，制砚、销砚的双峰人迅速增加到二三百人。

忙完这些事，邓何益搭乘毛板船去了一趟武汉。一天，他带来一位姓欧的老板。

“您以前开采出来的那些石质偏嫩的‘废料’，这位欧老板全部包销了！”

邓何益手里拿着一块用废料做成的小石板，找到正在山上开采页岩的杨松林，边说边用指头粗的小石条，在石板上写下“凤山砚”三个大字。写完，他用手轻轻一擦，字迹消失，石板变得干干净净。欧老板朝邓何益笑了笑：“用这种石材制作的石板，质轻、字清、色新，是学童们练字、作画的好用具！你们有多少，我要多少。”

“武汉是全国‘文房四宝’集散地，欧老板开着武汉最大的‘文房四宝’商号，生意遍及全国各地。杨老板，您就组织乡亲们一起做石板、石笔，怎么样啊？哈哈哈哈……”

不等邓何益说完，杨松林飞奔下山，把这好消息告诉了乡亲们。

自此，凤山砚销往全国各地，产品供不应求；舞凤山的石板、石笔深受学童的喜爱，畅销城乡，生意十分红火。

“邓老板，舞凤山人搭帮您，家家都在发石头财啊！”

“‘页岩卖得贵于刀，手指石条有人要’，邓老板，您当年的预言验证了，刀钱还得去收回啊！哈哈哈！”

修山贡面

刘文奇

道光十六年（1836）10月初，时任两江总督的陶澍回乡省亲。陶澍一行走水路从长沙经湘江，溯资江而上。至益阳，知县全程陪同，安排在舒塘码头用早餐，吃桃花江特色面条“修山挂面”。陶澍下船来到一家面馆，老板端上来一碗热气腾腾的面，陶澍吃完啧啧称赞：“吾平生食面不少，此面柔软爽口，真乃上上佳品，知县所言不虚！”知县道：“此修山挂面，始于嘉庆四年，是本地人钟厚哉的九如章磨坊所产，被誉为‘修山美食’。”陶澍即遣随从去采购100斤。随从购得面条后，陶澍说：“遇此美味，我要亲眼看看它如何得来。”于是，陶澍一行走进九如章磨坊。钟厚哉见来人器宇轩昂，与众不同，热情相迎。知县介绍是陶澍大人前来了解修山挂面的生产过程，钟厚哉受宠若惊，详细介绍并带领观看生产过程。挂面加工的各道工序，从水牛背磨磨麦，手工筛粉、和面、制面、上架晾晒到截面包装，陶澍听得认真、看得入神，对修山挂面留下了深刻印象，满意而返。

两月后，陶澍回京，道光皇帝召见，问陶澍家乡山川风物，陶澍一一作答，并奉上修山面，还详细奏报了修山面的独特味道和加工过程。道光帝龙颜大悦，即令御厨现做。膳后，对陶澍所言深以为然，即将修山面定为贡面。从此，修山面名扬神州。

钟厚哉祖上创办九如章，到了他手里，已经是第五代传人了。过去磨粉，一直用的小磨盘，费时费劲。钟厚哉听本家兄弟“二猛子”说四川有了大磨盘，可大幅提高效率，便立即请他带路，千里迢迢来到天府之国采购圆盘大石磨。他们住在成都一个叫艳阳里（现名红岩乡）的地方，由二猛子去找师弟邓檐飞。

邓檐飞和二猛子是在新化横牛山习武的师兄弟，学艺三年后各回老家，一直互通音讯。一次，二猛子从信中得知，邓檐飞的家乡艳阳里，出产圆盘红岩石磨，重达千斤。二猛子告诉了钟厚哉。邓檐飞带他们到一家打制石磨的大作坊，看中了一副上下两扇总重800斤的巨大红岩石磨。辞别邓檐飞，他们租了一辆牛车载着石磨，风餐露宿，六天便到了长江渡口，改走水路。他们搭乘的货船经洞庭湖到草尾街时，夜幕降临，船往湖边靠，准备住店。忽然，一阵狂笑声如狼嗥虎啸，黑暗处蹿出七只划子，团团围住货船。客商个个大惊失色，急着往船舱里躲。钟厚哉却站着没动，横眉冷对。为首水匪长着一张四方脸，狞笑道：“识相的空手走人，老子饶你们几条小命。”二猛子只当没有听见，一个箭步跳进船舱，抓住一扇石磨，举过头顶，“嗨”的一声，又将石磨轻轻地放到船舱，气未喘，汗未出，挺立如松。这可是400斤重的家伙啊！水匪们惊呆之余你看看我、我看看你，吓得调转划子溜了。

钟厚哉和二猛子行程2000多里，历时半个多月，终于载磨回家。修山有了大石磨，引得四乡八寨的村民来看稀奇。钟氏有了大石磨，磨出来的面粉更加精细，做出来的面条耐煮又有筋道，面片油亮光洁，久煮不浑汤，不粘口，回锅如初，飘汤如带，味道幽香纯正，品质大长，产量大增。

过了几年，钟厚哉发现，虽然磨粉增量，但手工做面比较费时费力，就想找到新的提高工效的办法。他到长沙办事，在一家面馆吃到了机制面。他听老板和顾客神侃：湖南人湖北人都制面。做手工面条，湖南人早；做机制面条，湖北人在先。因为德国造的各种机器都能在汉口买到，其中就有制面机。钟厚哉边吃面边想，手工筛粉和面，人工揉面，用工人数多，劳动强度大，如果能引进制面机器，肯定能扩大生产，提高效益。钟厚哉一回修山，就将购买制面机器的想法说给家人听，征求意见，兄弟子侄，一致赞成。

光绪十九年（1893）夏，钟厚哉又带上二猛子去了汉口。他们在生产厂家的指导下，很快掌握了操作方法，购买了四台手摇制面机，装上货船，日夜兼程，赶回修山。

钟氏面坊用上机器后，生产效率大大提升，但他们始终坚守传统制作工艺，磨精粉，揉好面，晒好面，精益求精。修山面的产销量跟它的名气一样越来越大，成为“湖南老字号”产品。

酒洗码头

胡著宣

桃花港协盛商行的酒生意好得很，商行老板的独生女桃花妹子长得乖，整个桃花港都晓得。

益阳邓石桥姚家湾的后生子姚应基来协盛学徒两三年，桃花妹子从没正面跟他说过一句话；老板还不让他插手进货与出账，他估计自己在这里干不长。

原来，协盛商行的老板上过一回当，上了他一个特别喜爱的好徒弟的当。那徒弟在汉口调货赌博，输光了货款，跑了路。他收了姚应基后，再不敢放大水簰。桃花妹子呢，恨那个学徒拿钱跑路，害得爹爹好苦。她也有意疏远新来的学徒，不愿和他多说一句话。

但是，姚应基十年来老实本真、勤勤恳恳，终于得到了老板的赏识，也俘获了桃花妹子的芳心，成了协盛的上门女婿。后来老人走了，他成了协盛商行的新老板。

都说桃花江的妹子心里头像灯笼一样亮堂，这话用在桃花妹子身上，真是贴切。有一天，她在商行前后转了一圈，就对她男人说："我们一年帮别人销掉那么多酒，自家商行后面有那么大一块空地，我们有脚有手，不蠢不憨，为何不自己煮酒？”

“都讲‘煮酒打豆腐，称不得老师傅’，这门手艺是有点难把控，我们自己煮酒，那可要花工夫学啊！”姚应基有些犯难。

桃花妹子却有信心：“几年前，一个放簰的新化佬来我家打酒，跟我父亲聊天，讲么子‘煮酒其实冇得巧，小曲药子缸几口。深埋三年莫见天，酒香千里馋神仙！’父亲依那法子试过，埋下三缸酒谷子，坏掉了两缸，剩下的那缸，蒸出来的酒香得腻人。”

“小曲药子哪里有呢？”

“去找那位簰古佬。”

“找！带哒盘缠饭米到新化去！”夫妻俩打了个蜜笑子。

“要想酿好酒，须取‘三梅秀’！”从新化回家的那个夜晚，姚老板一人在房里反复念叨。

“三梅秀”？这回被弄得一头雾水的是桃花妹子！

“是的。用上梅山（新化）的小曲药子，中梅山（安化）的五谷杂粮，下梅山（桃花江）的源头活水，如此‘三梅取秀’，酿造出来的酒，能不好吗？”

“对呀！新化是资江上游，空气新鲜，水草茂盛，所制草药酒曲冇得谈的；安化山高林密，红薯、苞谷、粟米是那里的名特产品；桃花江的源头，山泉有如琼浆玉液养人美颜。这是绝配呀！”

桃花妹子高兴地依偎在她男人的怀里。

“我们就做两种酒。一种是现蒸现酿，一种久埋密酿；前者打开销路占领市场，后者留作后手树立牌子！”

“你不该叫桃花妹子，应该叫桃花仙子！”姚老板由衷地赞美心爱的妻子，夫妻俩兴奋地聊了一夜。

姚老板从老家请来了一位煮酒的师傅，一次买回来一百多口大水缸，在后院埋了三十缸谷，酒坊沤了几十桌糟，后面陆陆续续又蒸了不少五谷杂粮入缸。秋季气温高，酒料又是蒸熟了拌的曲，虽说草药曲子性儿来得柔和，可十多天发酵还是闻到了酒香。

第一批酒煮出来，桃花妹子和姚老板没有声张。

商行里来了不少打酒的簰古佬，桃花妹子笑脸迎上："有新酒，尝不尝？"

"喔，绵、轻、口劲足实！"

"入杯不散珠，见光亮晶晶。香！"

"哎，我怎么喝出了我们上梅山的味道？"

好评如潮。

从新化、宝庆上梅山放篁簰来桃花港的簰古佬、宝古佬，个个都是酒客子，喉咙里头掺不得半点假，端起酒盅就分得出好歹。听着他们的评价，姚老板和桃花妹子放心了。

协盛商行出了新酒，敞开卖。一传十、十传百，一时成了抢手货。

"这么好的酒，不运到汉口去，真的可惜哒！"年长的宝古佬刘三，是邵阳跑汉口的老客，也是协盛的常客，他的一番感叹，吊起了姚老板的胃口。不久，姚老板雇了条船，装满酒，由刘三引着，经资江，过洞庭，到了汉口。

汉口有家杨氏商行，生意做得很大，几乎垄断了外地酒进入汉口的市场。杨老板诚信经商，注重酒的品质，行内有名。

初次与杨老板谈生意，姚老板心中没得底。

“老板，你这酒有么子来头，叫什么名字？”杨老板开坛闻了闻，尝了尝。

“呵，这酒源于‘三梅取秀’，名字叫作‘桃花江酒’。”姚老板如实相告。

“桃花江酒？用桃花酿的酒吗？哈哈哈！这酒确实不错，我答应收；不过，得照我行规矩：半付现钱半赊销，下次结清上次账，怎样？”姚老板高兴地表了态。

此后，一个月送一船，从不间断。家里的煮酒师傅也随之增加到好几十人，协盛的生意正式转为煮酒兼贸易。

两年后，洞庭湖上渐渐有了“洋船”（蒸汽轮船）的身影，那些酒生意做得大的老板纷纷购置“洋把戏”送货。每当船抵杨氏商行的码头，酒老板拉响汽笛，三声长鸣后，杨老板就带领十多名伙计，在麻石砌成的码头上，铺开一条鲜红的地毯，从商行门，一直到舷梯边，鞭炮齐鸣，喊声震天，伙计们抬着一缸缸香喷喷的美酒上岸，好不热闹。

见过几回这阵势，姚老板便有了购置“洋船”的想法，加上宝古佬们的怂恿，就在益阳购置了一条新“洋船”，还特意在船舷上画上了桃花。

“洋船”第一次去汉口，姚老板特意选在中秋之前，也正好是他家出第一窖地埋酒的好时节。这一次，姚老板特意邀上了他的漂亮妻子同行。连船上的帮工都是选出来的虎虎后生。

“洋船”行至洞庭湖，风平浪静。伙计问姚老板怎么办。

“老规矩。取三坛最好的酒，祭湖神！”

“美酒三坛敬湖神，感谢一路走顺风。桃花女子桃江婿，千里送酒到汉中。”桃花妹子临场发挥，边念诗，边倒酒入湖。

“有这么乖的桃花妹子敬酒，敬的又是这么好的桃花江酒，我要是这湖神，就再不兴风作浪了！哈哈哈！”

宝古佬刘三是姚老板这趟汉口之行的特邀嘉宾，他讲起了笑话。

果真顺利，两天一夜就到了汉口。“洋船”在杨氏商行的码头外抛锚等待，并在良辰吉时拉响了三声汽笛。

岸上毫无动静，商行寂寂无声。

地毯铺到船舷边，响器接到江边上，放铳响炮惊破天……姚老板当着妻子和伙计的面，一路上嘴巴都讲歪的杨老板接待“洋船”的盛大场面并没有出现。姚老板一脸青紫。

“伙计，抬三坛最好的酒，去把码头洗干净，别弄脏了我堂客的绣花鞋。”

“好嘞——”

三大坛酒抬到码头上，众人一声吆喝，倒了。美酒顺着麻石码头汩汩流淌下来。顿时，馥郁的酒香弥漫了整个码头和江边的一条街。

正当姚老板牵着桃花妹子的手，准备从酒洗过的码头上岸时，杨老板认出来了，连忙赶来赔不是。原来，由于事前没有沟通好，杨老板听到汽笛声，看了看窗外，见船舷上的桃花图案，误以为是替别人送货的，没予理睬。

鞭炮、锣鼓、红地毯，立马来齐了。

“姚老板，您这次带的什么酒呀，香得这么腻人？”杨老板双手抱拳，迎在船头。

“就是桃花江酒呀！”桃花妹子抢先做了回答。

“桃花江酒！好酒！好酒哇！”

“哎呀！老板娘长得这么漂亮呀！”众人傻了眼。

“快呀，快去看呀，大码头来了一位桃花江美女……”

桃花江酒香了一个码头一条街，桃花江美女乱了一个码头一条街。人们争先恐后，跑来品尝桃花江美酒；人们踮起脚跟，争着来看桃花江美女！

桃花江酒洗码头，惊爆汉口！桃花江酒的醇香和口感倍受人们的喜爱，这个码头便有了一个与“酒洗”同音而吉祥喜庆的名字：“九喜”码头！直到现在，这个名字仍在使用。

桃花江擂茶

刘小红

桃花江是美人窝，桃花江女子天生丽质，婀娜多姿，皮肤白嫩。她们最喜欢喝的擂茶功不可没。爱喝桃花江擂茶的桃江人，都知道桃花江擂茶的感人故事！

三国时期，刘备率领军队经过洞庭湖，来到益阳，军中将士染上一种怪病，一路上病倒数千人。队伍扶病行军，勉强支撑到了桃花江，再也无力前进，刘备只得下令就地驻扎，并派人四处寻医问药。医方找来不少，但均不见效。

半个多月了，将士怪病未好，军中粮草告急。刘备心急如焚，命令粮草官李善丰去找老百姓征收粮食。

连续几年大灾，庄稼收成不好，老百姓的日子过得艰难，李善丰奔波了几天，每天征收的粮食仅够熬点稀饭给生病的将士吃，这样下去，将士不被病死，就会被饿死。

这日，他带着士兵又出去征收粮食，走了很多家，好不容易凑齐了一担粮食，正打算挑回军营。忽然天气阴沉，雷声阵阵，眼看大雨将至，李善丰担心粮食被雨淋湿了，很是着急。他看见不远处有一座茅草房，便催促士兵："快点走，快去里面躲躲雨。”

刚到屋里，暴雨就倾盆而下。李善丰坐下后，环顾四周，见屋里陈设简陋，土砌的灶台已经发霉，石头堆成的凳子落了一层厚厚的灰。李善丰眉头紧皱，长叹了一口气。

休息了一会，雨停了，李善丰正准备离开，却隐隐约约听到一声痛苦的呻吟，他屏息聆听，却又什么也没有了。他问士兵听到了没有，士兵茫然地摇着头。

李善丰走出房门，呻吟声又轻轻地响起，他又回屋看着一贫如洗的茅草房。茅草房里空荡荡的，实在藏不住一个人呀。

他仔细搜寻房子，转到屋后，看见屋后荒凉的菜园里，一个瘦骨嶙峋的老人趴在地上一动不动。他赶紧跑过去，只见老人一身泥土，衣衫破烂。他摸了摸老人的鼻子，还有呼吸，急忙将老人抱回茅草房，轻轻地放在凳子上，吩咐士兵拿过茶壶，托起老人的头，倒了一点水慢慢地喂进老人的嘴里。只见老人喉头动了几下，慢慢醒了过来。士兵们迅速帮老人换掉湿衣服。

等老人缓过来，李善丰了解了事情的经过，原来老人几天没吃饭了，昨天他想到地里摘几根菜充饥，没想刚到地里，一阵眩晕倒在了地上。其间他醒来过几次，挣扎着想爬回屋里，可浑身无力无法动弹，刚才下暴雨，大雨把他淋醒了，他发出痛苦的呻吟声。说完老人又陷入了昏迷。

李善丰知道老人现在最缺的是什么，他吩咐士兵抓点米出来，准备熬粥。士兵犹豫着不动，李善丰自己过去拿了点米，生起火来熬粥。

一会，香喷喷的粥熬好了，李善丰叫醒老人，一勺一勺喂着。

老人喝了一点粥，精神慢慢好转，话也多了起来，询问他们为何在这里。李善丰说了事情经过后，叹口气说：“现在将士们的病还没有治好，又面临着饥饿，不知道如何是好。”

老人听了，赞叹道：“大人关爱将士之心，令人感动！”说完老人陷入了沉思。李善丰以为老人累了要休息，于是装了一大袋子粮食送给老人。士兵说：“大人，这可是军粮呀，私送军粮，有违军规啊！”李善丰说：“我不能看着老人活活饿死，一切后果由我承担！”士兵不再说话，老人感动得老泪纵横。

李善丰回到军中，径自到刘备军帐中说明情况。一会，军帐中传来刘备大声的呵斥声：“你胆子真大，知法犯法，敢把军粮私送他人。来人，把他拖出去关起来候斩！”

李善丰私送军粮给病危老人将被问斩的消息，很快传遍了军营，传遍了桃花江。

这天，一位老翁拄着竹棍，跌跌撞撞，来到军营，声称要见刘备。刘备赶紧命人把老翁请了进来，他正是李善丰赠送军粮的老人。他本想等身体好一点后，再找李善丰感谢救命之恩，却从路人的嘴里知道了李善丰被关候斩的消息。他火急火燎，赶来要救恩人，他愿意用祖传秘方“三生汤”（“三生”即生芝麻、生姜、生茶叶）换取李善丰的性命。

刘备连忙扶他坐下，笑着问：“老人家，我曾经许你粮食，许你钱财，许你高官，你都不肯交出祖传秘方，现在怎么要主动交出啊？”

原来刘备早就打听到老人有祖传秘方能够治好将士的病，曾几次派人拜访老人，商谈条件，无奈都被老人拒绝。

老人怒道：“都是你逼的，李大人做了好事，你反而不分青红皂白要杀他！都说你心怀仁爱，军纪严明，原来是假的，也是一个昏王！”

刘备听了不但不怒，反而哈哈大笑道：“如果能够换来老人家献出祖传秘方，我当一次昏王也无妨！”

老人一愣，听出刘备话里藏着玄机，正要问话，刘备拍了拍手掌，李善丰从屏风后走了出来，笑着对老人说：“老人家，我的脑袋还在呢！”

老人看看刘备，又看看李善丰，不知道他们葫芦里卖的什么药。

李善丰说道：“老人家，你不要误会我家主公了。我家主公根本没有要杀我，他还赞赏我救您的行为。”

原来这是刘备和李善丰商量好的一个计策，当刘备发现李善丰救的是有祖传秘方的老人时，就想到老人如果知道李善丰有难，肯定会来救恩人，用他唯一的祖传秘方来交换。刘备觉得这样做虽然不道义，但是为了救治生病的将士，他甘愿一试。

老人反问道：“如果我不来，你真要杀了李大人？”

李善丰抢着说：“万一你真的来不了，我甘愿受罚，就当我一命救了你老人家一命！”

老人激动地说：“有大人这句话，我就值了！我们桃花江人都是重情重义的，我不为钱财不为高官，我只为恩情，只为百姓，我献出我的祖传秘方，肯定能救治更多的将士和百姓！”

老人说出了秘方和制作办法。将生茶叶放入擂钵中，用擂茶棒擂烂；然后加入生芝麻、生姜等材料，用擂茶棒擂成糊状；再用开水冲调。刘备按老人的说法，迅速安排人制作三生汤，让将士们大碗饮用。果然，效果很好，有病的迅速康复，无病的不再感染。

从此以后，人们为了防病治病，都制作三生汤喝，三生汤便一直流传至今，成了现在人人都爱喝的桃花江擂茶。“花生脆，芝麻香；白如奶，酽似汤。女子喝了肤色好，男儿尝了骨如钢。美人窝里擂茶甜，延年益寿美名扬。”这首民谣被世代相传，无人不晓！

热情好客的桃花江人，待客喝桃花江擂茶时，还加上一些自制的茶食，如油炸红薯片、辣椒萝卜、坛子菜等，摆出九个甚至二十四个碟子，让人幸福满满！

走进桃花江，可以看到家家户户都有擂钵擂茶棒。客人一进屋，家里马上响起擂擂茶的声音。如果家人上火生病了，去野外采点草药，放在擂茶里面，喝上几碗，病情立马好转。

随着人们生活水平的提高，桃江街上出现了很多擂茶馆，都布置得很雅致。擂茶品种更是丰富多彩，有鱼腥草擂茶、菊花擂茶、玉米擂茶、玫瑰花擂茶等等，客人可各取所需。你要美容，你要降火，你要清凉解毒，都能让你满意。

明灯山印子粑粑

胡著宣

资江北岸，秀美迷人的羞女山北麓，有一座山形奇特的“明灯山”。明灯山与打鼓仑一脉相望，与羊牯潔（益阳新桥河镇境内）遥相呼应，南望资江，北通常德，地势险要，民间至今流传“打鼓仑打鼓，明灯山点灯，羊牯潔出兵，常德城起火”的俗语。意思是明灯山居高临下，可遥望四方，是兵家必争之地。著名的柳溪，也是从这里发源，经凤林港注入资江。

春秋时期，有一天，明灯山下来了一户人家。那家男人草履麻绦，短发糟须，满口疯癫之语，但目光炯炯有神，宽阔的额头透出一股难掩的睿智灵慧之气。

他们紧靠柳溪结三间草舍，开荒垦土，栽麻种粟，还捡了一垄村里人废耕的水田种植水稻，一家人过着简单快乐的日子。有好奇之人去他们家探访，女主人说，她男人姓陆，老家住在遥远的北方，因遭天灾逃难到此，想借村里的这处旮旯安身，请村民不要赶走他们。

善良的山里人与这家人相安无事地过了两年。突然有一天，两匹快马急驰到草庐前，打破了村子的宁静。

来人下马高呼："陆通，我等奉楚昭王之命，前来接你入朝佐政，请快随我们去面见楚王吧！"

"多谢楚王美意！陆通已疯疯癫癫，无法与人交流，怎能入朝理政呢？还请公差大人回禀楚王，就让陆通蜗居乡野，苟活余生吧！"女人出来回话。

"普天之下莫非王土，率土之滨莫非王臣；你佯装癫狂不仕，真乃不识抬举！你满腹才学，不为朝廷所用，一心隐居避祸，打算终老山野、埋骨荒丘吗？良田美宅，高官厚禄，你唾手可得，不比住在这破草棚里，强过千万倍吗？！"公差恼羞成怒，出语不逊。

"陆通？那个大名鼎鼎的学问家？"

"真是陆接舆？他在这里隐居避世？"

乡亲们围拢来，议论纷纷。

公差的马蹄声远去，陆通立马跑了出来。村里人一片惊诧：他要去追赶那两个公差吗？接下来的一幕，更加让村里人惊诧了。"扑通"一声，只见陆通跳入了冬天冰冷的溪水里，一边"呸、呸、呸"地干吐不停，一边捧起清澈的溪水，一遍又一遍地擦洗他的两只耳朵。"清清的溪水啊，快帮我洗净这些污言秽语吧！不要玷污了我干净的灵魂，也不要污染了这片纯洁的土地。"

"真乃高士也！"

"明灯山，能引来旷世奇才陆接舆，也不愧为一盏指路明灯！"

村人一时兴奋不已。后来，人们把这条溪唤作"洗耳溪"，也叫“陆溪”；因“陆”“柳”在当地同音，时间一长，便混淆为柳溪了。

过了一年，挂六国相印的鲁国大学问家孔子，慕名从山东到明灯山拜会陆通。孔子的马车一进村口，村里人便通报了陆通。

“凤鸟啊，凤鸟啊！你身怀大德怎么来到这衰败的国家！未来的世界不可期待，过去的时日无法追回。天下得到了治理，圣人便成就了事业；国君昏暗，天下混乱，圣人也只得顺应潮流，苟且生存。算了吧，算了吧！不要在人前宣扬你的德行！危险啊，危险啊！”

孔子刚从马车上下来，就听见有人在茅棚里击节而歌。孔子欲进门施礼，却被在门口做米粑粑的陆通妻子拦下了：“您是来给楚昭王当说客的吗？我劝您还是算了吧，不要白费口舌了，就算天王老子来了，也劝不动我家陆通去做官的！”说话之间，孔子看见一个洒脱的背影从容步入了后山的竹林深处。

孔子朝茅屋门口深深一揖，取了刚才随手搁在米粑粑上的包袱，颔首含笑离去。

孔子离开后，陆通妻子发现，刚才孔子搁包袱的那只米粑粑上面，竟留下了“通关玉玺”的印痕。她捧在手上仔细端详，若有所思地念叨：“粑粑盖上官印，品相好了不少，而且还是鲁国大学问家孔夫子‘加盖’的官印，或许还沾了他的才气与运灵呢！我何不请人依样画葫芦雕制一个木模，做成这种有印子的粑粑，让乡亲们都来品尝？”

陆通一回家，妻子便兴奋地说出了她的想法。陆通沉吟少许，表示同意。于是，一家人浸米，磨米浆，滤干水，揉熟，用木

《明灯山印子粑粑》 作者：苏伟

模压制出有印子的粑粑，放入蒸笼蒸熟，冷却。

乡亲们都应邀来尝新。绵软、柔韧、香糯，不粘牙，品相美！众乡亲一个个手举有印子的粑粑，看稀奇一般，舍不得吃掉！

“陆家嫂子，你好聪明呀，居然想出了用模子做粑粑，又快，又美，又好吃！我们就叫它印子粑粑吧！”

“陆家嫂子，让我们都学着做这种‘通关玉玺’的印子粑粑，免得我们四季眼馋你家的粑粑哩！”

“好！好！好！我教你们，保证你们人人都会做！”陆通妻子笑眯眯地应承。

“慢点！”陆通在她身后制止道。

众人一时疑惑，将不解的目光投向陆通。

“做粑粑的方法可以教，这个模子不可以用！”

“为什么？是不是怕我们老百姓沾了官家的福贵之气？”

“恰恰相反！我们老百姓喜爱的米粑粑，为啥要去沾那种官家之气呢？”

“那怎么办？”

“重新雕制木模，就雕‘印子粑粑’这几个字。”

“好是好，可没有‘通关玉玺’印章的威武霸气呀！”

“大伙真要喜欢印章，就用‘明灯山印子粑粑’好了，这样，我们明灯山就会天下闻名！”

众人齐声叫好。

陆通隐居柳溪不仕成了千古美谈。明灯山印子粑粑人人喜爱、代代相传，之后不断改进制作工艺、调整用料配比，成为享有盛誉、远销国内外的美食品牌。

板溪锑矿

刘文奇

光绪二十一年（1895）3月的一个下午。

板溪蒋家冲药农彭岗像往常一样背着背篓出门，在后来取名为臭石仑的山上采药。他的运气不错，不到两个时辰就挖了一大背篓草药。他坐下，卷起一根旱烟，点燃，轻松地吸着。这里是连绵起伏的群山，山里人靠刀耕火种，从土里刨食。他把眼光投向山连着天边的地方。山外的世界是什么样子？真想出去走一走，到汉口开旅馆的表兄那里看一看。这么想着，他决定晒干全部草药，带到汉口去卖个好价钱。时候也不早了，他掐灭烟头，继续挖药，打算再挖点就回家。一锄头下去，碰到一块石头，撞出了火星。咦，这么坚硬，不像是黄片岩。他索性狠劲挖了几锄头，结果是块黑不溜秋的石头。拿起来一闻，还有一股臭味。彭岗平生还没见过这种石头，也掂量不出它的价值，但觉得它不寻常，好奇心驱使他将这块臭石头丢到背篓，连同草药背下了山。

回到家，已是掌灯时分。他取出草药，随手把臭石头扔在屋角。一家人吃晚饭的时候，儿子小明突然指着屋角说："爹，你看，那里发光呢！"彭岗转头望去，咦，臭石头发光，莫非——他忽然想起祖辈父辈传下来的话：山上有乌金！可是，话是这么传，谁也没有当过真。如果真是乌金，那这辈子就发大了。他放下饭碗，像捡了宝贝似的把石头藏起来。妻子唠叨："你这种老实巴交的人，发财还轮不到你。"晚上，他迷迷糊糊地睡下。半夜，父亲走到床边，做了个手抱石头的姿势，还对他点了点头，然后飘然不见了。彭岗差点叫出声来，是父亲报梦来了，暗示他捡到了乌金！他再也睡不着了，一袋接一袋抽着旱烟，眼睁睁地等到天亮。妻子醒来，又唠叨了一句："你是想发财想疯了呗。"

第二天，长期贩运兽皮和草药的老宋上门来收货。老宋是益阳鹅羊池人，老熟人了。为了证实昨晚的梦，他特意拿出臭石头请老宋看。老宋掂了又掂，闻了又闻，习惯性地摸了一下络腮胡子，说："金子比它还要重一些，不过，说不定是一块矿石。"彭岗知道老宋是跑江湖的，见多识广，连忙问道："矿石值钱吗？"老宋回答："当然值钱，但要看是什么矿。"彭岗问道："宋哥，你的山货一般销往哪里？"老宋回答："有的销长沙，有的销汉口。"彭岗自然想起了那个在汉口的表兄："我想拿这臭石头到汉口，让懂矿石的人看看，行不？只是，我四十出头了，还没出过远门，让宋兄见笑了。"老宋为人仗义，爽快地说："你是想我陪你去嘛，好的，这个忙我乐意帮。"彭岗说："今天就走，行不？耽误了你的工，我给工钱。"真是热心人遇上了急性子。老宋稍作思忖，微笑道："老弟是怕夜长梦多吧，行，反正我也有一批货要去汉口。说给工钱就生分了，我们算是搭伴求财吧。"彭岗连忙拱手道谢，开始打点行李动身。

彭岗同老宋下山后，搭上木排到了沾溪渡口，然后改乘一条小木船，一路顺风，晌午时分到了益阳大码头。老宋回了趟在鹅羊池的家，处理了一些要事，傍晚时分才租用了一辆木板车，载着好几大包山货，急急忙忙赶了过来。就近找了一家小旅馆落宿。在一个小客房里，两人各睡一张小木床。彭岗和衣躺下，将臭石头和盘缠一起压在枕头下。老宋调侃道：“初到一个生地方，你警惕一点是对的，防人之心不可无啊！”彭岗连忙解释：“宋老兄，我可不是防你哟。”老宋微笑道：“老弟多心了，我要是坏人，半路上就动手了。”两人说着话，扯了一会儿家长里短，老宋率先起了鼾声。彭岗睡不着觉，左思右想，为了保险起见，索性将臭石头用布包裹了塞进自己的裤裆，再盖上被子，才放心睡了。天刚蒙蒙亮，彭岗一摸裤裆，臭石头还在，再伸手摸枕头下面，嘿，盘缠不见了。他一惊：晚上真的来贼了？便喊醒老宋，说：“盘缠被偷了。”老宋听了，连忙坐起身，摸摸自己的枕头下面，盘缠也不见了。老宋警觉地环视四周，起了床，走到后门边一看，发现门闩子掉到了地上，心中有数了。老宋到底是走江湖的人，处变不惊，转而关切地问：“老弟，你的那个宝贝还在吗？”彭岗“嗯”了一声。老宋微笑道：“那就好，我跟店主熟，去找他借些钱便是。”

早餐后，老宋向店主借了些钱，两人从大码头渡口启程，上了一艘直达汉口的帆船，过洞庭湖，入长江，顺风顺水到了汉口。彭岗先去了表兄崔亮家。表兄迎接彭岗：“表弟呀，你的脸色不对啊，莫不是家里出了事吧？”彭岗说：“实不相瞒，在益阳落宿时，半夜里被贼偷走了盘缠。”崔亮“噢”了声，安慰道：“退财脱凶灾，没事没事。”彭岗接着讲了臭石头的事。崔亮莞尔一笑，说：“这才是你大老远跑汉口来的正题吧，难怪弄得一脸憔悴。你这千里护宝石，用心良苦啊！”彭岗打开贴身的小包袱，拿出臭石头请表兄识别。崔亮是开旅馆的，经常和各色人等打交道，见识广，他手托臭石头，左看右看，说：“这是一种矿石，我不是行家，拿捏不准。”彭岗兴奋地说：“矿石也值钱，是吧？”崔亮说：“是的。这样吧，你千里迢迢而来，先休息吧。”

次日，崔亮带彭岗到了汉口洋行一条街，找一位洋专家检验。一天后，结果出来了，是辉锑矿。洋专家不保守，将化验结果公布于众。一时间，记者采访，报纸报道，板溪发现辉锑矿的消息惊动了朝野。

锑与稀土、钨、锡为四大金贵资源。板溪发现了锑矿苗，石破天惊！此事传到湖南巡抚陈宝箴耳里，他忙奏请朝廷，建立湖南矿务局，在光绪二十三年（1897）派出采矿专家曾昭吉进驻板溪，将彭岗发现臭石头的山岗命名为臭石仑，并划定臭石仑周围约两平方公里土地为矿区；成立官办机构“中路久通矿务公司”，曾昭吉为第一任经理。

彭岗受到公司重奖后，从此告别药农生涯，带着妻儿老小到汉口经商去了。

中路久通矿务公司先是露天开采矿砂，再人工掘井、机械掘井进行洞采。从此，蒋家冲灯火通明，人声鼎沸，炮声轰隆，水车嘎吱，山区千百年来的平静被打破了。全国十多个省的采矿精英来到这里，与当地山民一道，成为板溪锑矿的产业工人。后来，板溪锑矿生产的二号精锑成了闻名于世的出口免检产品。如今板溪锑矿已成为年产精锑四千吨，年创利税过亿元的现代化矿山企业，是锑行业著名的百年老矿！

民间传说篇

王母村的传说

聂神佑

王母本凡人，成仙有故事。

远古，有个桑氏之女，自幼父母双亡。哥嫂不贤，对她百般虐待，白天逼她牧牛，晚上令她纺织。连饿带累，女孩面黄肌瘦，身体虚弱。桑氏女虽外表丑陋，但心地善良，做好事无数，村里人都很喜欢她。

又是一天牧牛晚归时，桑氏女忽然头晕眼黑，栽倒在地，昏死过去。老牛见状，忙用前蹄刨地，用舌头舔她，用嘴拱她。见她仍未苏醒，老牛急得双蹄跪地，仰头伸颈，向天空哞哞高叫，请求神助。

这一跪，惊天动地。忽见鹤发童颜一仙人，穿神袍，执拂尘，驾祥云，飘然落到桑氏女面前。他先用拂尘微微掸了一下她的头，又弯腰向她脸上轻轻吹了一口气。桑氏女慢慢睁开眼。仙人将她和老牛一同带走，册封老牛为金牛星；将桑氏女配嫁天庭，赐封为王母。

成仙后，王母虽享尽荣华富贵，但念念不忘的还是人间，尤其是父老乡亲。一日，久未谋面的金牛星突然来访，带来噩耗：

洞庭洪水泛滥，哀鸿遍野，危及家乡。王母一听，泪如泉涌，便率八仙挑石下凡治水。

临近洞庭，众仙正欲腾云而下。哪料，铁拐李与张果老嬉戏之间，一个趔趄，一担仙石散落尘埃。一头落在风尖仑，巧的是落在风尖仑后，狂风大作，将仙石刮至风尖仑一侧的另一个山头，后称王母仑。再从王母仑飞回风尖仑，沿牛角窝飞奔至山脚，堆石成洞，便叫云霄洞。洞内泉水长流，冬暖夏凉，如入仙境。更巧的是，牛角窝是王母昔日牧牛的地方，她成仙也在这里。另一头飞过华宫，不偏不倚，正好落在王母外婆家所在地，这里便叫岩坝桥。还有一些飞石，分别散落在村内外的仙风山、岩门坎、晒谷岩、金牛、金马等地。

其实，铁拐李的那个趔趄，是金牛星暗中操控的，他与各路神仙交情都不浅。这样，既治理了洞庭湖水患，又为王母家乡造就了无数福地美景。

天上神仙，有的世袭，有的来自凡间。你看不起我，我不服你，神仙打架也是常事。王母掌管蟠桃园，不知得罪了哪路世袭神仙。她本来出身卑微，那些瞧不起她的世袭神仙便暗中使坏，纠集妖魔鬼怪，散布瘟疫，挑起战乱，报复王母，祸害故里。

关键时候，金牛星又来了，说："你有一宝，管用！"

"哪一宝？"王母问。

"白龙马！"金牛星脱口而出。

王母闻言顿悟："吾今位列天庭，出入龙车凤辇，坐骑白龙马居闲已久，让他下凡，护佑一方平安，足矣！"

众村民感恩王母和白龙马护佑有功，便修了白马庙，香火供奉，长年不断。从此，这里的百姓安居乐业，永享太平。

美丽的传说，美丽的山村，这就是桃江县三堂街镇的王母村！

相思港·相思桥

胡著宣

在三堂街古镇通往龙牙寺的资江边，有一条穿山过陌的秀美小溪，叫相思港（当地人称溪流为港）。港上有一座屹立千年的石板桥，叫相思桥。这相思港和相思桥，见证了一段大唐皇子与江村渔姑的爱情故事。

唐武德九年（626）6月的一天，秦王李世民发动玄武门兵变，太子李建成和齐王李元吉血溅玄武门，一命归天。太子府的一位卢姓詹事，趁着李世民的军士来拿人封府的混乱之际，抱着太子刚满三岁的小儿子李承义逃走了。

卢姓詹事带着小承义历经数年，辗转数千里，来到了南蛮之地三堂街。他们有幸被龙洞口那座寺庙里的住持和尚道元收留，从此隐姓埋名，藏身在这青山绿水的资江边，清苦度日。

时光荏苒，转眼十多年过去。小承义在卢姓詹事的细心照料和道元和尚的殷殷教导下，长成体格健壮又知书达礼的英俊后生。承义深知道元师傅一心要弘扬佛法，教人戒恶隐忍，普度世人于苦难之中，他要报答道元师傅的收留与教导之恩，就应该做一名执善念重善行的佛门带发修行弟子，协助师傅实现扩建庙宇、光大佛教的心愿！他边跟着师傅学习采药制方技术，免费为当地百姓疗伤治病，边草鞋布衣行走于市井乡间，化缘募捐。

早秋的一天，承义外出化缘，走到离三堂街集市约两里地的一条山溪边，恰逢一场罕见的秋汛淹没了平时过溪的搭脚石。洪水将一位正涉水过港准备去集市卖鱼的姑娘冲得摇摇晃晃，一担鱼篓从她的肩头滑落，人也要被大水冲走。在这节骨眼上，承义跳入水中，奋力救起这位渔家姑娘，把她送回了家。

这位渔家姑娘叫若兰。后来她和承义经常在这里相遇。看到承义不是对肩挑背扛的过港之人出手相助，便是对老弱妇孺相济相帮，遇到溪水上涨，还会四处找来一些大石头，抬高垫实溪港中的搭脚石，她的心头泛起了涟漪。

有一天，承义对若兰说，他要多多地募捐化缘，在溪上修一座坚固的大石桥，还要为乡亲们造一条渡船。承义的话正合若兰的心意，她支持承义，说："我要多打点鱼，多赚些钱，为建桥造船出一分力。还要劝说乡邻来帮你实现心愿。"

承义卖掉了当年从皇宫出逃时戴在脖子上可证明自己身份的小金锁，又辛苦募捐一年多时间，终于凑齐了造一座石板桥的钱。承义与若兰带领众人从尖岩仑采来大青石，从吊锅岭砍来大松木，辛苦了大半年，终于建好了横跨溪港的石板桥。

承义所做的一切，卢姓詹事看在眼里，爱在心间。他临终之前当着道元和尚的面把一枚龙牙交给承义，并把当年发生在皇宫里的一切全部告诉了他。

第二年，大唐太后患了一种非常难治的背疽病，太医们束手无策。唐太宗出皇榜在全国求医。消息传到三堂街，道元师傅对承义说："以龙牙之水细心调治，即可治愈。"他把期盼的眼光投向承义。"我去……"承义突然打住了。

承义明白，他现在这样，可以无忧无虑、平平安安过日子，可以和他心爱的若兰姑娘长相厮守。如果他献出那枚龙牙，就能

《相思港·相思桥》 作者：王战如

救太后也就是他祖母的性命，但也会暴露他皇族的身份。那样，他就要与心爱的若兰姑娘长相分别，逃离三堂街，再次亡命天涯。这简直比要了他的性命更让他难以接受！当晚，他躺在木床上，辗转反侧，一夜未眠。

天亮时分，承义十分艰难地推开道元师傅的禅房门，只见道元师傅早已穿好袈裟和草鞋，坐在卧榻上静候他的到来。道元师傅满眼怜爱地看着泪流满面的李承义，双手合十，长念一声："阿弥陀佛！我佛慈悲！"然后，虔诚地接过承义手心的那一枚龙牙，消失在浓浓的江雾中。

道元和尚进宫之后，取无根之水（黄铜打造的仙人承露盘承接的天上玉露）为引，用独味龙牙为方，亲自磨水，让人涂擦太后的患处。经过七七四十九天的精心治疗，太后的背疽病好了。

唐太宗见龙牙治好了太后的病，掩饰住喜悦问左右："如此世间难觅的珍稀之物，怎么可能出自一位破庙的僧侣之手？"站在一旁的道元和尚只得如实道明原委。唐太宗听后，面色凝重，沉思良久，即刻下旨，令心腹大将秦叔宝、尉迟恭统率乌旗、黄旌大军奔赴三堂街，按照皇家御庙的规模，在资江北岸的龙洞口修建一座九幢龙牙寺，以表彰道元和尚用龙牙治愈太后的功劳。这正好满足了道元和尚向他提请的"扩建庙宇、光大佛教"的要求。唐太宗还对道元和尚说，等龙牙寺建成之后，他要来三堂街，了却一桩心愿。

气势雄伟的龙牙寺建成了，李承义心里明白，太宗皇帝驾临龙牙寺，了却一桩心愿，是冲他这位前太子的遗孤而来，凶吉难料。承义不想连累他尊敬的道元师傅，更不想害了他心爱的若兰姑娘，于是辞别道元师傅，约上心爱的若兰姑娘，来到他们共建的桥头，相拥而泣，肝肠寸断而别，登船远去。

唐太宗来三堂街巡视龙牙寺，既有他弘扬佛教、安定南蛮的政治宏图，也想见到当年为了躲避无情杀伐而逃难到此的李承义，弥补他对这位侄儿所造成的伤害。当唐太宗隐秘地来到三堂街巡视龙牙寺时，承义早已消失得无影无踪了。唐太宗听说承义与若兰合力修桥造船，为当地老百姓造福的善行义举，也知道了若兰姑娘对承义的一片真情。他来到港边，站在那座石板桥上，沉吟良久，对随行的左右说："这条港，就叫相思港；这座桥，就叫相思桥吧！"

前寨仑土地

曹庆升　李芝范

在桃江县境内，资水与沾溪之间，有一座四平四正的山，活像一块耸立高空的界碑：北面是沾溪镇洋泉湾村，南面是伍家洲村。

山为东西走向，长约700米，宽200米，海拔458米；顶部平坦，约200余亩，分三个阶梯，用石头垒的，曾出土大量兵器和铁锅、石臼、铜币等文物。相传这里是朱元璋与陈友谅的一个交战地。

山东面的茶马古道，是古代龙阳（今汉寿）、常德、华容通往安化、新化等地的必经之路；道旁有一小小茶亭旅舍；茶亭上坡有个土地祠。自明代开始，前寨仑土地（神）声名远播。

元朝末年的一天，正是农历二月初二，土地神的生日。只因民间流传一句俗语："土地老倌戴麦檐（麦秆草帽），荞麦长得齐屋檐；土地老倌打伞伞，荞麦长成光秆秆。"前寨仑土地想给人间带来个风调雨顺年，让老百姓过上衣食无忧的日子，当然也想供奉他的香火更旺，趁生日出门巡视，便戴了一顶麦檐。

太阳刚露脸，前寨仑土地站在前寨仑顶部极目四望，田园春色，尽在眼底，甚感欣慰。他低头北望资水，忽见洋泉湾渡口处旌旗猎猎，一支大部队跃马横刀直朝前寨仑开来；正待详观细察，忽闻身后马蹄声声，由远而近。他转身一看：南面山下兵如潮涌，大部队沿沾溪河边望花园处疾驰而来。仔细辨认：北面是陈友谅部队，南面是朱元璋部队。一场大战即将打响。本是千里来神，应问到方土地，可土地是一小神，地位低下，不敢霸气。他也不敢选边，怕引火烧身，自身难保。虽百姓遭难，心生不安，但土地神无奈，只能匆匆返回住处。

陈友谅部队抢先占领了前寨仑山顶，修筑了工事，备了大量武器、粮食、石头、滚木，并打了水井，派了大将把守“一夫门”。这是通往山顶的唯一一条道路，门由两边的巨石生成，可谓一夫当关，万夫难开。

战斗打响，朱元璋部队兵力充足，精兵强将，勇猛冲杀，一举破了“一夫门”，大量兵马直冲山顶。这时，陈友谅部队的石头、滚木直冲而下，朱元璋部队被砸得人仰马翻，骨肉成泥，血流成河……

朱元璋部队不敢再强攻，改为包围山头，严密封锁，切断陈友谅部队的粮草供应，企图将陈友谅部队困死山顶，或让他们因困久生乱而降。经数日，陈友谅部队终因被困时间太长，补给遭破坏，情况万分危急。此时，朱元璋部队备了大量粮草，在附近两村（现百羊村和百牛洞）养了大量牛羊；并在另外两个村子（现朱家村和马家咀）组织士兵训练。

前寨仑顶，陈友谅部队如热锅上的蚂蚁。

前寨仑下，朱元璋部队杀声隆隆，惊天动地。

一天夜里，前寨仑土地的夫人听到外面下雨，叫醒了前寨仑土地。前寨仑土地好生奇怪，这下雨，怎的我不知晓？细听，才明白，原是朱元璋部队的士兵站在山坡上对着土地祠撒尿。

前寨仑土地十分恼怒，这仗一打，百姓遭殃，日子难过。他想自己有责任保一方平安，不能让这惨烈战争发生在他的地盘！

这天夜里，他向玉帝呼吁：请求解除前寨仑两军对垒！

第二天，陈友谅部队占据的山顶出现了一个乞丐。士兵问他：能做什么？他说能编草鞋。士兵说很好，正需要。于是，乞丐便用茅草编织草鞋。他飞快地编了一只，但草鞋没有耳子，像条鱼，士兵大笑。乞丐将草鞋往空中一扔，一只乌光闪亮的山鹰出现了，它嘴里叼着一条金色的鲤鱼，朝朱元璋部队的军营飞去。鱼掉落在朱元璋部队的军营中，活蹦乱跳。看到鱼，朱元璋部队认为既然山上的鱼都有跳出来的，说明鱼欢水笑、物产丰富，围困无用，不如撤退！

陈友谅部队乘机追击，大败朱元璋。

自此，前寨仑土地被当地百姓代代供奉，不敢怠慢。

挖断颈

昌松桥

桃花江镇的挖断颈村，古时候是益阳通往新化安化的必经之路，也是历代兵家必争之地。可以说是“一夫当关，万夫莫开”。这里过去有条几百米长的小街，街中有官方设的驿站，当地居民建的旅馆、饭铺、南杂店、百货铺，风风光光热闹了好几百年。

明初的某一天夜晚，皇帝朱元璋宴请军师刘伯温。三杯酒下肚，刘伯温头脑有些发热，找了个借口退席了。出门不到三百米，喝下的酒直往上涌，呕吐时抬起头，忽见南方遥远的夜空一彗星醒目。能识天文地理的刘伯温吓得冷汗一冒，酒意全消：莫非湖南要出天子？他风风火火地跑去告诉皇帝。

朱元璋愣了一下，很快恢复过来，轻声说：“此事非同小可，须秘而图之，望爱卿妥善处置！”

刘伯温自然领会皇帝的意思，叫来心腹宁钢，作了安排。

宁钢跟一位风水大师各骑着一匹千里马，日夜兼程，三五天就神秘地飞奔到了湖南益阳花果山。猛见一山生得十分奇特：满山株木，没有一根杂树，山上青枝绿叶，上百只白鹭在林间或起或落，自由自在。

爬上对面的山顶，见那山势像鸟的翅膀，欲张还抱。“翅膀”下面隐现两个半圆小山头，“双腿”隐约可见，“鸟”的项颈匀称而修长地伸出，远端突然增大呈弧形，“鸟头”栩栩如生。再看山的尽头，一巨石凌空伸出丈余，如横生的竹笋，天生一张“鸟嘴”。头两旁各有一小山岗，自然是“眼睛”。

风水大师大吃一惊：“此乃天鹅孵蛋也！”

于是，两人紧张地下了山。

山下有一民居，一位三十来岁的郎中正在为一位脚踝骨脱臼的老翁治病。郎中从水缸里盛来一碗冷水，举至胸前，对着门外闭目凝神，嘴唇轻轻地张合了一阵，喝一口水，朝老翁红肿的脚踝一喷，然后握住老翁的脚，一按、一推、一拉。“哎哟——”老翁大叫一声。郎中大声说：“站起来——”老翁果真站了起来，并慢慢行走！

老翁千恩万谢，伸手去掏银钱，郎中摆了摆手说：“免了，你家困难！”

郎中叫莫叶，他们世代行医，主治跌打损伤，医术精湛，远近闻名。莫叶生了三个女儿后，接连生下两个儿子。莫叶整天笑呵呵的，除了行医，还有一个爱好就是打猎。

“请问郎中，这座山叫什么山？”平素凶神恶煞的宁钢露出了笑容。

郎中答：“天姿山！”

天子山？宁钢和一旁的风水大师又一惊。

他们在山上转了一天，再次确认了“天鹅孵蛋”，然后，跃上千里马，飞奔回朝，报告军师刘伯温。

“带一千人马，火速将‘天鹅孵蛋’龙脉挖断！”

小小的花果山一夜之间热闹起来，官兵们早出晚归，挖的挖，挑的挑！

村人以为这里是战略要地，官军在修军事设施。可特别奇怪的是：白天挖多少，晚上就长多少！挖得越多，长得也多！一连挖了半个月，毫无进展！

“怎么向军师交代呢？”宁钢实在为难。

“我们还是先停下来，走访走访？”有人说。

可来来往往走访了半个月，还是一无所获，只得飞报军师刘伯温。

刘伯温急了，风风火火赶来督阵。“继续挖！”军师一声令下。仍然是白天挖多少，晚上长多少，挖得越多，长得也多！

“等我晚上到山上听听！”军师刘伯温说。刘伯温蹲在山上听了整整一夜，身上被山蚊子叮成了玉米棒子，毫无收获。

刘伯温毕竟是刘伯温，不顾大雨滂沱，也不顾身体不适，第二天又伏在天姿山听了一整夜，全身湿透如落汤鸡！正迷迷糊糊的时候，忽听山中细细耳语渺渺传来：“不怕他千把锄头万把锹，只怕童子坟山斩断腰！”

“原来是土地公和土地婆在对话。”刘伯温如获至宝，蹑手蹑脚回到驻地。

第三天傍晚，“天鹅”的两个翅膀上各悄悄地葬下一个童子坟。可怜啊，莫叶的两个儿子因此被活埋！

“畜生！”莫叶大吼一声，大病了一场。

第四天，大雨滂沱，一千多人马一齐动手，不到两个时辰，便将天鹅的长颈横刀斩断，开了一条三丈多宽、两丈多高的豁口。豁口从一株三人合抱的大株树旁经过，挖出的粉石尽是血红色的，大雨一冲，紫红色的泥浆流得七家塅田里一片血红！白天挖开的泥土，晚上再也没有长拢。刘伯温如释重负，率众离去！

半年后，在一个乌云密布的上午，身体已经恢复的莫叶带着他的猎狗在天姿山狩猎，见一野兔飞奔到豁口边大株树下的洞穴里，再也不肯出来。

莫叶挖了个一米多深的洞，就是不见野兔。正准备坐下来休息，突然一个炸雷，雷电将大株树劈成两半，一半立着，一半倒下了。可怜莫叶被活活砸死在大株树下！倒下的这一半刚好稳稳地横卧在豁口，成了一座三尺多宽的木桥。

值得庆幸的是，莫叶死前，在他老婆方大脚的肚里留下了种。

三个月后，五十岁的方大脚小腹日见隆起，如小山丘一般。方大脚感觉腹中的胎儿在伸胳膊蹬腿。

十月怀胎，方大脚应该要生产了。可一年过去了，方大脚没有生产。两年过去了，方大脚还没有分娩的迹象。快三年的时候，孩子奇迹般的在腹中跟母亲对话。

“儿呀，你什么时候出来？娘受不了了！”

“娘，时候还未到咧。”

母亲一惊：“那要到什么时候啊？”

“娘，您先忍忍，还要六个月。您先给儿子起个名吧？”

“娘想想吧！”

“娘怀你的那几天，你父亲曾梦见巨龙跃上屋顶，就叫‘跃龙’吧。”

“这个名字好！”

龙儿出生的那一天，正好在方大脚肚里待满三年。天气炎热，方大脚坐在自家地坪边的大树下边歇凉边剁猪草。邻家五岁的小男孩，左手拖着一根竹棍夹在胯下，右手高高举起，口中“驾——驾——”朝方大脚地坪小跑而来。他这是在“骑竹马”。

“娘，快，我要出去！”龙儿在腹中急促地说。

“龙儿不是说要待三年六个月吗？”方大脚说。

“娘，快，龙儿改变主意了！”

“龙儿，莫急，等娘到房里再说。”

“娘，快，来不及了！”

方大脚见儿子催得急，自己也痛得动不了，只得在地坪让龙儿出生。

龙儿一出生，便翻了一个筋斗，随即双膝跪地，磕头三响：“娘多保重！”

说话间，他一个箭步，夺下小男孩的竹棍，往胯下一夹，奔至后山，对着那片楠竹林高呼：“将士们，冲啊——”

只听得“叭叭叭——嘶嘶嘶——”，后山的楠竹如放鞭炮一般热闹非凡，每根楠竹一声爆响后便“嘶”的一声分成两半。村人们听到声响，不知何故，纷纷朝这片楠竹林涌来。龙儿见一阵爆响后没了动静，边跺脚边摇了摇头，然后夹着竹棍往安化方向飞奔……

“儿子，你到哪里去？”

“朱元璋那老儿要杀我！”

“龙儿，骑着竹马过挖断颈要稳当些——”

此时，龙儿骑着竹马已飞奔到挖断颈的株木桥上，听母亲这么一喊，不由得一回头，人一晃，脚一偏，倒下悬崖。

这时，方大脚见关上尘土飞扬，一队官兵飞奔而至。官兵追至挖断颈，见龙儿脑浆迸裂，摔死在株木桥下。

再看龙儿屋后的楠竹山，众人惊得目瞪口呆：裂开的每个竹节里均有一对骑着战马的军士在操练，栩栩如生，呼之欲出。

听到刘伯温报告这些情况，朱元璋吓出了一身冷汗："幸亏军师将其龙脉挖断，也幸亏这娃子误将竹马当战马，提前半年出生，否则，让他那百万神兵成了气候，后果不堪设想！"

猴公山的隐秘

高文广

猴公山，古称侯山，位于桃江县境东南，与宁乡市交界。海拔917.5米，是县境内第一高峰。

清朝顺治年间，侯山忽然来了数百名神秘来客，他们打着道教的旗号，在山上建立道观，把山门守得死死的，外人不得靠近半步。

侯山北面的樟溪村，有个文姓财主，家大业大，听闻侯山来了许多外人，急得坐立不安，生怕危及自家的财产。他化装成猎人，天天上侯山打猎，步步靠近，想探个究竟。不料，有次被侯山守门人逮个正着，押去见侯山头领。巧舌如簧的文财主解释：自己是当地的富户，喜欢打猎，不小心犯了山规，请高抬贵手，日后定当厚礼相谢。头领见他态度诚恳，放了他。过了几天，文财主果真送来了许多酒肉礼品，一来二去，侯山的头领竟和文财主成了结拜兄弟。

文财主这才了解到，侯山头领姓江，名天伟，道号飞天。另外两个，一个叫杨法雷，一个叫陈玄罡。文财主发现侯山人并不是真正的道士，他们的身份十分可疑。狡诈的文财主表面上与他们打得火热，暗地里向官府告了密。长沙府即派王守备带兵与文财主共同设计清剿侯山人。

这年正月十五，文财主早已邀约好侯山兄弟到樟溪村共度元宵。侯山兄弟下山时，人人手握兵器。到了村口，男女老少夹道欢迎。可是，一进到村内，小孩都哭了起来。侯山兄弟不解，问为啥哭得这么厉害。有人说："小孩子看到你们拿着刀枪，吓哭了。"侯山人立马放下刀枪，交由樟溪人保管。

午餐，樟溪人极尽地主之谊，酒肉相待。侯山人好久没有这么尽兴了，个个开怀畅饮。恰好那天暖阳高照，侯山兄弟酒足饭饱后，坐在靠墙的凳子上休息。酣睡中，凳子后面的墙壁突然洞开，一双双粗壮有力的大手从洞中伸出，一齐勒住侯山人的辫子，把他们的脑袋扣在墙上。埋伏在周边的官兵趁机蜂拥而上，手起刀落，侯山兄弟人头纷纷落地。

原来，那时的墙壁是竹篾织的，两面是用泥糊上。文财主和官府早已算计好了，在每条凳子后面的墙上打了洞，贴上皮纸，专等侯山兄弟落入圈套。

幸亏侯山的三位头领武艺高强，飞身跃上屋顶，杀出重围，奔回侯山。这一劫，侯山损失了一百多名兄弟。长沙府和文财主万万没有想到，混战中侯山头领江天伟背上露出的青龙文身正是朝廷缉拿文书上李自成的身份标志。李自成也索性跟长沙府亮明了身份。官府和文财主斟酌再三，决定瞒着朝廷，与侯山人达成默契，从此"井水不犯河水"。

为了便于长久隐匿和蛊惑追随者及众百姓，他们搞了一场声势浩大的造神运动，编了一个神话：某天，侯山江、杨、陈三位头领在山上煮粥，不承想，生火的柴棍里有根沉香木，点燃后，香气四溢，飘上了天庭。玉帝闻到香气，命神仙下凡，一探究竟。神仙顺着香气找到江、杨、陈三头领，问他们在做什么。三位齐答："当下正闹饥荒，我们在这里煮粥，赈救饥民。"神仙听后，回禀玉帝。玉帝被他们三人的善良感动，召他们上天宫，问："是要富，还是要贵？"三人说："我们既不要富，也不要贵，我们只要热闹一点。"玉帝便赐他们为三仙真人，受民众祭祀。

他们便以九月十八子时作为江天伟的出生时日，以"九"代表九五之尊，以"十八子"暗喻江天伟本名姓李，同时，印证"十八子，主神器"那句谶语。他们还在甘泉山建了第一个仙观，叫十八老坛。江天伟的名字后来也被"十八龙天"代替。

这场造神运动，各地来了十多万人。他们举办行傩、祭坛、打醮等大型活动，纪念和祭祀江、杨、陈三仙。造神者编出许多江、杨、陈三仙化身显像、保佑黎民百姓的故事，广为宣传，使之深入人心。自此，江、杨、陈三仙显圣的神话传遍千里，三仙信众如云。

李自成去世后，其追随者和信众将他安葬在侯山东面的甘泉山，墓碑镌刻"江君十八龙天之墓"八个大字。墓地至今完好无损。

关圣庙轶事

胡著宣

资江十八滩，滩滩鬼门关。马迹塘古镇下游十多里的龙拱滩，是船老板、簰客子们谈之色变的地方。新化人发明“毛板船”之后，资江成了“黄金水道”，十分繁荣，每年闯龙拱滩翻掉的船，不知道有多少，也不知道有多少孤魂野鬼在滩里游荡！

怎样才能让龙拱滩不再翻船死人呢？

马迹塘人认为，只有关公才镇得住邪。当年，关羽在这里与东吴作战时，飞马跃沂溪，在沂溪河中的一块岩石上留下一个马蹄印，马迹塘由此而得名。关公被世人尊称为武圣，各地广建庙宇供奉其神像，祈求护佑一方平安。马迹塘更应该建一座关圣庙。

清朝咸丰元年（1851），乡亲们自发集资捐款，马迹塘街上的耆老们组成董事会、监事团，黄栗洑大财主萧氏兄弟捐赠了位于资江边排阳间的一块麻竹地，经过三年努力，一座关圣庙巍然矗立。

关圣庙背靠排阳间，面朝资江，气势雄伟。庙门上方“关圣庙”三个鎏金大字格外醒目，两边的对联“威名旧震三分国，湍水频流十八滩”霸气尽显。大殿内供奉着武圣关云长手持青龙偃月刀的威武神像，大殿两旁的门柱上，有安化、益阳两县闻名的大秀才萧曙臣撰写的两副对联，一副是“五州五德”：“生蒲州，义涿州，战徐州，镇守荆州，万古荣州有赫；兄玄德，弟翼德，擒庞德，惊死孟德，千秋智德无私。”另一副是“四德四龙”：“兄玄德，弟翼德，德兄德弟；师卧龙，友子龙，龙师龙友。”拜祭大厅正中央摆放着一张条形大案，上面插满香烛，四时香烟缭绕。

说来也神奇，关圣庙建起后，龙拱滩很少发生翻船死人的事故了。

“救命啊……”

一天，龙拱滩突然传来一阵微弱的呼救声，张法师和詹晓阳一前一后冲出关圣庙，朝龙拱滩方向奔去。多年没出事，今天怎么翻船了？詹晓阳和张法师跳上一条渔划子，直往翻船的滩里闯。

翻掉的也是一条渔划子，落水的是一家三口。男人和女人各抱着一块木板，浮在江面上挣扎呼救，小孩子被冲去下游一里多远，只露出头顶的一点黑色。

“求您修修福，快救救我儿子！”女人在哀嚎。

张法师闻言全身一抖，纵身扎入了江里。

“张法师，你……”詹晓阳一惊，这个平时一到水边就打战、上船就发抖的张法师，此刻竟像一条活泛的鱼，快速地朝着那个小孩游去！三个人全部获救了。

夜里，想着白天发生的蹊跷事，詹晓阳翻来覆去睡不着。他是龙拱滩本地人，是请来驻庙养护殿宇的泥工师傅，当年，张法师来马迹塘的情景，他依然记得十分清楚。

民国初年，马迹塘来了一位不速之客。此人50多岁，面相和善老实，晚上住在关圣庙，白天去马迹塘街上捡字纸送到化字炉焚烧。当年，马迹塘人才辈出，尊重知识，敬惜文字，认为字纸不能随意踩踏与撕毁，建了不少五至七层的方塔化字炉。老头焚烧字纸时垂手肃立，望着升起的青烟念念有词。他的行为感动了老街人，大伙都很敬重他，纷纷邀他到家里吃饭、喝擂茶。他都婉言谢绝了。

一天，街上围着一大群人，还传出了哭声。原来，一位捡屋漏的瓦匠从屋顶滚落，昏迷不醒。

“这怎么得了呀，快来救救老瓦匠呀！呜呜呜呜……”女主人急得号啕大哭。

“我看看！”

众人回头，见是捡字纸的那位老者。

搭脉，试鼻息，听喉音，翻看眼皮，摸全身骨骼……他从衣兜里取出一个勒颈小药瓶，三粒黑色药丸灌下去。不一会儿，老瓦匠“嗯”地呼出一口长气，醒了。

“他是气血蒙心呢！按照我给的方子，抓七服中药煎了吃，保准没事。”

女主人千恩万谢。街坊们纷纷询问老者姓名和老家住址。“我姓张，是新化上乡山里人，你们就叫我张老倌吧。”

一传十、十传百，附近村庄也有人来找他治病了，关圣庙变成了义诊堂。解除了病痛的乡亲到处说：关老爷又显灵了，招来了一位积德行善的张法师！

詹晓阳和张法师同吃同住了几个月，他瞧见张法师经常望着关圣庙那两副对联出神，口里念念有词，魔怔一般："德，兄弟；兄弟，德……"他还多次问詹晓阳，关圣庙真的镇得住邪吗？关老爷真的显过灵吗？詹晓阳告诉他，关老爷确实显过灵，关圣庙还出过两件奇事：

一是一农夫向人抱怨，自己的牛关在牛栏里，田里的禾苗却被牛吃了。不久，又有农夫也这样说。这下，你怪我，我怪你，莫衷一是。一天，终于有人发现，一匹马在月光下偷吃青苗。突然，"啪、啪、啪"，空中三声脆响，那马好似挨了鞭抽，跑开了。第二天，人们看见关圣庙前那匹石马背上有三道鞭痕，原来是关老爷的坐骑溜出来吃禾，被关老爷发现后挨了打。后来，人们给那匹神马配了一"马童"，也就再没出现马吃禾苗的事情了。

另外一件事是民国四年（1915）夏天的一个深夜，两个走亲戚回家路过关圣庙的农民，见一碗口粗的树斜倒在路中间，为防绊倒后面的行人，便伸手去搬。不料搬起的竟是一个冰凉而又柔软的东西。两个人的手像触了电，吓得三魂七魄飞到了天外，不要命地往家里跑。从此，关圣庙有怪物的传闻像插上了翅膀，开始说是巨蟒，后来说是蛇精，再后来成了巨龙……越传越远，越传越神。人们说，这是关老爷见河边这段路太危险，走夜路易掉到河里淹死人，才用怪物吓阻人们在此走夜路。

听詹晓阳说完这些奇事，张法师便喃喃道，关老爷真要是能显灵，就该拿刀劈……没过几天，关圣庙前那棵大树上多出了一盏四方风灯，晚上把那一片照得亮亮堂堂。

那些跑南京汉口的"宝古佬"和附近各乡吃水上饭的生意人，自认为得了关老爷的庇佑，赚钱回来后大都来关圣庙打醮祈福，唱戏还愿。关圣庙放铳响炮，人头攒动，水泄不通。张法师跟着那些善男信女们一起顶礼膜拜，极尽虔诚。

这天晚上，张法师走进詹晓阳的房间："你一直想知道我的底细，我今天都告诉你吧。"

洞庭湖张家村是一片湖中高地，自古民风剽悍。那里的人世代习武好斗。有一天，深谙水性、无以为生的张把式和同伙一起，打劫了从汉口经洞庭湖返乡的小商人一家三口。那男人奋起反抗，打斗中被张把式同伙杀死。"求你们修修福，莫杀我孩子！"惊恐万状的妇人苦苦哀求。"你们不死，我们都得死！"张把式来不及阻拦，"啊"的一声惨叫，女人和孩子倒在血泊里。那孩子睁着惊恐的眼睛，手中抓着几张他刚写过字的纸。

回到家里，张把式没吃饭没洗漱，钻进被窝里睡觉，可是，他翻来覆去怎么也睡不着，那女人撕心裂肺的惨叫，那男孩惊恐万状的眼神，反复在他眼前重现……从此，他一到水边就打战。

张把式告别了水上营生，带着妻儿搬到山上。几年后，大儿子暴亡，当年的那些兄弟又经常来邀他入伙，看来在老家无法待下去了，他决定外出行善赎罪。来马迹塘之前，他已经在外行善多年，他利用祖传秘方，治疗跌打损伤无数，从不收取分文。

张法师还说，他每天晚上都在关老爷神像前跪拜忏悔，关老爷的忠肝义胆与大仁大德救赎了他，马迹塘的热情好客和淳朴民风感化了他，现在他晚上可以睡得着觉了！他重新给自己取了个新名字："张敬德。"并在关老爷面前发誓，余生要行善积"德"，救赎以前的罪恶！

第二天，张敬德不知所终。